KB023067

붉은
대양의
저주

붉은 태양의 저주

제1판 1쇄 2024년 8월 28일

지은이 김정금
펴낸이 이경재
책임편집 비비안 정

펴낸곳 도서출판 델피노
등록 2016년 8월 11일 제2020-000082호
주소 서울시 양천구 신정중앙로 86, 덕산빌딩 5층
전화 070-8095-2425
팩스 0505-947-5494
이메일 delpinobooks@naver.com
ISBN 979-11-91459-85-2 (03810)

책값은 뒤표지에 있습니다.
파본은 구입하신 서점에서 교환해드립니다.

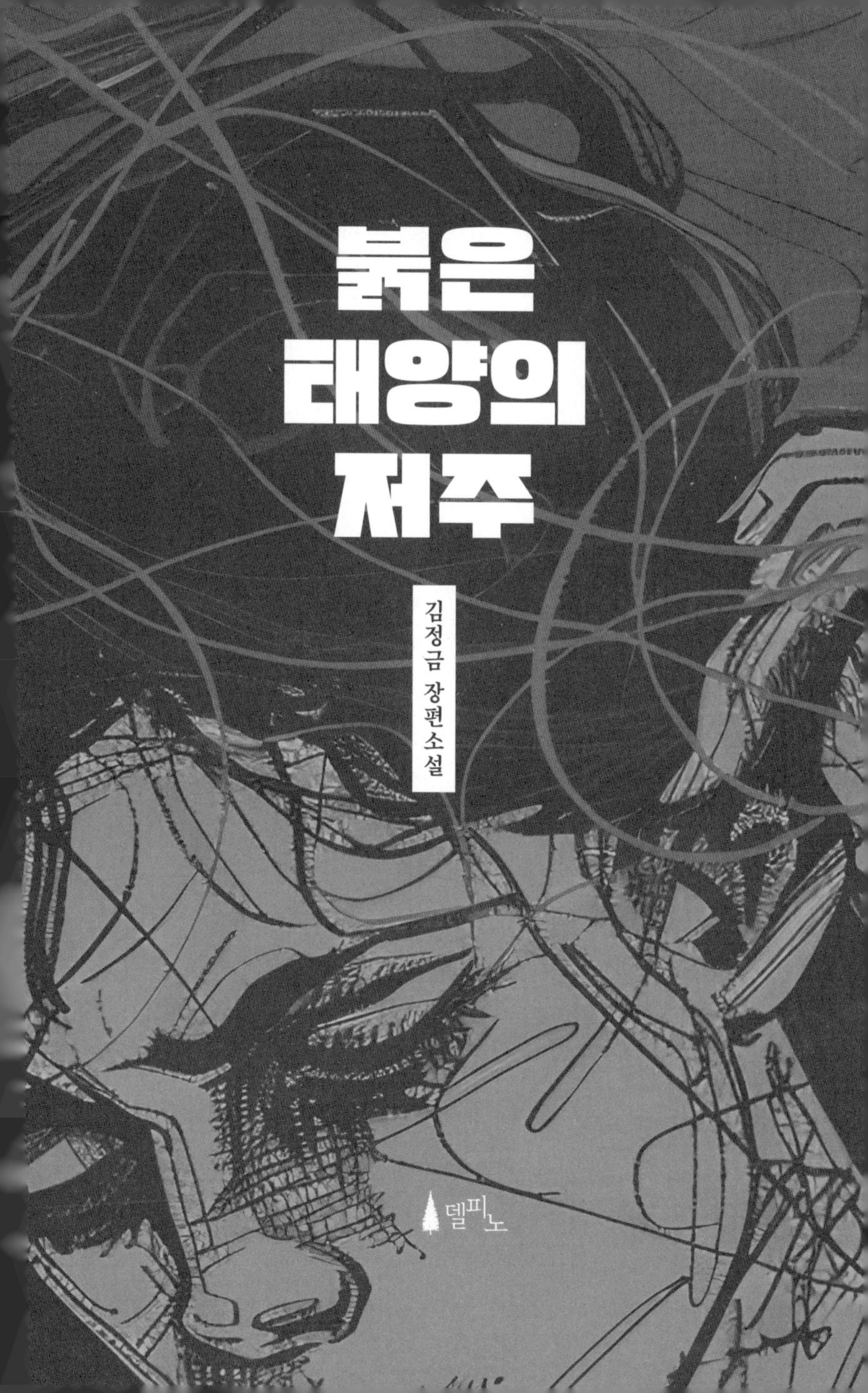
붉은
태양의
저주
김정금 장편소설
델피노

차례

뜨거운 세상

2056년 11월 14일

천국인가. 나는 실눈을 뜨고서 주위를 둘러봤다. 주위엔 빛 한 점 없어 아무것도 보이지 않았다. 대체 여기가 어디지. 기억을 더듬던 그때, 별안간 머리가 지끈거렸다. 두 손으로 머리를 감싸자, 머리카락이 손가락을 찔렀다. 뭐지. 군인 같은 이 헤어스타일은. 정신이 들자, 뒤늦게 익숙한 냄새가 콧속으로 스며들었다. 나는 냄새를 맡으려고 숨을 깊게 들이마셨다. 음. 그러니까 여긴… 내 방이다.

나는 침대에서 일어나 욕실로 걸어갔다. 다리가 제멋대로 비틀거렸다. 겨우 욕실로 들어가 변기에 털썩 주저앉았다. 아랫배는 묵직한데, 소변이 나오지 않았다. 안간힘을 쓰며 아랫배를 쥐어짠 후에야 소변이 쪼르르 떨어졌다.

"앗!"

그 순간, 요도가 불타는 듯이 화끈거렸다. 소변을 보는 게 이렇게 힘든 일이던가. 간신히 아랫배를 비워낸 다음, 세면대 앞으로 다가갔다. 거울 속에 까까머리를 한 남자가 서 있었다. 머리카락이 짧은 모습이 영 어색했다. 원래 이렇게 촌스러운 머리를 하고 다녔었나. 잠깐. 왜 아무 기억이 없는 거지. 잠들기 전에 있었던 일들이 아무것도 기억나지 않았다.

다시 방으로 돌아갔다. 화장실에서 새어 나오는 빛이 방안을 비췄다. 침대 옆에 놓인 트롤리 위에 물건들이 어질러져 있었다. 가까이 다가가 보니 빈 수액 팩과 주삿바늘, 요도에 꽂았을 카테터 등이었다. 내가 잠들어 있던 동안, 침대에서 수액을 맞았던 모양이다. 그렇다면 누군가가 나의 팔뚝에 바늘을 꽂았다가 제거했을 텐데… 누군가가 누굴까. 그래, 맞아. 윤시혁 박사. 수술실 무영등 아래서 나를 바라보던 윤 박사 얼굴이 어렴풋이 떠올랐다.

나는 침대 옆 협탁 위에 놓인 스마트폰을 집어 들었다. 스마트폰이 꺼져있었다. 스마트폰을 무선 충전기 위에 올려놓은 뒤, 옆에 서서 배터리 잔량이 올라가는 걸 지켜봤다.

5… 10… 15%

10초도 채 기다리지 못하고 스마트폰을 집어 들어 윤 박사에게 전화를 걸었다. 수화기 너머로 통화 연결음이 흘러나왔다. 윤 박사는 전화를 받지 않았다. 진료 시간인가. 그만 전화를 끊으려는데 수화기 너머로 한 여자가 말했다. 지금 저희 고객님께서 전화를 받을 수 없으니 어쩌고저쩌고.

여자의 안내가 끝나고 삐-- 소리가 났다.

"윤 박사. 전화 좀 줘."

오랫동안 말을 하지 않았는지 잠긴 목에서 쉿소리가 났다. 내가 잠든 사이 몸 여기저기가 녹슨 모양이다.

스마트폰을 켠 김에 사용기록을 살펴봤다. 한 달 전에 마지막으로 사용한 이후로 스마트폰을 사용하지 않았다. 그 얘긴 내가 한 달 동안이나 잠들어 있었다는 뜻이다. 다음으로 아내 영희에게 전화를 걸었다. 통화연결음이 1분 넘게 이어졌지만, 영희도 전화를 받지 않았다. 영희는 어디 간 걸까.

밖으로 나갔다. 복도를 지나 거실로 들어선 순간, 나는 두 눈을 질끈 감았다. 통유리창으로 들어온 햇살에 새하얀 바닥 타일이 반짝였다. 현기증이 일었다. 잠시 후, 슬며시 눈을 떠보니 텅 빈 거실이 쥐 죽은 듯 조용했다.

나는 거실과 마주한 주방으로 가서 컵에 물을 가득 따른 다음 거실 창가로 다가갔다. 폭설이 내린 것처럼 하나같이 새하얀 타일을 붙인 100층 넘는 아파트와 빌딩이 뜨거운 태양을 조금이나마 막아주었다. 그나저나 이상하다. 거리에 지나다니는 사람들이 없었다.

"폴리야."

스르륵 타일 바닥이 끌리는 소리와 함께 폴리가 다가왔다. 폴리는 내 오랜 친구이자 집사이다.

"오랜만이야. 잘 지냈지?"

폴리를 마지막으로 본 것도 한 달 전이었을 테지.

"잘 지냈습니다."

폴리가 아무 감정 없이 대답했다. 반가운 내 마음과는 달리 녀석은 무뚝뚝하다. 하지만 괜찮다. 녀석은 원래 감정을 느끼지 못한다. 아. 폴리는 원기둥 몸통에 두 팔을 가진 AI 로봇이다. 나는 이 집사 로봇에게 북극성을 뜻하는 폴라리스를 줄여 '폴리'라고 이름을 지어주었다. 참고로 폴리는 남자다. 음… 그러니까 생식 능력이 있는 건 아니고, 남자 목소리로 설정해둔 탓에 남자로 느껴질 뿐이다.

"오늘 서울 기온은 어때?"

"현재 서울 기온은 50도입니다."

폴리가 말했다. 바깥 기온은 50도지만, 실내 온도는 25도이다. 열 차단 유리 덕에 집안은 전혀 덥지 않았다. 천장에 달린 공조 장치가 실내 온도를 쾌적하게 유지해 주는 것도 한몫했다. 내가 잠들기 전에 평균 54도를 웃돌았던 걸 생각하면, 더위가 한결 누그러들었다. 그런데 거리엔 왜 사람이 없는 걸까.

그때, 눈치 없이 배가 꼬르륵거렸다. 마지막으로 음식을 먹었던 게 언제였을까. 침대 옆에 널브러진 빈 수액 백(bag)을 봐선 한 달 동안 혈관을 통해 생명을 유지해 온 모양이다. 잠든 사이에 살이 빠졌는지, 옷이 헐렁했다. 일단 뭐라도 먹자.

나는 주방으로 가서 냉장고를 열었다. 썩은 내가 몰칵 뿜어져 나왔다. 마지막으로 사둔 신선식품은 유통기한이 지나 버렸고,

채소는 물러져 있었다. 하는 수 없이 팬트리를 열었다. 각종 통조림과 라면, 레토르트 식품이 진열되어 있었다.

나는 라면 하나를 꺼낸 뒤, 인덕션에 냄비를 올리고 물을 끓였다. 한 끼 때우기엔 라면만 한 게 없다. 4분 만에 완성된 라면을 그릇에 담아 식탁에 앉았다.

"폴리야. 최근 뉴스 기사를 읽어줘."

폴리가 기사를 읽어주는 동안, 나는 뜨거운 라면을 후후 불어 입에 넣었다. 라면은 언제 먹어도 맛있다. 뭐… 라면이야 두말할 필요가 없지.

* * *

이상기후로 발생한 기후 난민에 관한 구체적인 방안을 논의하기 위해 아이슬란드 레이캬비크에서 유엔기후변화협약 당사국 총회가 열렸다. 총회는 2056년 10월 17일부터 10월 31일까지 2주간 진행됐으며 전 세계 192개국의 정상은 물론, 과학자, 경제학자, 기후학자들이 대거 참여했다.

"지구의 기후변화는 정상성을 벗어났습니다. 앞으로 기후가 어떻게 변할지 그 누구도 예측할 수 없는 지경에 이르렀습니다."

연단에 선 유엔기후변화협약 사무총장이 침통한 얼굴로 말했다.

"지구는 현재 돌이킬 수 없는 상태에 도달했습니다. 온실가스

주요 배출국인 미국, 중국, EU 28개국, 인도, 러시아, 일본, 캐나다, 멕시코, 한국 등이 산업화 이전 대비 지구 평균기온 상승을 1.5℃보다 낮은 수준으로 유지하기 위해 온실가스 배출 감축을 약속했었습니다만, 인류는 완전히 참패했습니다. 현재 지구는 산업화 이전보다 3.5도나 높아졌고, 봄과 가을은 사라지고 뜨거운 여름과 극한의 한파가 몰아치는 겨울만이 반복되고 있습니다. 그뿐만 아니라 홍수와 가뭄, 태풍과 토네이도가 시시때때로 몰아치는 기상이변이 일상이 되었습니다."

회의장에 앉은 세계 정상들의 얼굴에 참담한 기색이 스쳤다.

"기후는 우리가 예상했던 것보다 훨씬 빨리 3도를 넘어섰습니다. 기후 온난화가 가속화된 데에는 남극이나 북극 주변 고위도 지역에 2년 이상 영하로 유지되는 영구동토층이 빠르게 해빙하면서 50기가톤의 메탄가스가 방출된 게 원인일 거로 추측하고 있습니다. 또한, 빙하가 녹자 태양 복사를 반사하는 표면 능력인 알베도가 줄어들어 태양 복사 에너지를 더 많이 흡수한 것도 한몫한 것으로 보고 있습니다. 참담하게도 현재 남극과 북극의 빙하는 겨우 흔적만 남았습니다."

뒤이어 유엔기후변화협약 당사국총회 의장이 말했다.

"거기다 파도, 플랑크톤, 해조류에 의해 생성된 해양 에어로졸로 만들어진 구름도 지구 표면에 도달하는 태양 복사 에너지를 반사하여 뜨거워진 지구 기온을 낮춰주는 역할을 하는데, 빙하가 녹고 바다마저 따뜻해지자, 산호초와 플랑크톤 수가 급감했고, 그 결과 이전처럼 구름이 생성되지 않아 태양 복사 에너지를 반사하지 못하고 고스란히 흡수하게 되었습니다."

유엔기후변화 사무국 기후책임자가 덧붙여 말했다.

"10년 전, 북극에 설치한 백색 차광막은 아무런 효과가 없었나요?"

이집트 특사가 물었다.

"…이제 와 하는 말이지만, 그땐 이미 늦었었습니다. 하지만 겨울철에 극한 한파가 계속되는 거로 보아 빙하는 다시 얼 겁니다. 분명 지구가 자정작용을 할 겁니다."

유엔기후변화 사무국 기후책임자가 대답했다. 장내가 술렁였다.

"잠깐만요. 확실치 않은 예측은 삼가길 바랍니다."

유엔기후변화협약 당사국총회 의장이 단호하게 말했다.

"아닙니다. 지난 역사를 돌이켜봐도 화산 폭발 때 발생한 연무질이 햇빛을 반사해 지구 기온이 떨어지면서 소빙하기가 도래했었죠. 현재 불의 고리라 일컫는 지역에서 매년 지진이 계속되고 있습니다. 올해만 해도 벌써 일흔두 차례나요. 미국의 옐로우스톤 화산, 인도네시아의 루앙 화산, 한국의 백두산, 일본의 후지산도 폭발이 임박했다는 관측이 나오고 있습니다. 이 화산 중 어느 것 하나라도 폭발한다면 분명 지구 온도를 낮출 수 있을 겁니다."

유엔기후변화 사무국 기후책임자가 말했다.

"자, 우리가 오늘 이 자리에 모인 건, 기후 난민에 관한 논의를 하기 위해서입니다. 주제를 벗어난 이야기는 삼가세요."

유엔기후변화협약 당사국총회 의장이 헛기침하며 말했다.

"바닷속으로 사라진 몰디브와 투발루와 같은 섬나라뿐만 아니라 뭄바이, 자카르타, 광저우나 텐진, 방콕, 홍콩, 호찌민 등 연안 도시에 살던 사람들, 사막화가 진행되어 더는 사람들이 살 수 없는 곳이 되어버린 적도 부근의 국가들에서 살던 사람들이 지금 우리가 열띤 논의를 하는 이 순간에도 불법적인 방법으로 세계 각지로 밀입국하고 있습니다. 이들 기후 난민은 20억 명으로 추정되며, 현재 세계 인구는 45억 명으로 추산됩니다."

유엔기후변화협약 당사국총회 의장이 말했다.

"2036년도에 90억 명이던 세계 인구가 불과 20년 만에 45억 명으로 줄었습니다. 절반에 달하는 수입니다. 엎친 데 덮친 격으로 현재 지구촌 곳곳에서 원인을 알 수 없는 바이러스가 인류를 위협하고 있습니다. 바이러스에 감염된 사망자 수가 전 세계 출생아 수를 빠르게 앞지르고 있고요. 이제 지구상에서 인간이 사라지는 건 시간문제입니다."

유엔인구기금 총장이 덧붙여 말했다.

"대체 어디서 기원한 바이러스일까요?"

"아직 밝혀지지 않았습니다만, 영구동토층이 녹은 곳에서 유출된 수만 년 전에 묻힌 고대 바이러스와 병원체일 것으로 추정하고 있습니다."

세계보건기구(WHO) 사무총장이 답변했다.

"아니요. 난민들에 의해 퍼져나간 바이러스가 유력합니다. 보시다시피 아슬아슬하게 버티고 있는 나라들이 난민을 수용하면서 더 위험해졌잖습니까?"

일본 환경성 대신이 말했다.

"맞습니다. 당장 내 나라 국민이 식량부족으로 죽어 나가는 와중에 난민까지 수용하는 바람에 많은 나라가 더는 버텨낼 수 없는 상황에 부닥쳤습니다. 임계점에 도달했다고요."

"그렇다고 그들이 죽어가는 걸 가만히 손 놓고 지켜만 볼 겁니까? 난민은 타국민이기 이전에 이 지구상에서 우리와 함께 사는 사람들입니다."

회의장이 소란스러워졌다. 미국 국무장관이 마이크에 대고 헛기침하자, 일제히 미국 국무장관을 돌아봤다.

"난민은 일부 국가만의 문제가 아닙니다. 세계 대부분의 나라가 점차 겪게 될 일입니다."

미국 국무장관이 단호하게 말했다.

"모든 나라에서 똑같은 일이 일어난다 해도 똑같이 위험에 처하진 않죠."

러시아 외무부 차관이 눈썹을 들썩였다.

"맞습니다. 미국이나 한국 등 기후 위기에 대응해 새로운 도시를 건설할 여력이 있는 나라들은 해변 도시 이주민을 자국의 타도시로 이주시켰지만, 많은 개발도상국은 이주민을 감당해 내지 못합니다. 그러니 선진국이 이들 개발도상국을 도와 난민을 수

용해야 하고요."

유엔난민기구 총장이 말했다.

"대체 언제까지 선진국이 개발도상국을 도와야 하죠?"

중국 생태환경부 장관이 물었다.

"온실가스 배출 순위 상위는 대부분 선진국입니다. 선진국에서 배출한 온실가스로 개발도상국이 피해를 고스란히 떠안고 있습니다. 다른 예로 부자 나라 두바이에서 매년 인공 비를 내리게 하는데, 몇 해 전엔 2년 치 강수량을 하루에 쏟아붓는 바람에 미처 대비하지 못한 인접 국가에 큰 홍수가 나서 전염병과 난민이 발생하기도 했었죠. 이처럼 같은 하늘 아래 사는 우리는 서로 연결되어 있습니다. 기후변화 문제는 모두가 함께 책임져야 할 문제입니다."

유엔기후변화협약 사무총장이 말했다.

"맞습니다. 인류는 지금껏 지구의 최상위 포식자로 군림하며 지구 생태계를 자신들에게 유리한 쪽으로 바꿔놓았습니다. 지금 지구에 닥친 재앙은 인류가 지구 생태계를 파괴한 대가입니다. 생태계를 파괴하며 생물 다양성을 감소시킨 것도 모자라 이젠 우리, 인간의 차례가 되었습니다. 지구상에서 인간이 사라질 날이 머지않았습니다. 하지만 위기가 닥쳐올 때마다 인류는 모두가 힘을 합쳐 위기를 극복해 왔습니다. 이번에도 극복하리라 믿습니다."

유엔인구기금 총장이 뒤이어 말했다.

* * *

라면을 다 먹어갈 때쯤이었다. 현관에서 도어록을 누르는 소리가 났다. 영희가 왔나. 젓가락을 내려놓고 현관으로 달려 나가자, 때맞춰 문이 열렸다.

"누, 누구세요?"

문을 열고 들어온 사람은 영희가 아닌 처음 보는 남자였다. 남자는 나를 보자 흠칫 놀라 뒷걸음질 쳤다.

"누, 누군데 남의 집에 마음대로, 아니 비밀번호는 어떻게 알고 들어온 거예요!"

나도 모르게 소리쳤다. 명색이 첨단 보안 시스템 아파트인데, 낯선 남자가 무단으로 침입하다니. 보안요원들은 대체 뭣들 하는 거지.

"아, 놀라게 해드려서 죄송합니다. 살아계셨군요."

남자가 턱을 문지르며 집안을 둘러봤다.

"살, 살아있다니 그게 무슨 말입니까? 제가 죽기라도 했다는 건가요?"

뭐지, 눈이 부리부리한 이 남자는? 윤 박사가 보낸 사람인가.

"아, 그게… 저는 아파트 보안팀 직원입니다."

남자가 두 손을 만지작거리며 말했다. 보안요원이라면 오며 가며 봤을 텐데 처음 보는 얼굴이었다.

"몇 주째 세대 내에 동작이 감지되지 않아 확인차 들렀습니다."

남자가 거실 천장에 달린 동작 감지 센서를 가리켰다. 동작 감지 센서에서 빨간색 불빛이 깜빡였다.

"이 건물 66층에 관제센터가 있는 건 아시죠? 이틀 전부터 세대 내 동작 감지와 수도 및 전력 사용량을 조사하는 중인데, 최근 한 달간 사용량이 없고, 동작도 감지되지 않아 방문했습니다."

나는 남자를 뚫어지게 봤다. 나보다 머리 하나만큼 큰 키에 건장한 체격으로 봐선 의심할 만한 구석은 없으나, 뭔가 께름칙했다.

그때, 폴리가 다가왔다.

"윤 박사에게서 전화가 왔습니다. 받으시겠습니까?"

폴리가 말했다.

"연결해 줘."

나는 폴리를 내려다보며 대답했다.

"어. 윤 박사."

나는 보안요원에게 손을 들어 보이며 전화를 받았다.

"무사히 계신 걸 확인했으니, 저는 이만 가보겠습니다."

등 뒤에서 보안요원이 말했다. 뒤이어 현관문 닫히는 소리가 났다.

"일어난 거야?"

윤 박사가 물었다.

"응. 조금 전에."

돌아보니 보안요원은 나가고 없었다.

"몸은 좀 어때?"

윤 박사가 물었다.

"머리가 좀 아픈 것 말고 괜찮아. 대체 무슨 일이야? 내가 왜 이러고 있는 거야?"

"뭐야? 기억 안 나는 거야?"

윤 박사가 헛웃음을 쳤다.

"무슨 일이 있었던 건지 기억해 보려 했는데 도통 아무것도 기억나지 않아. 대체 내게 무슨 짓을 한 거야?"

나는 또다시 되물었다.

"맙소사! 네 머리 뚜껑을 열었다 닫았어. 뇌가 새까맣게 썩어 있더니 기억력도 썩어버렸군."

윤 박사가 너스레를 떨었다.

"내가 뇌 수술을 받았다는 거야?"

그 순간 수술실로 들어가기 전, 영희와 인사를 나누었던 기억이 거짓말처럼 떠올랐다.

"그래. 맞아! 그랬었어. 수술은 잘 된 거야? 살려줘서 고맙다고 해야 하는 거지? 무서워 죽는 줄 알았는데."

수술실 침대에 누워있던 기억도 되살아났다.

"다행히 살려는 놨어. 네 머리가 정상적으로 작동할지는 몰라도."

윤 박사가 낄낄 웃었다.

"원래라면 며칠 더 무균실에 있어야 했는데, 병원이 안전하지 않아서 집으로 데려갔어."

윤 박사가 웃음을 멈추고, 무겁게 가라앉은 목소리로 말했다.

"병원이 안전하지 않다니 그게 무슨 말이야?"

"전염병이 기승을 부리고 있어."

윤 박사가 한숨을 내쉬었다.

"코로나바이러스 이후로 전염병이 없었던 적이 있었어? 이번엔 또 뭐야? 뎅기 바이러스? 아님, 지카 바이러스?"

"아니. 그동안 유행하던 전염병과는 증상이 좀 달라."

"증상이 다르다고? 어떻게?"

"신체 증상이 나타나는 게 아니라 폭력성이 높아진달까? 음… 행동을 변화시키는 바이러스인 건지…"

"그게 무슨 말이야? 행동을 변화시킨다면, 바이러스가 뇌에 침투해서 뇌를 변화시킨다는 거야?"

"글쎄… 나도 잘 모르겠어. 아직은 바이러스가 밝혀지지 않았거든."

수화기 너머로 또다시 한숨 소리가 들렸다.

"상황이 심각한 거야? 치사율은?"

"집계하지 못하고 있어. 감염된 사람들은 병원엘 오지 않고, 사망자만 실려 오고 있거든. 지금으로선 추측만 난무할 뿐 어떤 것도 몰라. 실려 오는 부상자와 사망자들로 병원이 마비돼서 급하게 집으로 옮겼어."

나는 1인 무균실에 입원해 있어서 혼란 속에서도 무사했던 모양이다. 윤 박사는 정신없는 와중에도 내가 잘 회복되도록 챙겼을 것이고.

"넌? 넌 괜찮아?"

"나야. 연구실과 무균실만 왔다 갔다 했었으니까."

그래. 이렇게 통화를 하고 있으니 윤 박사는 괜찮은 거겠지.

"집에는 언제 온 거야?"

"일주일 전에."

윤 박사는 끝없는 나의 질문에도 싫은 내색 없이 대답했다.

"그럼, 계속 여기로 출퇴근했던 거야?"

"말도 마. 도저히 안 되겠다 싶어서 집으로 옮겨서 며칠 지켜봤는데, 보안요원이 아파트를 봉쇄한다기에 엊저녁에 네 몸에 달린 카테터를 모두 뺐어."

"아파트를 봉쇄한다고? 그게 무슨 말이야?"

나도 모르게 소리쳤다. 아파트를 봉쇄할 만큼 심각한 상황인 걸까.

"입주민들이 외부인의 출입을 막아달라고 요청했겠지. 뭐."

나는 소파에서 일어나 창가로 다가갔다. 창밖에 사람이 없었던 게 그럼….

"내가 잠든 한 달 동안 많은 일이 있었구나…"

나는 머릿속이 복잡해졌다.

"영희 씨한테는 연락해 봤어?"

윤 박사가 말했다.

"두 번이나 전화했는데 무슨 일이 있는 건지 받질 않아. 너 뭐 좀 아는 거 있어?"

"글쎄. 보름 전에 영희 씨에게 메시지가 왔었어. 너 괜찮냐고 물어보길래 바이탈은 정상이라 말해줬었고."

"그거 말고 다른 말은 없었어?"

"네 걱정 하길래 수술은 잘 끝났으니 걱정하지 말라고 했지. 그리고 뭐… 아! 캘리포니아에 있다고 했어."

"캘리포니아?"

헛웃음이 나왔다. 자유로운 영혼을 가진 고양이, 고영희의 이동 능력은 대체 어디까지인가. 원래라면 수술 다음 날, 출간기념회 참석차 파리에 가기로 되어있었다.

"캘리포니아에는 왜 간 거야?"

"그야 나도 모르지. 내가 영희 씨 사생활을 물어볼 순 없잖아."

그건 그렇다. 동료이자 친구 아내의 사생활을 묻는 건 실례다.

"아무튼, 넌 집 밖으론 한 발짝도 나가지 마. 불과 한 달 전에 머리 뚜껑을 열었다 닫은 후로 무균실에서 누워지냈다는 거 명심하라고. 절대 어떤 병원체도 감염돼선 안 돼."

윤 박사가 단호하게 말했다.

"알겠어. 집에 처박혀 지내는 건 나의 주전공이니까 걱정하지 마."

윤 박사와의 통화를 마치고 나는 폴리를 불렀다. 폴리가 다가왔다.

"폴리야. 캘리포니아에 관한 기사 좀 검색해 줘."

"캘리포니아에 관한 마지막 기사는 2056년 10월 14일입니다. 읽으시겠습니까?"

10월 14일이라면, 내가 수술하던 날이다. 그날은 영희가 내 곁에 있었다.

"아니 됐어. 대체 영희는 캘리포니아에는 왜 간 걸까?"

어리석은 생각일지 모르겠지만, 때론 영희의 생각을 훤히 꿰뚫고 싶다. 사랑하는 사람의 생각과 마음을 읽을 수 있다면 얼마나 좋을까. 물론 다른 사람의 마음과 생각을 훤히 내다볼 수 있다면, 세상이 지옥으로 느껴지겠지만 말이다.

"대답할 수 없는 질문입니다."

폴리는 혼잣말과 명령어를 구분하지 못할뿐더러, '왜'라는 질문에 대답하지 못한다. '왜?'라는 질문에 대답하려면 추론이 필요한데, 추론은 인간의 고유 영역이다. 폴리는 네트워크에서 검색되는 내용만 안내해 줄 수 있다.

영희 SNS를 눌렀다. 마지막 게시글은 보름 전에 참석한 출판기념회 사진이었다. 대체 영희는 어디서 뭘 하는 걸까. 영희에게 전화를 걸어보았지만, 이번에도 영희는 전화를 받지 않았다.

* * *

청소를 시작했다. 지금은 바이러스에 감염돼도 치료를 받을 수 없다고 하니, 감염되지 않는 게 상책이다. 그러기 위해선 집을 무균실로 만드는 수밖에 없다.

제일 먼저 침대 옆에 널브러진 수액 백과 수액 줄, 소변줄을 밀봉해 현관 앞에 둔 다음, 냉장고를 열어 썩은 채소와 유통기한이 지나버린 식품을 모조리 꺼내 음식물 수거 진공관에 죄다 버렸다. 폴리는 내가 쓰레기를 치우는 동안 집 안을 돌아다니며 발에 달린 청소기로 먼지를 빨아 당긴 뒤, 청소기를 물걸레로 변경하여 걸레질까지 마쳤다. 그동안 천장에 달린 공조 장치는 윙윙거리며 집안의 공기를 빨아들인 다음, 미세먼지와 각종 바이러스를 걸러낸 깨끗한 공기를 내뿜었다. 세 시간에 걸친 청소를 끝내고 샤워까지 마친 다음 깨끗한 옷으로 갈아입었다. 목욕재계도 했으니 이제 수술이 성공적으로 됐는지 확인해 볼 차례다.

나는 서재로 갔다. 연구를 함께한 동료들이 나의 수술 결과를 기다리고 있을 것이다. 책상에 앉아 숨을 크게 내쉬며 스마트폰을 켰다. 스마트폰 바탕화면에 설치해 둔 인터페이스를 실행한 다음, 연결할 기기 목록에서 기기 이름을 찾았다.

AI-human link

이제 기기를 연결할 차례다. 손이 떨렸다. 지금, 이 순간에 지난 10년이 달려있었다. 나는 호흡을 가다듬으며 기기 이름을 눌렀다.

……

기기가 연결되지 않았다. 데이터 연결이 끊겼나. 거실로 나가 다시 '*AI-human link*'를 눌렀다.

……

데이터는 문제없이 연결되어 있었다. 그렇다면… 인정하고 싶지 않지만, 실패다. 연구도, 수술도. 하. 깊은 한숨이 터져 나왔다. 몇 번을 다시 시도해 봤지만, 여전히 연결되지 않았다. 뭐가 문젤까. 의자에 앉아 해결 방법을 곰곰이 고민했다.

그래, 맞아. 수술 전 기억이 어렴풋이 떠올랐다. 만약 기기가 연결되지 않을 때를 대비해서 제작한 인터페이스가 하나 더 있었다. 인터페이스는 USB에 저장해 두었고, USB는… 한 달 만에 머리를 쓰려니 기억력이 아직은 완전히 회복되지 않은 것 같다. 그러니까 USB는……

입원할 때 가져간 짐 속에 있다!

[입원할 때 가져간 내 짐은 어딨어?]

윤 박사에게 메시지를 보냈다.

[네 차에 두고 못 챙겼어. 차는 지하 5층에 주차해 뒀고.]

USB를 가져오려면 주차장에 내려가야 한다. 감염에 조심하랬는데 괜찮을까.

"폴리야. 아파트 공고문 게시된 거 있나 봐줘. 봉쇄와 관련된 안내문 같은 거 말이야."

폴리는 아파트 네트워크와도 연결되어 있어 아파트 게시판의 역할도 대신했다.

"오늘 오전에 등록된 아파트 공고문이 있습니다. 확인하시겠습니까?"

"응. 보여줘 봐."

폴리는 얼굴에 아파트 공고문을 보여주며 읽어줬다.

공 고 문

본 아파트는 입주민들의 요청으로 2056년 11일 13일 모든 출입구를 봉쇄하여 외부와의 접촉을 차단하였습니다. 이에 따라 세대 내 에너지 사용량이 증가할 거로 예상되어 입주민들의 우려가 크시리라 생각됩니다.

본 아파트는 홈 에너지관리 시스템(HIT)으로 운영되는 친환경 스마트 아파트입니다. 아파트 외벽의 특수 백색 타일이 뜨거운 태양열을 반사하는 동시에 세대 통유리창

에는 투명한 태양전지가 부착되어 태양열을 축적하고 있으며, 축적한 에너지는 아파트 중앙 열교환기를 통해 세대로 공급하고 있습니다. 또한, 중앙 냉난방 시스템으로 냉난방기와 공기정화장치가 외부 기온에 맞춰 지하 주차장을 비롯한 건물 내부와 세대에 365일 꺼지지 않고 가동되고 있습니다. 현재는 맑은 날이 계속되고 있어 비축한 에너지양이 충분하므로 걱정하지 않으셔도 됩니다. 불편하시겠지만, 외부 상황이 잠잠해질 때까지는 안전한 세대 내에 머물러주시기를 바랍니다.

2056. 11. 14. 아파트 관리팀

서울 시내에 같은 방식으로 지어진 주상복합 스마트 아파트는 대략 백여 채로, 이러한 스마트 아파트에 사는 주민들은 대한민국 상위 10%에 해당하는 상위층이라고 할 수 있다.

그나저나 아파트 안에는 안전하다고 하니 주차장에 다녀와야겠다.

* * *

늦은 밤, 옷장에 처박아둔 스키복을 꺼내입었다. 옷으로 가려지지 않는 머리에는 털모자를 꺼내 쓰고, 고글과 마스크로 얼굴까지 빈틈없이 싸맨 다음 집을 나섰다. 이 정도면 모기도, 바이러스도 뚫지 못하겠지.

현관 앞에 둔 의료용 폐기물을 손에 들고 둥글게 이어진 복도를 따라 엘리베이터 홀로 걸어갔다. 복도를 따라 현관문 여덟 개가 아파트 정중앙에 배치된 엘리베이터 홀을 바라보고 있었다. 나는 엘리베이터 홀로 들어가 엘리베이터 옆에 있는 쓰레기 수거장으로 가서 쓰레기를 버린 다음, 엘리베이터 앞으로 다가갔다. 엘리베이터는 내가 현관문을 열 때 자동으로 호출돼 이미 도착해 있었다.

엘리베이터에 올라타 15층을 눌렀다. 입주민의 지문임을 인식한 엘리베이터는 15층으로 내려갔다. 1층부터 15층까지는 상가 시설로, 슈퍼, 편의점, 식당, 과일가게, 세탁소, 의원, 약국, 미용실 등이 있었다. 아파트 상가는 아파트 입주민만 이용할 수 있는 곳으로 뜨거운 외부로 나가지 않아도 상가를 이용할 수 있다.

나는 제일 먼저 마트로 갔다. 웬일인지 마트 문이 닫혀 있었다. 손 그늘을 하고서 유리문 너머로 안을 들여다보니 진열대가 텅 비어있었다. 발길을 돌려 편의점에도 가보았지만, 편의점도 마찬가지였다.

에스컬레이터를 타고 아래층으로 내려갔으나, 아래층도 상황은 같았다. 상가는 모두 문을 닫았고, 상가 안 진열대는 모두 텅 비어있었다. 없는 건 진열대의 물건만이 아니었다. 지나다니는 사람도 없었다. 오히려 잘됐다. 나 혼자뿐이니 감염될 위험은 없었다. 사실 지금은 감염 위험보다는 더위가 더 문제다. 에어컨이 켜져 있는데도 스키복 안으로 땀이 줄줄 흘러내렸다. 어서 차에 가서 USB를 들고 집으로 올라가야겠다.

나는 고글을 벗어 뿌연 습기를 닦아내며 에스컬레이터로 발걸음을 옮겼다. 주차장은 지하 1층부터 지하 10층까지로, 나는 지하 5층으로 내려갔다. 넓은 공간에 사람이라곤 나 혼자뿐이라는 생각이 들자, 어쩐지 으스스하고 무서웠다.

에스컬레이터에서 내려 주차장으로 나가는 자동문 앞에 다가섰다. 평소라면 열려야 할 자동문이 열리지 않았다. 동작감지 센서에 손을 갖다 대보았지만, 꿈쩍도 하지 않았다. 아파트를 봉쇄했다더니 아파트 내 시설도 전부 차단한 모양이다.

자동문 주위를 둘러봤다. 자동문 아래쪽에 수동 개폐 레버가 달려있었다. 수동 개폐 레버로 손을 뻗어 막 레버를 당긴 그때였다. 경보음이 시끄럽게 울려대기 시작하더니 자동문 너머로 수십 명의 사람이 벌 떼처럼 달려왔다.

"뭐, 뭐야!"

나는 뒷걸음질 치며 에스컬레이터 옆의 엘리베이터 버튼을 눌렀다. 엘리베이터는 15층에 멈춰있었다.

＊＊＊

대통령이 두꺼운 철문을 열고 국가위기관리센터 상황실로 들어왔다. 상황실에는 장관들이 초승달 같은 반원 형태의 테이블에 앉아 대통령을 기다리고 있었다. 대통령은 테이블 중앙에 앉았다. 맞은편 벽면 전체를 뒤덮은 대형 전자상황판에는 '국가안전보장 긴급 전체 회의'라 적힌 화면이 나왔다.

"지금부터 국가안전보장 긴급 전체 회의를 시작하겠습니다. 회의에 들어가기에 앞서 대통령 말씀을 먼저 듣도록 하겠습니다."

상임위원회 위원장을 겸임하고 있는 국가안보실장이 연단에서서 말했다.

"모두 무사하셔서 다행입니다. 불편하시겠지만, 당분간은 이 청와대 지하 벙커에서 지내야 할 것 같습니다. 아무쪼록 국민이 일상으로 돌아갈 수 있도록 대한민국이 처한 위기를 극복할 방안을 함께 찾읍시다."

대통령이 무겁게 입을 뗐다. 이곳 지하 벙커는 백이십 평으로, 오십여 명이 지내기엔 비좁긴 해도 이 미터 두께의 두꺼운 콘크리트 외벽에 내벽은 철벽으로 둘러싸여 있어 좀비들의 공격에 안전할 것이다.

"해결 방안을 찾기 전에 한가지 짚고 넘어가야 할 것 같습니다. 대체 좀비들이 어떻게 청와대까지 들이닥친 겁니까?"

국방부 장관이 마이크에 대고 말했다.

"얼마 전, 광화문에 몰려든 좀비들을 진압하다 경비단 소속 군인들이 많이 희생됐습니다. 그로 인해 청와대 경호 인력이 부족했고요. 그 틈을 타고 좀비들이 들이닥쳤는데, 워낙 그 수가 많아 진압에 실패했습니다."

안보실장이 대답했다.

"좀비들은 지금 어디에 있나요?"

대통령이 물었다.

"모두 생포해 가뒀습니다."

안보실장이 대답했다.

"그 좀비들을 어떻게 하실 겁니까? 살려두면 잠재적인 위험이 될 텐데요."

국방부 장관이 물었다.

"어떻게 하긴요. 역학 조사를 해야지요. 대체 그들이 감염된 바이러스가 뭔지 철저하게 조사해 주세요. 그래야 치료 약도 백신도 개발할 수 있으니까요."

대통령이 말했다. 국방부 장관은 미간을 찌푸리며 입술을 꾹 다물었다.

"청장님. 현재 누적 사망자 수가 어떻게 되나요?"

대통령이 질병관리청장에게 고개를 돌렸다.

"초기 대응이 늦어져 골든타임을 놓쳐버렸습니다. 그러니까… 한마디로 방역에 실패했습니다. 수습되는 시신이 매일 수백 구가 넘습니다. 시신을 수습하는 인력이 모자란 상황이라 수습되지 않은 시신까지 더하면 사망자 수는 훨씬 더 많을 것으로 보입니다."

질병관리청장이 떨리는 목소리로 말했다.

“대체 어쩌다 상황이 이 지경이 된 겁니까? 방역이 붕괴된 원인 말입니다.”

“뎅기열 환자에다 열사병으로 쓰러지는 환자들까지 더해져 의료 시스템이 마비된 상태에서 새로운 바이러스까지 창궐하니 이를 대처할 인력이 부족했습니다. 또, 전국에서 불길처럼 일어난 폭력 사태를 진압하는데 동원된 군인과 경찰들이 희생되는 바람에 이젠 이들을 진압하는데 동원할 인력도 없고요.”

보건복지부 장관이 대신 대답했다.

“좀비들이 감염된 신종 바이러스에 대해 밝혀진 게 있습니까?”

대통령이 물었다.

“지금까지 확인한 바로는 바이러스에 감염된 것으로 추정되는 좀비들이 아무나 마구잡이로 죽이는 등의 폭력적인 모습을 보인다는 것뿐 아무것도 모릅니다.”

질병관리청장이 대답했다.

“이전의 바이러스들과는 다르군요?”

“네. 맞습니다. 뇌에 침투해 뇌 기능을 변형시키는 바이러스로 추정하고 있습니다.”

“바이러스에 감염된 후 폭력성이 나타나고 사망하기까지 걸리는 시간이 얼마나 되죠?”

“신종 바이러스로 인한 사망자 대부분은 감염된 좀비들이 아니라, 좀비들이 가한 폭력으로 사망한 사람들입니다. 일반 시민들은 죽고, 바이러스에 감염된 좀비만 남게 되는 거죠."

질병관리청장의 말에 일제히 탄식이 터져 나왔다.

"전염병이 아닌 다른 문제는 아닐까요? 마약일 가능성은요? 미국이 수십 년 전부터 펜타닐 남용으로 골머리를 앓았잖습니까?"

대통령이 고개를 갸웃거렸다.

"국내에선 합성 마약 오남용 사례가 많지 않습니다. 물론 없다고는 할 수 없지만, 이처럼 광범위하게 퍼지진 않았을 겁니다."

보건복지부 장관이 대답했다.

"감염자 수는 어느 정도로 추정됩니까?"

"집계가 어렵습니다. 감염된 좀비들은 병원에 오지 않으니까요."

질병관리청장이 대답했다.

"생존자는 어느 정도 될까요?"

"생존자들이 집 밖으로 나오지 않고 있어 파악조차 할 수 없는 상황입니다. 모두 좀비를 피해 집 안에 숨어 지내는 것 같습니다. 생존자를 추정하기 위해 네트워크를 이용하는 계정을 전수조사했는데, 활발히 이용하는 사람들은 천만 명 남짓이라 합니다. 그 외 바이러스에 감염되어 네트워크를 이용할 수 없는 사람들까지 합치면 생존자는 조금은 더 될 것으로 보입니다."

비서실장이 대통령을 스쳐보며 조심스레 말했다.

"천만 명이요? 우리나라 인구 삼십 퍼센트밖에 살아남지 못했다는 건가요?"

대통령의 눈이 휘둥그레졌다. 그러잖아도 대한민국은 인구 감소 문제로 존폐 위기에 처한 상황이었다.

"네트워크 이용자를 집계한 거라 장담하긴 어렵습니다."

비서실장이 손수건을 꺼내 이마에 맺힌 땀을 닦았다.

"대체 어디서 나타난 바이러스입니까?"

대통령이 미간을 찌푸렸다.

"10월 초에 입국한 난민들과 함께 들어온 빈대에서 시작한 게 아닌가 하고 추측하고 있습니다."

국민안전처 장관이 대답했다.

"난민들은 수련원에 수용됐잖습니까?"

"그렇긴 한데, 보름 전에 수용소를 대거 탈출했습니다."

"그걸 왜 이제야 보고합니까? 난민들이 어디로 갔는지 위치 파악은 됐나요?"

"아뇨. 뿔뿔이 흩어져 추적하기가 어렵습니다."

국민안전처 장관이 고개를 숙였다.

"난민 입국을 막았어야 했습니다. 다른 나라와는 달리 우리나라는 하늘길과 바닷길만 막았어도 불법 입국을 막을 수 있었잖습니까! 대체 왜 난민 입국을 허용한 겁니까?"

국방부 장관이 목소리를 높였다.

"…우리도 언젠가는 난민이 될 테니까요."

대통령이 나지막한 목소리로 대답했다.

"그게 무슨 말씀입니까? 난민이 되다니요?"

안보실장이 머리를 흔들었다.

"인류는 지금 밟고 설 수 있는 땅을 찾아 이주하고 있습니다. 오래전, 사피엔스가 아프리카 대륙을 떠나 세계로 퍼져나간 것처럼 말이죠. 언젠가는 우리 차례가 될 겁니다. 그러니 바이러스 확산이 난민 때문인지 확실하지 않은 상태에서 난민을 몰아붙여선 안 됩니다. 지금은 바이러스 확산을 막는 게 중요합니다. 이 문제를 어떻게 헤쳐 나갈 건지에만 집중합시다."

대통령이 말했다. 상황실에 무거운 침묵이 흘렀다.

"대한민국이 다시 일어설 수 있을까요?"

대통령이 두 손을 모으며 눈을 지그시 감았다.

"완전 붕괴까지 시간이 얼마 남지 않았습니다. 늘어나는 사망자를 감당할 수 없을 겁니다. 사망자 수가 출생아 수를 넘어섰기 때문에 전염병 발병 이전의 인구수로 회복되기까지 적어도 100년은… 걸릴 겁니다. 물론 출생아 수가 더는 줄지 않는다는 가정하에 말입니다."

질병관리청장이 대답했다.

"하… 대한민국이 지도에서 사라질 날이 얼마 남지 않았군요."

* * *

사람들이 자동문에 다다랐다. 엘리베이터는 10층을 지나고 있었다. 어떡하지. 엘리베이터를 기다렸다간 꼼짝없이 붙잡힐 텐데. 나는 허겁지겁 에스컬레이터로 내달렸다. 사람들의 발소리가 심장을 두드렸다. 심장이 터질 듯이 에스컬레이터를 치달리다 보니 어느새 1층에 다다랐다. 엘리베이터가 3층을 지나고 있었다.

나는 엘리베이터로 달려가 호출 버튼을 눌렀다. 가만히 서 있는데도 다리가 후들거렸다. 엘리베이터가 2층을 지나던 그때, 웅성거리는 소리가 났다. 엘리베이터의 철제문에 뒤따라 올라온 사람들이 비쳤다.

"제발… 제발…"

나는 발을 동동 구르며 호출 버튼을 눌러댔다. 등 뒤에선 사람들이 엘리베이터로 달려왔다. 비상계단으로 눈을 돌린 그때, 엘리베이터 문이 열렸다. 나는 서둘러 엘리베이터에 올라타 닫힘 버튼을 눌렀다. 그사이 수십 명의 사람이 서로 뒤엉킨 채 코앞까지 쫓아왔고, 에스컬레이터에선 셔터가 내려오고 있었다. 서서히 닫히는 문을 바라보며 초조해하던 그때, 태양처럼 얼굴이 시뻘건 한 남자가 몸을 날리며 손을 뻗었다. 나는 두 눈을 질끈 감은 채 그만 자리에 얼어붙었다. 제발…

실눈을 떴을 땐, 문이 닫히고 36층으로 올라가고 있었다. 나는 바닥에 털썩 주저앉았다. 가쁜 숨이 터져 나왔다. 불을 집어삼킨 듯 목구멍이 타올랐다. 대체 저 사람들은 누굴까. 아파트를 봉쇄했으니 아파트 입주민이란 얘긴데, 꾀죄죄한 모습이 어쩐지 아파트 주민은 아닌 것 같았다. 대체 누구길래 주차장에 모여있는 걸까. 아니, 주차장에 모여서 뭘 하고 있었던 걸까.

집에 들어오자마자 스키복과 마스크를 벗어 던지고 소파에 철퍼덕 드러누웠다. 흠뻑 젖은 땀이 시원한 에어컨 바람에 서서히 마르자, 정신이 돌아왔다. 아무래도 당분간은 집 밖으로 나가지 않는 게 좋겠다.

온몸 구석구석 샤워를 마치고, 서재로 들어갔다. 하. USB는 어떡하지. USB를 가져오지 못했다. 인터페이스가 작동하지 않는다면, 연구에 성공했는지 실패했는지 확인할 길이 없다. 지금으로선 방법은 단 하나, 함께 연구했던 동료들에게 연락해 인터페이스를 구해야 한다.

"폴리야."

폴리가 다가왔다.

"동료들에게 긴급회의를 요청해 줘."

"'동료' 그룹에 긴급회의를 요청하겠습니다."

폴리는 내 계정과 연결되어 있어 모바일과 PC를 켜지 않아도 폴리를 통해 언제든지 메시지나 전화 통화, 화상회의를 할 수 있다.

동료들이 회의에 들어오는 동안, 책상 위에 올려둔 동그란 통을 열었다. 통에는 콘택트렌즈와 똑 닮은 렌즈가 특수 용액에 담겨있었다. 나는 렌즈를 양쪽 눈에 착용한 뒤 눈을 감았다가 떴다. 눈앞에 둥근 탁자가 놓인 회의실이 나타났다.

잠시 후, 인도에 사는 앱 개발자, 러시아에 사는 엔지니어, 중국에 사는 반도체 개발자, 일본에 사는 뇌과학자가 회의실로 들어와 탁자에 둘러앉았다. 전 세계에 뿔뿔이 흩어져 사는 동료들은 나와 10년 동안 연구를 함께 해왔다. 그나저나 빈자리가 많았다. 긴급으로 진행하는 회의라 한밤중인 나라에 사는 동료들은 참석하지 못한 모양이다.

"안녕하세요."

한국어로 인사했다. 지금부터 우리가 나누는 대화는 자동으로 번역되어서 자국의 언어로 들린다.

"수술은 어찌 됐나요?"

중국인 반도체 개발자가 말했다. 개발자의 말이 한국어로 번역되었다.

"머리 뚜껑을 열었지만, 보시다시피 죽지 않고 살았습니다."

나는 머리를 숙여 수술 자국을 보여줬다. 사실 수술 자국이라 해봐야 3cm밖에 되지 않았다.

"다행이군요. 내 눈앞에 보이는 당신이 가상 인간이 아니길 바랐거든요."

러시아인 엔지니어의 너스레에 동료들이 껄껄껄 웃었다.

"죽진 않았지만, 문제가 생겼습니다. 연결이 되지 않습니다."

"인터페이스 문제인 것 같네요."

인도인 앱 개발자가 대답했다.

“한 달 전에 별문제 없이 작동하는 걸 확인했잖습니까?”

러시아인 엔지니어가 물었다.

“그랬죠. 인터페이스를 설계한 팀원들과 함께 분석해 봐야 원인을 알겠지만, 지금은 일단 임시로 만든 인터페이스 2안으로 연결을 시도해 봐야 할 것 같군요.”

인도인 개발자가 말했다.

“인터페이스 2안을 저장한 USB를 사용할 수가 없습니다. 그러니까 그게… USB가 차에 있는데 지금은 차에 갈 수가 없습니다. 그래서 말인데, 인터페이스 2안을 가지고 있다면, 제게 전송해 주세요.”

나는 팀원을 둘러보며 말했다.

“저는 없습니다.”

“저도 없습니다.”

“저도요.”

팀원들이 대답했다. 아쉽게도 인터페이스 개발에 참여하지 않은 동료들만 회의에 참석했다.

“인터페이스 개발했던 팀원들은 모두 자고 있나 봅니다. 메시지를 남겨놓으시죠.”

러시아인 엔지니어가 말했다.

“만약 인터페이스 2안마저도 연결되지 않으면 그때 다른 방법을 찾아보도록 하죠. 다시 머리 뚜껑을 여는 일만은 없어야 할 텐데 말이죠."

인도인 개발자가 말했다.

"그건 정말 끔찍하네요."

나는 고개를 저었다. 생각만 해도 넌더리가 났다.

"부디 끝까지 살아남으셔서 프로젝트를 완성하길 바랍니다."

인도인 개발자가 눈을 지그시 감았다.

"갑자기 왜… 무슨 일 있습니까?"

"사실 이곳 사정이 좋지 않습니다. 매일 많은 사람이 죽고 있습니다. 가족들도 하나둘씩 제 곁을 떠나…"

인도인 개발자는 말을 잇지 못했다.

"저도 다음번 회의에 참석할 수 있을지 장담할 수 없습니다. 중국도 마찬가지거든요."

중국인 개발자도 덩달아 말했다.

"뭐, 러시아도 마찬가집니다."

러시아인 엔지니어도 한숨을 내쉬었다. 한숨을 내쉬는 동료들 사이에 일본인 뇌과학자만 잠자코 있었다.

"일본은 어떤가요?"

나는 일본인 뇌과학자에게로 고개를 돌렸다.

"일본은 난민 입국을 막아서인지 아니면 다른 이유 때문인지 몰라도 아직은 괜찮습니다."

일본인 뇌과학자가 쓴웃음을 지었다. 일본은 섬이라 괜찮은 걸까. 대한민국도 북한을 통하지 않는 한 섬이나 마찬가지인데,

왜 상황이 다른 걸까.

"제가 자는 동안 대체 무슨 일이 일어난 걸까요?"

나는 혼잣말하듯 중얼거렸다.

"인류의 대재앙입니다. 우주가 보내는 경고메시지라고요!"

인도인 개발자가 얼굴을 찌푸리며 목소리를 높였다.

"인류는 농업혁명, 산업혁명을 거치며 많은 발전을 이뤄냈습니다. 그리고 지금의 IT 혁명 시대에 접어들면서 혁신의 속도는 기하급수로 빨라지다 못해 이제는 인간의 신경계마저 바꾸려 하고 있어요. 분명히 재앙이 닥칠 겁니다."

인도인 개발자의 말에 팀원들은 눈살을 찌푸렸다. 지금껏 우리의 동료라고 생각했던 그가 우리의 연구를 불신하는 것처럼 느껴졌다.

"아이가 아파서 먼저 나가봐야겠습니다. 박 박사의 안전을 기원합니다. 그리고 모두 끝까지 살아남으세요. 행운을 빕니다."

인도인 개발자가 회의실을 나갔다. 뒤이어 러시아 엔지니어와 중국 개발자도, 그리고 일본 뇌과학자도 나가버리고 나는 텅 빈 회의실에 혼자 남았다.

"폴리야!"

폴리가 다가왔다.

"동료들에게 메시지 좀 보내줘."

나는 두 손으로 마른세수를 했다.

"'동료' 그룹에 메시지를 보내겠습니다."

폴리가 내 말을 따라 했다.

"이 메시지를 보는 누구든 인터페이스 2안을 제게 보내주세요. 라고 보내줘."

나는 팔짱을 낀 채 눈을 감았다.

"메시지를 성공적으로 전송했습니다."

됐다. 이제 인터페이스를 받으면 다시 실행해 보면 된다. 할 일을 끝냈겠다 스마트폰으로 전염병에 관한 기사를 검색해 보았다. 기사에 따르면 모든 나라가 봉쇄된 건 아니었다. 감염자가 많은 나라가 있고, 적은 나라도 있는 것 같았다. 적도에 가까운 지역은 감염자가 많고, 북극에 가까운 나라는 적었다. 이 같은 팬데믹 상황에 대해서 세계보건기구의 입장은 기사 한 줄 없었다. 여태 아무런 발표도 하지 않고, 침묵했다. 그러니 전염병에 대한 정보는 없고, 각 나라의 상황만 줄줄이 나열된, 타국의 기사를 번역해 놓은 기사뿐이었다. 대한민국 정부가 내놓은 입장문은 단 하나뿐이었다.

병원체를 알 수 없는 전염병이 빠르게 번져나가 의료체계가 붕괴됐습니다. 병원체에 감염되면 뇌에 문제를 일으켜 폭력성이 높아지는 거로 추정되며, 폭력 사태로 인한 2차 문제까지 발생하여 모든 군경이 진압에 동원되는 등 비상사태가 선포되었습니다. 아무쪼록 유행이 잦아들 때까지 개인 방역에 힘써주시고, 되도록 집안에 머물러주시길 바랍니다.

다음으로 SNS에서 영상을 검색했다. 제일 먼저 바이러스에 감염된 사람들이 찍힌 사진이나 영상을 찾아봤다. 피가 흐르는 배경에 '충격. 좀비가 세계를 점령했다.'라고 적힌 섬네일을 눌렀다. 영상이 시작되고, 한 여자가 길을 걸으며 카메라를 보고 얘기했다. 여자의 언어, 도로 간판으로 보아 영상을 찍은 곳은 한국이었다. 여자가 웃으며 얘기하던 그때, 등 뒤에서 한 남자가 여자를 습격했고, 여자의 비명과 함께 카메라가 흔들렸다. 잠시 후, 땅을 비추는 카메라에 피범벅이 된 여자의 얼굴이 나타나더니 여자의 눈이 스르르 감겼다. 뒤이어 새빨간 피로 얼룩진 옷을 입은 남자가 화면에 나타나더니 곧바로 카메라가 꺼졌다. 짧은 순간, 불에 탄 나무처럼 얼굴이 검은 남자가 금방이라도 피가 콸콸 쏟아질 것만 같은 새빨간 눈으로 카메라를 힐끗 보았다. 대체 어디서 나타난 사람일까. 대체 무슨 바이러스이길래 사람을 악마로, 짐승으로 만들어버리는 걸까.

다른 영상을 재생했다. 한 남자가 운전대를 잡고서 인터넷방송을 했다. 남자의 언어나 거리에 설치된 이정표로 보아 역시 한국이었다.

"대한민국 도로엔 아무도 없습니다. 저 혼자뿐입니다. 겁쟁이들은 모두 집에 처박혀있죠."

남자는 포르쉐 스포츠카를 타고 텅 빈 도로를 질주하며 환호했다. 화면 한쪽에선 댓글들이 빠르게 올라갔다. 남자가 환희에 차 있던 그때였다. 굉음과 함께 쇠구슬이 날아와 남자의 이마를 관통했다. 남자는 비명을 지를 겨를도 없이 고개를 떨궜다. 잠시 후, 카메라가 흔들리며 요동치더니 희뿌연 연기가 피어올랐다. 연기가 사그라들자, 첫 번째 영상에서 본 남자처럼 새카맣게 그은 피부에 눈이 새빨간 남자가 다가왔고, 그대로 영상이 끝났다.

나는 다급히 스마트폰을 껐다. 소름이 돋았다. 광기 어린 눈을 희번덕거리며 카메라에 응시하던 눈빛이 자꾸만 머릿속에 아른거렸다. 영상에서 본 두 남자는 말로만 듣던 좀비였다.

2056년 11월 15일

이른 아침부터 폴리가 잠을 깨웠다. 폴리에겐 침실은 침범해선 안 되는 신성한 구역이라는 눈치 따윈 없었다. 심지어 영희와 사랑을 나눌 때도 느닷없이 들이닥쳐 전화를 받으라고 독촉했다. 화를 내고 투덜거려도 절대 물러서지 않는 지독한 녀석이다.

"고영희 님에게서 전화가 수신되었습니다. 연결하시겠습니까?"

폴리가 태연하게 물었다.

"뭐? 고영희?"

나는 벌떡 일어나 앉았다. '영희'라는 말에 잠이 싹 달아나 버렸다. 영희 전화라면 당연히 받아야지 그걸 말이라고 해. 라고 말하고 싶지만, 말해본들 폴리에겐 아무 소용이 없었다.

"연결해 줘."

나는 머리를 매만지며 자세를 고쳐 앉았다.

"기범 씨."

폴리에게서 영희 목소리가 흘러나왔다.

"여보세요? 영희 씨? 정말 영희 씨야?"

나도 모르게 소리쳤다.

"기범 씨. 언제 깨어난 거야? 퇴원한 거야?"

영희와는 수술 대기실에서 마지막으로 봤으니, 자그마치 한 달 만이었다.

"어제 깨어났어. 윤 박사 말로는 일주일 전에 집에 왔대."

나는 괜스레 목소리가 떨렸다.

"그랬구나. 걱정 많이 했는데… 같이 있어 주지 못해서 미안해."

영희가 한숨을 내쉬었다.

"난 괜찮아. 그나저나 캘리포니아는 대체 왜 간 거야?"

난 정말 궁금했다. 대체 너란 사람은 어떻게 계획에도 없던 캘리포니아를 아파트 상가 가듯이 갈 수 있는지 말이다.

"윤 박사에게 들었구나. 그게… 누가 불러서 오긴 왔는데 좀 혼란스러워. 그래서 말인데, 기범 씨도 지금 당장 캘리포니아로 와야겠어."

영희가 초조한 목소리로 말했다.

"지금 당장? 아파트가 봉쇄됐어. 그리고 거리엔 지금 좀비들이…"

"나도 알아. 하지만 무슨 수를 써서라도 지금 당장 캘리포니아로 와야 해. 지금 당장 출발해."

영희는 내 얘기가 끝나기도 전에 다급하게 말했다.

"대체 무슨 일인데?"

"캘리포니아에 도착하면 연락해. 자세한 얘기는 만나서 해. 지금은 끊어야 할 것 같아. 그럼, 나중에 봐."

영희는 속사포처럼 말을 쏟아냈다.

뚜- 뚜- 뚜-

전화가 끊겼다. 영희는 몇 마디 나누지도 않고 허무하게 끊어버렸다. 거리에 좀비가 득실거리는데, 영희는 대체 왜 위험을 무릅쓰면서까지 캘리포니아로 오라는 걸까.

"폴리야. 캘리포니아행 항공권 좀 알아봐 줘."

나는 영희가 시키는 대로 했다. 무슨 일인지 몰라도 영희에게 무슨 일이 생긴 거라면, 영희가 어디에 있든 달려가야 한다.

"인천국제공항에서 출발하는 모든 여객기는 결항입니다."

폴리가 무뚝뚝하게 말했다.

"대한민국에 있는 아무 공항이라도 괜찮아."

"현재 대한민국의 모든 여객기가 운항하지 않습니다."

폴리는 이번에도 무심하게 말했다. 물론, 폴리는 늘 똑같은 어조로 말했을 뿐, 무심하다는 건 내 감정일뿐이다.

"말도 안 돼. 국경도 봉쇄된 거야? 관련 기사 좀 찾아줘."

"대한민국 국민의 안전을 위해 국경을 봉쇄하려고 합니다. 11월 14일 항공기를 시작으로 철도, 여객선을 순차적으로 봉쇄할 예정이니 국민께서는 이점 양해 바랍니다."

폴리가 기사를 읽었다.

"말도 안 돼. 교통수단이 모두 봉쇄된 거야?"

"11월 22일 저녁 7시에 부산에서 출발하는 후쿠오카행 여객선을 마지막으로 한국에서 떠나는 모든 여객선의 운항이 중지될 예정입니다."

일본은 난민 입국을 막아 세계의 질타를 받았는데, 난민국이 아닌 나라의 여권은 입국을 허가한 모양이다.

"음… 그래? 예매해 줘. 일본을 거쳐서 캘리포니아로 가야겠어."

"예매가 완료되었습니다."

폴리는 1분도 채 되지 않아 예매를 마쳤다. 됐다. 이제 일주일 후에 부산에서 떠나는 여객선을 타면 일본을 거쳐 캘리포니아로 갈 수 있을 것이다.

"동료들에게 온 메시지 있어?"

나는 두 팔을 뻗어 기지개를 켜며 물었다.

"없습니다."

폴리가 냉정하게 대답했다.

"없다고? 메시지를 읽은 사람은?"

"없습니다."

메시지를 보낸 지 열두 시간이 넘도록 아무도 메시지를 읽지 않았다니 동료들에게 무슨 일이 있는 걸까.

"동료들에게 메시지 오면 바로 말해줘."

나는 침대를 벗어나 주방으로 갔다. 이젠 미국에 갈 때까지 어떻게 버텨야 할지 생각을 좀 해야겠다. 문제는 식량이다. 병원에 가기 전에 사둔 신선식품은 썩어서 모조리 버린 데다 아파트 내 마트는 문을 닫아버렸다. 외부 마트엔 식료품이 남아있으려나.

"장을 봐야 해. 마트를 연결해 줘."

"현재 모든 마트의 배송이 불가합니다."

이런. 마트도 택배 배송도 중단됐단 말인가. 신선식품을 따질 때가 아닌 모양이다. 이제야 내 머리가 현실을 자각했다.

"팬트리 안의 재고와 유통기한이 어떻게 되지?"

"즉석밥 6개, 라면 5봉, 레토르트 카레와 짜장이 각 2봉 있습니다. 가장 빠른 유통기한은 2058년 5월 28일입니다."

폴리는 집사답게 식품 관리를 똑똑히 했다. 모든 식료품에는 데이터 매트릭스 코드가 부착되어 있는데, 배송된 식료품을 팬트리에 넣을 때 코드가 자동으로 인식되어 폴리에게 공유된다. 음. 비록 신선식품은 없지만, 비상식량도 있고 냉동고에 저장된 식자재도 있으니, 캘리포니아로 떠나기 전까지는 버틸 수 있겠다.

나는 냉동고에서 고기를 꺼내 프라이팬에 구워 즉석 현미밥에 먹었다. 식물에서 추출한 성분과 동물 세포를 사용하여 배양한

고기인데도 길러서 얻은 고기처럼 지방과 근육을 갖춰 맛이 비슷했다. 곁들여 먹을 신선한 채소가 없어 영양 면에선 부족하지만, 한 달 만에 먹는 고기라 그런지 꿀맛이다.

* * *

이른 아침부터 각 부처 장관이 국가위기관리센터 상황실에 모여 앉았다. 장관들은 확인되지 않은 정보를 나누며 웅성거리다 대통령이 들어오자, 자세를 고쳐 앉았다.

"지금부터 국방부 주재로 국가안전보장회의(NSC) 상임위원회를 개최하겠습니다."

상황판 옆 연단에 선 안보실장이 마이크에 대고 말했다.

"국방부 장관님. 말씀해 주시죠."

안보실장의 말이 끝나자, 상황판 맞은편 테이블에 앉아 있던 국방부 장관이 마이크를 잡았다.

"난민들이 대거 입국했던 지난 10월 7일에 서울뿐만 아니라 대한민국 영공 전역에 확인되지 않은 비행물체 수십만 대가 날아다닌 정황이 확인되었습니다."

국방부 장관이 말했다.

"확인되지 않은 비행물체라고요? 대한민국 하늘에 UFO라도 날아다녔다는 겁니까?"

대통령이 물었다.

"위성사진과 레이더를 확인해 본 결과, 드론으로 밝혀졌습니다."

국방부 장관이 대답했다. 전자상황판에 광화문 광장에서 올려다본 하늘에 파리가 날아다니는 모습이 나타났다. 화면을 확대해 보니, 하늘에 날아다니는 건 파리가 아닌 드론이었다. 드론은 지상으로부터 10km 높이에서 일정한 간격을 유지한 채 날아다녀 지상에선 보이지 않았다.

"드론이라면 허가 없이는 비행할 수 없잖습니까? 대체 누가, 왜 대한민국 하늘에 드론을, 그것도 수십만 대나 날렸습니까?"

"위성사진과 레이더를 분석하고 있으나, 아직은 아무것도 확인된 게 없습니다."

국방부 장관이 대답했다.

"드론 수십만 대라면 개인이 아닌 국가적 차원에서 행했을 가능성이 큽니다. 만약 타국의 드론이 정치적인 목적으로 비행한 것이라면 그냥 넘어갈 수 없는 심각한 사안입니다."

국가정보원장이 검지로 안경을 끌어 올렸다.

"정치적인 목적이요? 대체 어느 나라가 무슨 이유로 남의 나라 영공에 드론을 날려 보냈을까요?"

대통령이 물었다.

"지금으로선 북한의 소행일 가능성이 가장 큽니다."

국가정보원장이 대답했다.

"북한의 소행이라면… 염탐하기 위해 드론을 날렸다는 건가요? 그게 아니면… 전쟁을 준비한다는 건가요?"

대통령이 물었다.

"북한은 오랫동안 대한민국의 위기만을 호시탐탐 노리고 있었으니 이 기회를 놓치지 않을 겁니다."

국가정보원장이 대답했다.

"하지만 북한은 지금 전쟁을 치를 수 없을 텐데요. 대한민국의 상황이 이 정도라면, 북한은 상황이 더 안 좋을 겁니다. 당장 생존 문제가 코앞에 닥친 상황에 전쟁을 일으킬 리가 없습니다."

국방부 장관이 고개를 흔들었다.

"음… 북한이든 아니든 드론 수십만 대가 날아다녔다는 건 국가 안보와 직결된 심각한 사안이니 어느 나라의 소행인지 낱낱이 밝혀내세요."

대통령이 말했다.

* * *

식사를 마치고 막 일어나려는데, 폴리가 다가왔다.

"10분 후 11시 정각에 주민 회의가 예정되어 있습니다. 참석하시겠습니까?"

폴리가 말했다.

"주민 회의?"

뜬금없이 웬 주민 회의를 한단 걸까. 5년 전에 이사 온 이후로 주민 회의는 한 번도 열린 적이 없었다.

"아니 됐어. 뭘 그런걸…"

나는 고개를 저으며 서재에 가려다 말고 폴리를 돌아봤다.

"자, 잠깐만. 참석할게. 참석해야겠어."

5년간 하지 않았던 주민 회의를 하는 데엔 이유가 있을 것이다. 몰랐던 정보를 얻게 될지도 모른다. 나는 얼른 드레스룸으로 달려가 셔츠만 갈아입고 소파에 앉았다.

"상체만 찍어줘."

폴리는 텔레비전을 켜서 회의 영상을 연결했다. 잠시 후, 텔레비전 화면에 자막이 나타났다.

<3206호 님께서 회의실에 입장하였습니다.>

<450세대 중 총 326세대가 회의에 참석하였습니다.>

자막이 사라지고, 수백 개로 분할된 화면에 입주민들의 얼굴이 나타났다.

"안녕하십니까? 입주민 여러분. 지금부터 주민 회의를 시작하겠습니다."

낯익은 남자가 화면 중앙에서 인사했다. 바로 어제, 느닷없이 집에 쳐들어온 바로 그 보안요원이었다.

"입주를 시작한 지 7년 만에 처음으로 주민 회의가 열리게 되었습니다. 다들 이웃 얼굴을 보고 계시죠? 처음 보신 분들도 계실 테고, 오며 가며 마주친 분들도 계실 겁니다. 부득이한 외부 사정으로 주민 회의가 열리게 되었으나, 이렇게 이웃 얼굴을 보며 인사를 나눌 수 있어 기쁩니다."

보안요원이 미소를 지었다.

"자자. 다들 바쁘니 용건만 말씀하시죠."

수많은 얼굴 중 누군가가 말했다.

"네. 그러죠. 다름이 아니라 이틀 전에 한 입주민이 지하 주차장 문을 열었습니다. 그 일로 주차장에 숨어 살던 불상의 사람들이 1층까지 올라왔고요."

보안요원이 침착한 목소리로 말했다.

"주차장에 숨어 살던 불상의 사람들이요? 대체 그게 무슨 말이에요?"

중년 여성이 카랑카랑한 소리로 말했다.

"감시카메라로 추적한 결과, 아파트를 봉쇄한 직후에 더위와 전염병을 피해 불상의 사람들이 환풍구로 숨어들었습니다. 아시다시피 우리 아파트는 차량 손상을 막기 위해 주차장에도 1년 365일 온습도가 자동으로 조절되고 있으니까요."

"대체 뭐 하는 사람들이길래, 남의 아파트에 들어와 기생충처럼 사는 겁니까?"

한 남자가 점잖은 목소리로 물었다.

"글쎄요. 이건 어디까지나 추측입니다만, 얼마 전에 입국한 난민인 것 같습니다."

보안요원이 대답했다.

"난민이요? 주차장에 있다는 그 사람들 수가 얼마나 되죠? 강제로 끌어낼 수는 없나요?"

"외부인이 아파트로 숨어들었는데, 왜 아무런 조치도 하지 않습니까? 보안팀에서 그 사람들 다 내쫓아야 하는 거 아닙니까?"

흥분한 사람들의 항의가 빗발쳤다.

"맞습니다. 입주민들의 안전을 위해서라면 그래야 합니다. 하지만, 인도적인 차원에서는 그럴 수 없다는 거 이해해 주시기를 바랍니다. 현재 아파트 밖은 50도입니다. 이 더위에 내쫓았다간 저 사람들 모두 거리에서 죽을 겁니다."

보안요원이 침착하게 말했다.

"아파트 관리비는 입주민이 내고 있습니다. 누군지도 모르는 사람들과 함께 살 순 없어요. 그들을 내쫓아야 합니다. 당신 월급도 우리가 주고 있다는 걸 명심하세요!"

"맞습니다. 그 사람들 때문에 아파트에 바이러스가 퍼지면, 그땐 어떡하실 겁니까?"

사람들의 목소리가 동시에 터져 나왔다.

"아파트 공조시스템에 의해 바이러스는 99.9% 차단되고 있으니, 방역은 걱정하지 않으셔도 됩니다."

보안요원이 말했다.

"지하 주차장에 에어컨을 끄는 건 어떨까요? 그러면 그 사람들이 알아서 나가지 않을까요?"

"그건 안 돼요. 그러면 그 사람들 모두 다 죽을 거예요."

내 또래로 보이는 여자가 단호하게 말했다.

"어차피 죽었을 사람들입니다. 그나마 남의 아파트에 기생해 며칠 더 살았을 뿐이고요."

"에어컨을 끄면 차 배터리도 열에 버틸 수 없을 겁니다. 연쇄 폭발이 일어난다면, 우리도 안전하지 않을 거고요."

20대로 보이는 젊은 남자가 피식 웃으며 말했다.

"겨우 50도입니다. 배터리는 문제없을 겁니다."

남자의 말이 끝나기가 무섭게 누군가가 반박했다.

"2층은 확실히 차단된 게요?"

잠자코 있던 한 노인이 말했다.

"다행히 1층과 2층은 방화 셔터를 내려 차단했습니다. 그리고 아시다시피 엘리베이터는 입주민이 아니면 이용하실 수 없고요. 그러니 입주민 여러분께서는 앞으로 어떤 출입문도 열어서는 안 됩니다."

보안요원이 눈에 힘을 주며 말했다.

"그나저나 대체 그 입주민은 누굽니까? 대체 무슨 생각으로 주차장 문을 열어버린 겁니까?"

한 남자가 따지듯 물었다.

"스키복에다 고글을 끼고 있어 신원이 확인되지 않습니다."

보안요원이 말했다. 그 순간, 나는 보안요원과 눈이 마주쳤다.

아니, 마주친 것 같은 기분이 들었다. 스키복과 고글이라면… 바로 나다. 얼굴이 화끈거렸다. 이제 어떻게 해야 할까. 주차장 문을 연 사람이 나라고 이실직고해야 하나. 흥분한 입주민들을 보니 말할 엄두가 나지 않았다. 보안팀에서도 신원을 파악하지 못했는데, 굳이 나라고 밝힐 필요가 있을까. 나만 입 다물고 있으면 되지 않을까. 그래. 일주일 후면 나는 떠날 테고, 그때까지만 모른 척하면 된다. 그리고 지금은 이런 일에 신경 쓸 때가 아니다. 더는 동료들에게 연락이 오기만을 기다리고 있을 수는 없다. 이제 방법은 단 하나, 인터페이스를 다시 만들어야 한다.

2056년 11월 16일

어제 오후에 이어 오늘 오전에도 서재에 틀어박혀 인터페이스를 설계했다. 전 세계에 수많은 동료가 있지만, 이 연구를 완성할 수 있는 사람은 나밖에 없다.

IT 혁명이 도래한 이래, 컴퓨터는 하드웨어, 운영체제인 윈도, 검색엔진과 인터넷, 소셜네트워크라 불리는 SNS, 그리고 증강현실(AR) 순으로 발달해왔다. 이번 프로젝트는 증강현실의 발달 이후 테크놀로지 발달에 한 획을 그을 새로운 기술이다. 만약 이 연구가 성공한다면, 이제는 컴퓨터를 데스크톱이나 노트북, 스마트폰이 아닌 인간의 뇌를 통해 할 수 있는 시대가 도래할 것이다. 그러기 위해선 인터페이스를 다시 설계해야 하는데, 남은 닷새 동안 과연 완성할 수 있을지 모르겠다. 이 연구는 나 혼자서 한 게 아니라 전 세계 전문가들이 협력해 개발해 왔는데, 인터페이스 설계는 나의 주전공이 아니다.

배꼽시계가 울렸다. 시계를 보니 어느덧 점심때가 되었다. 나는 서재에 들어간 지 여섯 시간 만에야 겨우 서재에서 탈출했다. 주방으로 가서 즉석밥과 통조림 햄으로 간단히 식사를 마치고 거실 바닥에 여행용 가방을 펼쳤다. 아직 며칠 남긴 했지만, 틈틈이 미국에 가져갈 짐을 꾸려야겠다. 제일 먼저 여름옷을 넉넉하게 챙긴 다음, 언제 한파가 불어닥칠지 모르니 얇은 패딩 점퍼도 하나 챙겨 넣었다.

한창 짐을 꾸리던 그때, 폴리가 다가왔다.

"10분 후 2시 정각에 주민 회의가 예정되어 있습니다. 참석하시겠습니까?"

폴리가 물었다.

"또 야? 뭔 주민 회의를 이렇게 자주 하는 거야? 어제도 했잖아?"

셔츠로 갈아입으며 툴툴거렸지만, 폴리는 대꾸하지 않았다. 오류가 발생한 건지는 몰라도 녀석은 가끔 명령어와 혼잣말을 구분하는 것 같다.

나는 준비를 마치고 텔레비전 앞에 앉았다. 화면에 자막이 나타났다.

<3206호 님이 회의실에 입장하였습니다.>

<283세대가 회의에 참여했습니다.>

텔레비전 화면에 자막이 지나가고, 분할된 화면으로 바뀌었다. 화면에는 어제처럼 입주민 얼굴과 보안요원이 나타났다.

"급하게 전해야 할 소식이 있어 부득이하게 화상회의를 진행하는 점 양해 부탁드립니다."

또 그 보안요원이었다.

"잠깐만요. 입주민들이 아직 다 들어오지 않은 것 같은데요? 다른 분들 들어오실 때까지 잠시 기다리시죠."

화면 어딘가에서 남자 목소리가 튀어나왔다.

"바로 그 문제에 대해 말씀드리려고 합니다."

보안요원의 말에 갑자기 조용해졌다.

"어제 오후에 이어 오늘 오전까지 사십여 세대에서 사망자가 나왔습니다. 다른 이유일 가능성도 있습니다만… 현재로선 바이러스와 관련된 사망자로 추측하고 있습니다."

보안요원이 말했다.

"어제만 해도 방역이 철저하게 이뤄지고 있다고 하지 않았습니까?"

"대체 무슨 일이 벌어지고 있는 거죠?"

"그래요. 하나도 숨김없이 다 말씀하세요. 주민의 안전을 위협하는 중대한 사안을 숨긴다면, 봉쇄가 풀리고 일상으로 돌아간 후에 가만있지 않을 겁니다.”

불안에 떠는 목소리가 동시에 터져 나왔다.

“주차장에 있던 사람들이 우리와 함께 살고 있었던 것으로 추측됩니다. 어제 회의를 할 땐 그 사실을 몰랐습니다. 죄송합니다.”

보안요원이 고개를 꾸벅거렸다.

“그게 무슨 말씀입니까? 우리와 살고 있다니요?”

“빈집을 찾아내서 그곳에 들어가 살고 있었던 것 같습니다.”

보안요원이 말했다.

“자, 잠깐만요. 빈집이라뇨? 이 아파트에 빈집이 있었습니까?”

“아파트를 봉쇄한 후에 수도와 전력 사용량을 확인해 보니 빈집으로 추정되는 집이 백여 세대가 있었습니다. 해당 세대 입주민께 연락해 보니 외국에 계신다고 하여 에어컨을 가동하지 않았었고요. 그런데 어제 회의가 끝난 직후에 다시 확인해 보니 빈집이어야 할 세대에서 수도와 전기가 사용되고 있었습니다. 누군가가 시스템을 수동으로 제어해 에어컨을 가동한 것 같습니다.”

보안요원의 말에 사람들의 얼굴이 하얗게 질렸다.

“각 세대를 대대적으로 확인하는 과정에서 어제 오후에 사망자를 처음 발견했습니다. 오늘 오전까지 총 마흔여 세대에서 사망자가 나왔고요.”

보안요원이 말했다.

"이번 바이러스는 이전과 달리 감염된다 해도 사망하는 게 아니라 좀비가 되어 다른 사람들을 공격한다고 하던데요?"

"네. 맞습니다. 시신에 외상이 있었습니다. 그러니 사망자들은 바이러스에 감염된 게 아니라 바이러스에 감염된 사람들에 의해 사망한 것 같습니다."

화면 여기저기서 탄식이 터져 나왔다.

"사망자들은 지금 어딨습니까?"

"상가 물류창고 내 냉장고에 임시로 안치하였습니다."

보안요원은 입주민들의 질문에 성실히 대답했다.

"아무리 건물을 봉쇄한다고 해도 구급대원을 불러야 하는 거 아닙니까?"

"맞습니다. 가족들에게 알려 장례를 치러야지요."

사람들이 다그치듯 말했다.

"모르셨군요. 지금은 어떤 정부 기관도 움직임이 없습니다. 사실상 무정부 상태로 보입니다."

보안요원이 나지막이 말했다.

"그렇다면 주차장 사람들이 바이러스에 감염된 좀비고, 그들이 세대에 침입해 입주민을 죽였다는 겁니까? 만약 그들이 폭동을 일으키면 그땐 어쩌실 겁니까?"

"보안요원들이 그 사람들을 끌어내야 하는 거 아닙니까?"

"보안요원도 우리 이웃입니다. 그 사람들을 내쫓으려다 보안요원들도 다치거나 감염될 수 있습니다. 보안요원마저 감염된다면 입주민도 위험해질 수 있다는 걸 아셔야죠."

"그럼, 가만히 손 놓고 지켜만 봐야 한다는 건가요?"

흥분한 사람들의 목소리가 화면을 뚫고 나왔다.

"만약 침입사태가 일어나 방범 경보음이 울리면 보안팀이 곧바로 출동할 테니 너무 염려 마시길 바랍니다. 그리고 아무쪼록 세대 내 안전에 유의해 주시기를 바랍니다."

보안요원이 침착하게 이들을 달랬다. 회의가 종료되자, 나는 두 손에 얼굴을 파묻었다. 이젠 집도 안전하지 않다. 언제 좀비들이 들이닥칠지 알 수가 없다. 내가 무슨 짓을 한 거지. 지금이라도 사실대로 말해야 하나. 아니다. 내가 문을 열었다는 사실을 입주민들이 알게 되면 가만있지 않을 것이다. 그날 난, 얼굴이 노출되지 않게 무장했다. 내가 먼저 말하지 않는 한 사람들은 나인 줄 모를 것이다. 게다가 한 건물에 살고 있지만, 어차피 대면할 일도 없다. 주차장과 엘리베이터에서 간혹 입주민을 마주치긴 했지만, 그들의 얼굴조차 기억나지 않는다. 무엇보다 내가 주차장 문을 열었다고 말한다 해도 달라지는 건 아무것도 없다. 어차피 바이러스는 퍼졌다.

* * *

새벽 6시, 장관들과 대통령은 미국과의 비공식 화상 회의를 위해 국가위기관리센터 상황실에 모여 앉았다.

"미국이 무슨 일일까요?"

대통령이 물었다.

"글쎄요. 핫라인을 통해 연락이 온 거라…"

비서실장이 머리를 긁적였다.

"음… 연결해 주세요."

대통령이 자세를 고쳐 앉는 동안, 비서실장이 분주하게 움직였다. 장관들은 숨죽여 전자상황판을 주시했다. 잠시 후, 전자상황판에 미국 대통령과 국무장관, 국방장관, 비서실장, 안보수석 등이 둘러앉은 모습이 나타났다.

"안녕하십니까? 대니얼 대통령님."

대통령이 인사했다. 화면 속 사람들은 굳은 얼굴로 고개를 까딱였다.

"안녕하세요. 김성혁 대통령님. 현재 한국 상황은 어떻습니까?"

미국 대니얼 대통령이 옅은 미소를 지었다.

"좋지 않습니다. 의료체계가 완전히 붕괴해 손쓸 시간을 놓쳐 버렸습니다."

대통령이 굳은 얼굴로 말했다.

"미국은 어떤가요?"

"전염병에 대해 알고 싶으시겠지만, 우리 역시 아는 게 없습니다. 아시다시피 미국은 전염병뿐만 아니라 이상기후로 인한 피해로 모든 상황이 오래전부터 좋지 않았습니다."

미국 대통령은 기도하듯 두 손을 깍지 꼈다.

"그래서 말인데… 한국에 주둔하고 있는 미군들을 모두 철수하겠습니다."

미국 대통령이 말했다.

"미군을 모두 철수한다고요?"

미국의 급작스러운 발표에 상황실이 술렁였다.

"자국민 안전을 위해 철수할 수밖에 없다는 걸 양해해 주시리라고 믿습니다."

미국 국방장관이 단호하게 말했다.

"지금과 같은 상황에 미군을 철수한다니요. 안 됩니다. 최근 북한의 움직임이 심상치 않습니다. 북한 인민들이 세계 문화를 접하면서 비밀리에 민주당을 설립하려고 하는 등 체제 전복을 시도하려는 움직임이 일고 있다는 걸 잘 아시잖습니까? 체제를 유지하기 위해 북한 당국이 전쟁을 일으킬 수도 있습니다."

국가정보원장이 말했다.

"한국 상황은 유감입니다만, 지금 미국은 한국의 형편을 봐줄 처지가 못 됩니다."

미국 국방장관은 눈을 내리뜨며 고개를 저었다.

"한국은 지금, 벼랑 끝에 서 있습니다. 미군 철수를 재고해 주시길 간곡히 부탁드립니다."

대통령이 떨리는 목소리로 말했다. 미국 측 인사들이 서로 눈빛을 주고받았다.

"…한국이 미군의 도움 없이는 자국을 지킬 수도, 존립할 수도 없을 만큼 위태로운 상황이라면, 오랜 동맹 관계를 고려해 미국 입국을 허가해 드리겠습니다. 이게 미국이 한국을 도울 유일한 방법입니다."

미국 국무장관이 말했다.

"미국 입국 허가요? 대한민국 땅을 버리고 난민 자격으로 미국에 입국하라는 건가요?"

외교부 장관이 대통령을 스쳐보며 물었다. 대통령은 얼굴에 그늘을 드리운 채 아무 말이 없었다.

"아시다시피 미국은 이민자들이 세운 나라이며, 이민자들에 의해 세계 강국이 되었습니다. 그러니 난민을 허용하지 않을 이유가 없습니다. 그리고 앞으로 한국뿐만 아니라 점점 더 많은 나라가 살 수 있는 땅을 찾아 이주해야 할 겁니다."

미국 국무장관이 말했다.

"무슨 뜻인지는 알겠으나, 대한민국은 다시 일어설 수 있습니다. 아니, 꼭 다시 일어설 겁니다."

대통령이 단호하게 말했다.

"유감스럽게도 대한민국은 다시 일어날 수 있는 골든타임을 놓쳤습니다. 출생률 감소를 우려했던 우리의 경고를 받아들였어야 했습니다."

미국 대통령이 씁쓸한 미소를 지었다. 대통령과 장관들은 어떤 말도 할 수가 없었다.

"내키지 않으시다면, 미국 입국 문제는 한국 정부의 판단에 따르겠습니다. 하나 미군 문제는 말씀드린 것처럼 12월 31일까지 모두 철수하도록 하겠습니다. 그럼."

화면에서 미국 대통령의 얼굴이 사라지자, 대통령과 장관들은 두 눈을 질끈 감으며, 깊은 한숨을 내쉬었다.

* * *

침대에 누워 스마트폰을 켰다. 주민 회의를 마친 후로 온종일 서재에 틀어박혀 인터페이스를 설계하다 보니 어느덧 밤 10시가 되었다. 동료들에게선 아직 아무런 연락이 없었다. 아니, 여태 메시지를 읽지도 않았다. 믿고 싶진 않지만, 어쩌면 동료들도 바이러스에 감염된 걸지도 모르겠다.

화면 알림창에 빨간색 글자가 깜빡였다. 속보 기사였다. 나는 얼른 기사를 눌렀다.

최근 각국 상공에 정체불명의 드론 출현.
美, 전염병과의 연관성 여부 조사.

미국의 질병통제예방센터(CDC)와 국방부에 따르면 최근 각국의 상공에 정체불명의 드론이 출현했으며, 드론 출현 시점과 전염병 유행 시점이 맞물린 만큼 연관성 조사에 착수했다고 밝혔다. 이는 한 나라에 의한 의도적인 생화학전으로 EMP 공격의

서막을 시사했다. 의도적으로 바이러스를 확산한 것으로 밝혀질 경우, 미국은 이에 적극 대응할 방침이라고 알렸다.

한 나라에 의한 의도적인 생화학전이라면, 의도적으로 만들어 낸 좀비 바이러스를 드론으로 뿌렸다는 건가. 대체 어느 나라에서 무슨 이유로 이런 짓을 벌였을까. 갖가지 생각을 골똘히 하던 그때, 초인종이 울렸다.

띵동--

나는 침대에서 벌떡 일어나 앉았다. 드디어 올 것이 왔다. 이제 내 차례인가. 가슴이 덜컹거렸다. 어떡하지. 집에 아무도 없는 것처럼 조용히 있을까. 아니야. 빈집인 걸 알면 문을 열고 들어올지도 몰라. 나는 살금살금 거실로 나갔다.

띵동. 띵동--

또다시 초인종이 울렸다. 나는 숨죽인 채 현관 앞에 멈춰 섰다. 한 명일까. 아니면 무리일까. 신발장에서 조심스레 우산을 꺼내 들고 폴리 얼굴을 들여다봤다. 폴리 얼굴에 두 눈이 빼꼼히 나타났다. 뭐지. 나는 침을 꼴깍 삼켰다.

그때였다. 문 앞에 선 사람이 뒤로 물러나더니, 사람의 모습이 화면에 나타났다. 문 앞에 선 사람은 새하얀 방호복을 입고 마스크를 쓴 채 눈만 빼꼼히 내놓고 있었다. 방호복을 입었단 건, 좀비는 아니란 건데. 나는 좀 더 얼굴을 확대해 보았다. 화면 속 얼굴이 어딘가 모르게 낯이 익었다.

"누, 누구시죠?"

나는 숨죽인 채 물었다.

"안녕하세요. 지난번에 방문했었던 보안요원입니다."

휴. 나는 참았던 숨을 내뱉었다. 귀에 익은 목소리가 의심할 여지 없이 보안요원이었다.

"무슨 일이죠?"

"잠시 안으로 들어가도 될까요?"

보안요원이 말했다. 대체 무슨 일이길래, 집으로 들어오겠다고 하는 걸까. 낯선 사람을 집에 들이는 건 영 내키지 않았지만, 위험한 복도에 마냥 세워둘 순 없어 문을 열어주었다.

"안녕하세요. 잠시 실례하겠습니다."

보안요원이 어기적거리며 안으로 들어왔다.

"무슨 일입니까?"

나는 들고 있던 우산을 도로 신발장에 집어넣었다.

"잠깐 앉아도 될까요?"

보안요원이 집을 둘러보며 물었다. 나는 보안요원을 소파로 안내했다. 보안요원은 소파로 다가가 부스럭거리며 앉았다. 나도 보안요원의 옆모습이 바라다보이는 1인용 소파에 뒤따라 앉았다.

“회의에 참석하셔서 아시겠지만, 지난번 방문은 수도와 전력 사용량이 달라진 세대를 방문하여 조사하던 중이었습니다. 불쾌하셨다면 사과드립니다.”

보안요원이 먼저 입을 열었다.

“그보단 오늘은 무슨 일로 오셨죠?”

나는 시계를 힐끔 봤다. 아무리 보안요원이라지만, 밤 10시에 무작정 들이닥치는 무례한 사람과는 길게 얘기하고 싶지 않았다.

“몇 가지 여쭤보고 싶어서 찾아왔습니다.”

보안요원은 방호복에 달린 모자와 고글을 벗었다.

“그런 일이라면 화상 전화로 해도 될 텐데요. 굳이 이 늦은 시간에.”

“직접 얼굴을 보며 얘기하고 싶었습니다.”

보안요원은 손뼉을 치듯 두 손을 맞잡았다.

“그래요. 좋습니다. 제게 알고 싶은 게 뭐죠?”

“지난번, 제가 방문하기 전에 어디에 계셨나요?”

보안요원이 내 눈을 뚫어지게 바라봤다.

“병원에 있다가 열흘 전에야 집에 왔습니다.”

보안요원이 미간을 찌푸리며 나를 위아래로 훑었다.

“한 달 전에 수술받았고, 그날 아침에 의식이 돌아온 거였죠.”

나는 머리를 숙여 손가락으로 수술 자국을 짚어 보여줬다.

“바이러스에 감염된 건 아니군요. 다행입니다.”

보안요원의 시선이 나의 짧은 머리카락에 닿았다.

“그날 깨어나기 전까진 계속 의식이 없으셨던 겁니까?”

“그렇습니다.”

“그럼, 그동안 집에 드나든 사람은 누구죠?”

“제 동료입니다. 그런데 집에 사람이 드나든 건 어떻게 아셨죠?”

나는 고개를 번쩍 들었다.

“회의 때도 말씀드렸지만, 수도와 전력 사용량이 없어 빈집으로 추정되는 세대 목록에 3206호가 있었습니다. 해당 세대들의 현관문 출입 기록도 확인했는데, 3206호는 출입 기록이 있었고요. 그나저나 그 동료가 집안을 돌아다니진 않은 모양입니다.”

보안요원이 거실 천장에 달린 동작 감지 센서를 가리켰다.

“곧장 안방으로 들어와 제 상태만 확인하고 나갔을 테니까요.”

현관을 기준으로 안방은 거실 반대편 끝에 있으니 동작 감지 센서에 감지되지 않았을 것이다.

“음. 그렇다면 말이 되는군요. 사실 세대 앞에 설치된 복도 CCTV로 확인한 바로도 열흘 전에 휠체어를 타고 집에 오신 거로 확인됐습니다. 이 집의 마지막 출입 기록도 제가 방문하기 전날 밤이었고요. 한 남자가 10분 정도 머물다 나간 걸 복도 CCTV로 확인했습니다.”

보안요원이 말했다.

"이보세요! 입주민의 사생활을 이렇게까지 침해해도 되는 겁니까?"

나도 모르게 소리쳤다.

"아시잖습니까? 지금은 특수한 상황이란 걸요."

보안요원은 한쪽 입꼬리를 올리며 씩 웃었다.

"그렇다면 그쪽 말이 뭔가 맞질 않네요. 집에 사람이 드나드는데 죽은 줄 알고 집에 쳐들어왔다? 만약 시신이 있었다면 집에 다녀간 남자가 신고했을 텐데요?"

"신고한다고 해도 방역 당국이 언제 올지 알 수가 없잖습니까? 그러니 신고하지 않은 거로 생각했습니다. 그보단 직업이 어떻게 되시죠?"

보안요원은 자연스럽게 말을 돌렸다.

"AI 개발자입니다."

"그럼, 전자기기를 잘 다루시겠네요?"

"네. 조금은요. 왜요? 저를 침입자라 의심하는 겁니까?"

나는 턱에 힘을 주고 보안요원을 노려봤다.

"무리 중 가장 먼저 올라온 걸 수도 있죠. 그런 다음 지하 주차장으로 가서 문을 열어 일행들을 출입시켰고요."

보안요원의 말에 나는 뜨끔했다.

"무슨 말씀을 하시는 건지 모르겠네요. 등기부 등본이라도 보여드릴까요? 이 집이 제집이라는 게 밝혀지면, 당신을 무단 침입으로 신고하겠습니다."

"무단 침입? 각 세대에 시체들이 방치되고 있습니다. 그들의 바이러스가 공조 장치를 통해 건물 안으로 퍼져나가 입주민의 안전이 위협받는 상황이고요. 저는 입주민들의 안전을 책임지는 사람이니 문제 될 게 없습니다."

보안요원은 어깨를 으쓱이며 고개를 저었다.

"좋습니다. 원하시는 게 뭐죠? 제가 이 집의 주인이라는 것만 입증하면 되는 겁니까?"

"박기범 박사님이시죠?"

보안요원의 말에 나는 눈을 번쩍 떴다.

"기사에서 보았습니다."

보안요원이 히죽 웃었다.

"저를 아신다니 제가 이 집 주인이라는 것도 입증됐겠네요."

나는 턱에 힘을 주고 말했다. 내가 누군지 알면서 여태 나를 추궁했단 말인가.

"어디 가십니까?"

보안요원이 거실 바닥에 펼쳐진 여행용 가방을 곁눈으로 가리켰다.

"아내에게 갈 겁니다."

"부인이 어디 가셨습니까?"

보안요원이 집을 둘러보는 시늉을 했다.

"미국에 있습니다."

"미국이요?"

보안요원의 눈이 휘둥그레졌다. 나는 고개만 살짝 까딱였다. 굳이 보안요원에게 사생활을 다 말할 필요는 없었다.

"잘됐네요. 저도 같이 갑시다."

보안요원이 말했다.

"네? 뭐, 뭐라고요? 제 아내에게 같이 가자고요?"

"아뇨. 미국까지 함께 갑시다."

보안요원이 옅은 미소를 머금은 채 머리를 흔들었다.

"괜찮습니다. 저는 혼자가 편해서요. 미국에 가실 일이 있다면 잘 다녀오십시오."

나는 단호하게 말했다. 미국으로 향하는 그 긴 시간을 이 남자와 불편한 동행을 하는 건 생각만 해도 끔찍했다.

"다녀온다고요? 박사님은 다시 돌아오실 겁니까?"

보안요원이 고개를 갸웃거렸다.

"그래야지요. 여기가 제집이니까요."

나는 고개를 끄덕였다.

"만약, 이번 사태가 끝나지 않는다면요?"

"글쎄요. 그건 미처 생각해 본 적은 없지만… 여태 그래왔던 것처럼 이번에도 종식되지 않을까요?"

"아뇨. 그동안 지구를 덮쳤던 수많은 바이러스는 종식된 게 아니라 면역이 된 거였습니다."

보안요원이 고개를 저었다.

"네. 그렇죠. 어쨌거나 상황이 잠잠해지면 돌아올 겁니다."

"부디 그렇게 되길 바랍니다. 그나저나 목적지까지 어떻게 갈지는 생각해 보셨나요?"

"제가 혼자서 미국까지 가지 못할 애송이는 아닙니다만."

나는 미간을 찌푸리며 고개를 까딱였다.

"바깥 상황을 전혀 모르시나 봅니다. 밖은 좀비들로 위험합니다. 숨 막히는 더위는 또 어떻고요. 정말 혼자서 좀비들을 물리치며 미국까지 갈 수 있을 거로 생각하십니까?"

나는 뜨끔했다. 젠장. 정곡을 찔려버렸다. 그렇다. 나는 운동신경과는 거리가 멀었다. 하지만, 그렇다고 해도 잘 알지도 못하는 사람과 동행하는 것보단 혼자가 좋다.

"그건 그쪽이 참견할 바가 아닌 것 같네요."

나는 애써 태연하게 대답했다.

"호모 사피엔스가 왜 마지막까지 살아남았는지 아십니까? 바로 무리를 지었기 때문입니다. 인류는 위기가 닥칠 때마다 모두 힘을 합친 탓에 지금까지 살아남을 수 있었습니다."

보안요원이 팔꿈치를 무릎에 걸친 채 몸을 반쯤 숙였다.

"무슨 말씀이 하고 싶은 겁니까?"

"함께 가면 서로에게 도움이 될 겁니다."

보안요원이 고개를 들고 나를 뚫어지게 봤다.

"아뇨. 저는 혼자 가겠습니다."

나도 보안요원의 눈을 똑바로 바라보며 고개를 저었다.

"생각보다 고집이 세시군요. 박사님으로 인해 아파트 입주민들이 위험에 처했습니다. 박사님이 주차장 문을 여는 바람에 좀비들이 아파트를 점령했다고요. 감시카메라로 지켜보다 셔터를 내리긴 했지만, 일부 좀비들이 빈집에 들어와 살고 있습니다. 그 후로 주민 오십여 명이 사망하셨고요."

보안요원이 눈을 치켜떴다. 나는 숨이 턱하고 막혔다. 보안요원은 주차장 문을 연 사람이 나라는 걸 알고 있었다.

"만약 이 사실을 입주민들에게 알리면 어떻게 될까요?"

출발 혹은 탈출

보안요원이 나가고, 집을 휘둘러봤다. 보안요원은 내가 떠나려는 걸 어떻게 알고 찾아왔을까. 집에도 감시카메라가 달려있나. 집안에서만큼은 사생활이 보장된다고 생각했는데 아니었던 걸까. 보안을 이유로 아파트에는 수많은 감시카메라가 설치되어 있다. 바로 그 점 때문에 사람들이 스마트 아파트를 선호했다. 그런데 그 수많은 감시카메라가 나의 일거수일투족을 감시하는 눈이 될 줄이야.

보안요원은 내가 주차장 출입문을 여는 걸 감시카메라로 지켜보고 있었다. 좀비들에 쫓겨 1층에서 엘리베이터에 올라탔을 때, 에스컬레이터에서 셔터가 내려온 것도 보안요원이 작동한 거였다. 그날 난, 고글과 마스크까지 쓰고서 중무장했지만, 보안요원은 엘리베이터와 복도에 설치된 감시카메라로 내가 3206호로 들어가는 걸 보았을 것이다. 보안요원은 나의 일거수일투족을 알고 있었다. 불쾌하지만, 어쩔 수 없었다. 보안요원의 말마따나 감시카메라를 지켜보는 게 그의 일이었다.

소독용 티슈를 들고 소파로 돌아가 보안요원이 앉았던 자리를 벅벅 닦던 그때, 나를 졸졸 쫓아온 폴리와 눈이 마주쳤다. 감시 카메라뿐만 아니라 폴리도 언제나 내 곁에서 나를 지켜봤다.

"폴리야. 내가 낯선 사람과 미국에 함께 가는 거 어떻게 생각해?"

"낯선 사람은 전에 본 기억이 없어 익숙하지 않은 사람입니다."

폴리가 대답했다. 폴리의 뇌라고 할 수 있는 AI는 '왜'뿐만 아니라 '어떻게'도 '생각'하지 못 할뿐더러 다른 사람의 생각과 행동을 읽거나 유추하지도 못한다.

"그래. '낯선 사람'의 뜻 말고 네 생각을 말해줘."

"생각은 어떤 사물을 헤아리고 판단하는 일입니다."

AI가 개발된 지 벌써 수십 년이 지났지만, 인류는 아직도 인간의 뉴런을 완벽하게 구현해 내지 못했다.

"됐다 됐어. 그만하자. 네가 생각을 하면 사람이지 로봇이겠어?"

나는 한숨을 내쉬었다. 폴리와는 생각과 마음을 주고받는 친구가 될 순 없는 걸까. 인간만이 할 수 있는 생각과 마음, 감정은 영영 만들어낼 수 없는 걸까. 이럴 때 인간, 영희라면 이렇게 말해줬을 텐데.

'낯선 경험은 당신을 더 큰 세계로 데려다줄 거야. 안정적인 상황에서 벗어나 낯선 경험을 할 때 새로운 세계가 열리는 법이거든.'

물론 영희 말도 맞다. 하지만 낯선 사람과 내내 함께 있어야 한다는 건 생각만 해도 끔찍하다. 가는 내내 어색한 분위기를 이겨내려 시답지 않은 이야기를 해야 하고, 또 뭔가를 결정해야 할 땐 서로 의견을 나누고 맞춰야 한다. 각자 가면 편할 텐데 굳이 불편함을 무릅쓰고 가야 할 이유가 있을까.

나는 보다만 SNS를 보려고 스마트폰을 집어 들었다. 아무 생각도 하지 않는 데엔 SNS만 한 게 없다. SNS 게시글이 하루가 다르게 줄어들고 있었다. 일상을 공유하던 팔로워들은 모두 어디로 숨어버린 걸까. 나는 거실에서 창밖을 바라보는 아이의 뒷모습을 찍은 게시글에서 스크롤을 멈췄다. 아이가 바라보는 창밖 풍경이 익숙했다. 아파트 이웃인 것 같은 아이는 창틀에 한쪽 다리를 걸치고 창밖을 바라보고 있었다. 사진 아래에는 계정 주인이 쓴 글이 있었다.

[여보. 곧 갈게.]

팬데믹으로 이산가족이 된 가정이 나와 영희 말고도 또 있나 보다. 스크롤을 내렸다. 다음은 게임 화면을 찍은 글이었다. 사진 아래에는 세 글자만 덜렁 적혀 있었다.

[기다려]

게시글에는 친구들로 보이는 사람들의 댓글이 달려있었다.

[시합까지는 꼭 올 수 있는 거지?]

팬데믹에도 세계 어딘가에선 스포츠 시합이 열리나 보다. 또 스크롤을 내렸다. 이번엔 캄캄한 배경에 푸른색 점이 찍힌 사진이었다. 우주에서 바라본 지구였다. 사진 아래에는 별다른 설명 없이 네 글자만 적혀 있었다.

[떠납니다.]

아파트 주위엔 돌아다니는 사람이 많진 않지만, 나 말고도 집을 떠나 어딘가로 가려는 사람들이 있나 보다. 바깥 상황이 생각보다 심각하진 않은 걸까.

2056년 11월 17일

새벽 2시. 장관들이 굳은 얼굴로 국가위기관리센터 상황실에 들어섰다. 장관들은 3시간 전에 미국이 발표한 내용을 두고 웅성거렸고, 국가안보실장과 청와대 비서실장은 곧 있을 화상회의를 준비하느라 뛰어다녔다. 잠시 후 상황실 문이 열리고, 대통령이 들어와 테이블 중앙에 앉자, 일순간 상황실 안 공기가 무겁게 가라앉으며 조용해졌다.

"미국에서 발표한 생화학전이란 게 대체 무슨 말입니까? 드론을 이용해 바이러스를 뿌렸다는 건가요?"

대통령이 굳은 얼굴로 말했다.

"네. 그 문제로 조금 전에 미국에서 연락이 왔습니다. 연결해 드릴까요?"

국가안보실장이 말했다.

"네. 연결해 주세요."

대통령이 대답했다. 잠시 후, 상황판에 미국 대통령과 미국 참모진이 둘러앉은 모습이 나타났다.

"친애하는 김성혁 대통령님. 안녕하셨습니까?"

대니얼 대통령이 미소를 지었다.

"안녕하세요."

대통령도 억지로 입꼬리를 끌어올리며 인사했다.

"조금 전, 미국의 발표를 들으셨을 겁니다."

미국 국무장관이 말을 꺼냈다.

"네. 들었습니다. 대체 의도적으로 바이러스를 퍼뜨렸다는 게 무슨 뜻입니까?"

"그보다… 앞서 10월 7일에 대한민국 전역에 드론이 날아다녔다는 건 알고 계셨습니까?"

미국 국방장관이 물었다.

"네. 알고 있었습니다."

안보실장이 대답했다.

"대한민국뿐만 아니라 세계 곳곳에서 그런 일이 있었습니다. 그로부터 일주일이 지난 10월 14일에 첫 발병자가 나왔고요."

"……"

대통령은 생각에 잠긴 듯 눈을 내리깔았다. 세계 첫 발병자에 대한 공식적인 발표는 없었기 때문에, 10월 14일에 첫 발병자가 나왔다는 건 순전히 미국의 의견일 뿐이었다.

"이 신종 바이러스와 드론의 연관성에 대해 우리는 고의로 일으킨 생화학전이라 보고 있습니다."

"생화학전이요?"

대통령이 눈을 치켜떴다.

"오래전부터 중국이 바이러스를 연구하며 생화학 무기를 실험해 왔다는 건 알고 계실 겁니다. 이번 바이러스가 이 연구소에서 기원했다는 걸 추정할 만한 물증을 확보했습니다."

미국 국방장관이 대답했다. 대통령과 장관들이 휘둥그레진 눈으로 서로를 마주 봤다.

"쉽게 넘어갈 사안이 아닙니다. 한 나라가 세계인의 생명을 위협하고 있습니다. 세계인의 안전을 위해 미국은 주시하며 만일의 사태에 대비하고 있습니다."

대통령과 장관들은 숨죽이며 다음 말을 기다렸다.

"그래서 말인데, 미군 철수를 서둘러야 할 것 같습니다. 26일까지 한국에 주둔해 있는 모든 미군을 철수하겠습니다."

상황실에 탄식이 터져 나왔다.

"…중국과 전쟁을 하려는 겁니까?"

대통령이 물었다.

"전쟁이라니요? 한나라의 위협으로부터 세계가 힘을 합쳐 평화를 지켜내려는 겁니다. 일본이 우리와 협력하기로 했습니다. 영국과 캐나다, 호주, 뉴질랜드, 대만도 함께 할 거고요."

미국 대통령이 말했다.

"전쟁이 아니라면, 함께 뭘 하려는 거죠?"

"그들이 전쟁을 일으키지 못하도록 대만과 오키나와에 무기와 병력을 배치할 겁니다."

미국 국방장관이 대답했다. 대통령과 장관들은 안심한 듯 고개를 끄덕였다. 중국이 전쟁을 일으켰을 때, 한국과 가까운 곳에 미국의 연합군이 주둔해 있다면, 한국으로선 그리 나쁜 일만은 아니었다.

"그럼, 대한민국의 입국을 허가하겠다는 건 어떻게 되는 거죠? 지금처럼 하늘길이 막혀있는 상황에 한국을 둘러싼 나라가 대치해있다면, 대한민국 수송기로 미국까지 가는 건 위험합니다."

대통령이 말했다.

"대한민국 상황은 유감입니다만, 미국이 할 수 있는 마지막 배려는 미군이 철수할 때 함께 입국하는 것밖에 없습니다. 단, 한국 정부 요인들을 미국까지 에스코트하려면 미군이 많은 위험을 감수해야 합니다. 아시다시피 미군이 위험을 무릅쓰고 한국 정부 요인을 에스코트할 이유는 없습니다. 하지만, 그래도 미군의 보호를 원하신다면, 한국의 우수한 무기와 병력을 지원해 주시죠."

미국 대통령이 말했다.

"무기와 병력이요?"

국방부 장관이 대통령을 돌아보며 큰소리로 되물었다.

"한국이 무기와 병력을 지원한다면, 미군이 철수할 때 함께 올 수 있도록 조치하겠습니다. 뭐… 무기와 병력을 지원하지 않는다면, 미국의 보호는 받지 못할 겁니다. 다른 국가의 난민들처럼 민간인 자격으로 입국해야 한다는 얘깁니다."

미국 국방장관이 말했다.

"음… 그 부분은 논의가 필요합니다. 시간을 주십시오."

대통령이 말했다.

"시간이 많지 않습니다. 한국 정부가 현명한 판단하리라 믿습니다."

미국 국무장관이 말했다. 화면에서 미국 대통령과 장관들의 얼굴이 사라졌다. 상황실에는 무거운 침묵이 흘렀다.

"어떻게 하실 생각입니까? 설마… 정말 미국으로 가려는 건 아니시죠?"

외교부 장관이 장관들을 둘러봤다.

"무기와 병력을 지원하든 하지 않든 미군 철수는 막을 수 없습니다. 만에 하나 미국과 중국 간의 전쟁이 일어난다면 이를 틈

타 북한이 공격해 올 수도 있고요. 이렇게 된 이상 전쟁이 일어나기 전에 미국으로 대피하셔야 합니다."

안보실장이 말했다.

"지금 무슨 말씀을 하시는 겁니까? 우리 문제를 스스로 해결하지 못해서 미국에 머리를 조아려야 한다는 겁니까? 대한민국 위기를 타국의 손을 빌려 해결할 수는 없습니다. 미군이 철수하더라도 대한민국은 우리가 지켜야 합니다."

국방부 장관이 목소리를 높였다.

"대체 우리가 뭘 할 수 있습니까? 우리에겐 전시작전통제권도 없잖습니까?"

합동참모의장이 고개를 흔들며 말했다.

"맞습니다. 일단 미국으로 대피한 다음에, 상황이 정리되는 대로 다시 돌아오는 게 좋을 것 같습니다. 전쟁이 휩쓸고 나면 좀비도 정리되어 있을 겁니다."

안보실장이 말했다.

"만에 하나 전쟁이 일어난다면, 무기와 병력을 제공한 게 전쟁을 일으키는 걸 암묵적으로 동의했다는 뜻이 될 겁니다. 그러니 미국에 가더라도 무기와 병력을 지원하는 건 심사숙고해야 합니다."

국방부 장관이 말했다.

"무슨 말씀인지 잘 알겠습니다. 일단은 동원할 수 있는 무기와 병력이 어느 정도 되는지부터 확인해 주세요."

장관들의 얘기를 잠자코 듣고 있던 대통령이 말했다.

*＊＊

점심 식사를 마치고 거실 창가로 다가갔다. 거리엔 지나가는 차도, 사람도 보이지 않았다. 좀비들은 대체 어디에 숨어있는 걸까. 아파트 주차장에서 본 좀비들처럼 건물들 지하에서 기생하고 있는 걸까. 대체 정부는 뭘 하길래, 그들을 생포하지 않는 걸까. 보안요원의 말대로 정말 무정부 상태란 말인가. 이럴 때 정부 기관에 아는 사람이라도 있다면 얼마나 좋을까. 인터넷 속에 많은 정보가 있지만, 사람들의 입으로 암암리에 전해지는 정보는 따로 있을 것이다.

그나저나 여객선 출항까지 이제 닷새밖에 남지 않았다. 아파트에 바이러스가 퍼진 게, 입주민 오십여 명이 죽은 게 나 때문이라는 걸 입주민들이 알게 되면, 미국에서 돌아왔을 때 과연 이 아파트에서 살 수 있을까. 모든 건 보안요원의 입에 달려있다. 만약 내가 함께 가지 않겠다고 하면, 보안요원은 당장이라도 주민 회의를 열어 주차장 출입문을 연 입주민을 찾았다고 이실직고할 것 같았다. 그러면 입주민들은 득달같이 달려와 항의할 게 분명하다. 머리가 지끈거렸다.

게다가 부산까지 가는 길에 마주할 좀비들을 과연 키도, 몸집도 작은 내가 혼자서 물리칠 수 있을까. 아니, 그 전에 주차장에 있는 좀비들을 물리치고 밖으로 나갈 수나 있을까. 막상 현실로 다가오니 덜컥 겁이 났다. 보안요원은 키도 크고 몸집도 건장해 듬직해 보였는데… 함께 간다면, 그의 도움을 받을 수 있지 않을까.

"폴리야."

스르륵 하고 타일 바닥을 끄는 소리와 함께 폴리가 다가왔다.

"보안실에 연결해 줘."

"보안실로 연결하겠습니다."

폴리가 말했다. 잠시 후, 폴리 얼굴에 보안요원 얼굴이 나타났다.

"안녕하세요. 보안실입니다."

보안요원이 폴리보다 더 로봇 같은 미소를 지으며 인사했다.

"안녕하세요. 어제 말씀하셨던 미국 동행 말입니다. 함께 가겠습니다."

나는 비장하게 말했다. 낯선 사람과의 동행은 정말이지 내게 큰 모험이었다.

"잘 생각하셨습니다. 11월 22일 저녁에 부산에서 일본으로 가는 여객선을 마지막으로 우리나라의 모든 국경이 봉쇄되니 꼭 이 여객선을 타야 합니다."

"저는 이미 예매했습니다."

"좋습니다. 그럼, 출항 하루 전에 출발하도록 합시다."

보안요원이 만족스러운 듯이 미소를 지었다.

"하루 전이요? 부산까지는 다섯 시간이면 충분할 텐데요. 도로에 차도 없을 테고요."

"물론 아무 일 없이 간다면 그렇겠죠. 하지만 가는 길에 어떤 변수가 생길지 모르니 여유롭게 출발합시다."

생각이 다른 지점은 생각보다 일찍 찾아왔다.

"별일 없이 다섯 시간 만에 부산에 도착하면 하룻밤을 어디서 보내시려고요?"

"차나 터미널에서 하룻밤 보내면 되죠. 뭐."

보안요원이 시큰둥하게 대답했다.

"터미널에 좀비들이 있으면요?"

"그렇다면 뭐… 한적한 곳에 차를 대놓고 하룻밤 자야겠지요."

보안요원이 대답했다.

"그래요. 뭐. 그럽시다. 배를 놓치는 것보다야 나을 테니."

보안요원의 말도 일리가 있으니, 괜한 실랑이를 하느니 보안요원의 말을 따르기로 했다.

"좋습니다. 그럼, 하루 전날에 출발하기로 하고 그에 맞춰 준비합시다."

"준비요?"

"혹시 모를 좀비들의 공격에 대비해야지요."

보안요원이 말했다. 그렇다. 나는 미국까지 가는데 필요한 일상적인 짐만 꾸렸지, 좀비에 대응할 준비를 해야 한다는 건 미처 생각하지 못했다.

"무슨 준비를 하면 될까요?"

"글쎄요. 우리가 제일 먼저 걱정해야 하는 건, 차를 무사히 타는 겁니다. 그날 보셨겠지만, 주차장에 좀비들이 있습니다. 차에 타려면 좀비들을 맞닥뜨릴 수밖에 없습니다."

그건 나도 예상했던 바다. 보안요원과 내가 좀비들을 물릴 칠 수 있을지는 몰라도 말이다.

"그리고 또 하나, 차가 운행이 가능할지 알 수가 없습니다."

보안요원이 이마를 긁적였다.

"무슨 뜻이죠?"

"입주민들에게는 미처 말씀드리지 못했는데 좀비들이 차를 망가뜨려 온전한 차가 많지 않습니다."

보안요원이 쓴웃음을 지었다. 맙소사. 그걸 왜 이제야 말하는 걸까. 안된다. 제발 내 차만은 온전해야 한다. 차 안엔 10년 넘게 연구해 온 자료가 저장된, 내게는 자식 같은 USB가 있다.

"자세한 건 관제센터로 오셔서 의논하는 게 좋겠습니다. 감시카메라로 차를 확인하면서요."

* * *

그날 밤, 지난번처럼 스키복을 꺼내입고 고글까지 쓴 채로 현관문을 열었다. 둥글게 이어진 복도를 따라 현관문 여덟 개가 굳게 닫혀있었다. 나는 조심스레 발을 내디디며 현관문을 닫았다.

띠리리--

도어록 잠기는 소리가 고요한 복도에 울렸다. 화들짝 놀라 주위를 둘러봤다. 아무런 인기척이 없었다. 나는 가슴을 쓸어내리며 살금살금 엘리베이터 홀로 걸어갔다.

바로 그때,

띠리리--

도어록 소리가 복도에 울렸다. 돌아보니 바로 옆집, 3207호 문이 열렸다. 열린 문틈으로 두 개의 눈동자가 반짝거렸다. 집안이 어두워서 얼굴은 보이지 않았지만, 누군가가 나를 바라보고 있었다. 나는 엘리베이터로 달려가 문 열림 버튼을 눌렀다. 등 뒤에서 직직 신발을 끌며 걸어오는 소리가 났다.

"뭐, 뭐야?"

당황한 그때, 엘리베이터 문이 열렸다. 나는 엘리베이터에 올라타 66층을 눌렀다. 그 순간, 쿵쾅쿵쾅 달려오는 소리가 복도에 울렸다. 발소리는 점점 커졌고, 내 심장은 더욱 쿵쾅거렸다. 발소리가 바로 귓가에서 울린 그때, 문이 닫히고 엘리베이터는 움직이기 시작했다.

휴. 나는 그만 다리에 힘이 풀려 구석에 쭈구리고 앉았다. 그사이, 엘리베이터는 66층에 도착했다. 나는 열린 문틈으로 고개를 빼꼼 내밀었다. 66층에는 67층부터 123층까지의 입주민 자녀들이 다니는 학교와 유치원, 그리고 관제센터와 커뮤니티센터가 있는데, 유치원과 학교는 화상 수업으로 대체됐고, 피트니스 센터는 문을 닫았다.

나는 애써 긴장을 늦추며 엘리베이터 밖으로 나갔다. 복도는 아무런 인기척도 없이 고요했다. 살금살금 복도를 지나 관제센터 앞으로 다가간 그때, 관제센터 문이 벌컥 열렸다. 나는 다급히 뒷걸음질 치다 보안요원과 눈이 마주쳤다.

"들어오세요."

보안요원이 관제센터로 손을 뻗으며 옆으로 비켜섰다. 나는 쭈뼛거리며 관제센터로 들어갔다. 관제센터는 입주민 제한구역으로, 한쪽 벽을 가득 채운 대형 스크린에 입주민의 일거수일투족을 감시하는 감시카메라 영상 수백 개가 나오고 있었다. 보안요원은 감시카메라로 내가 걸어오는 걸 지켜보고 있었던 모양이었다.

"잘 오셨습니다. 이쪽으로 오시죠."

보안요원은 스크린 맞은편 정중앙 자리에 앉았다. 나는 그의 뒤에 섰다. 보안요원은 지하 10층 주차장 영상을 스크린 정중앙에 띄웠다. 화면 속에는 얼핏 봐도 수십 명에 달하는 인간 좀비들이 차들 사이를 어슬렁거리고 있었다.

"이 사람들은 언제 주차장에 들어온 거죠?"

윤 박사는 주차장에서 좀비를 봤다는 얘길 하지 않았다.

"아파트를 봉쇄한 그날 밤에 이들이 나타났습니다. 감시카메라로 역추적해 보니, 환기구를 통해 들어왔더군요. 아파트를 봉쇄하면 사람들이 주차장에 드나들지 않을 거란 걸 알고 기다렸다 들어온 것 같아요."

인간의 뇌를 침투한 바이러스는 공격성을 높이지만, 지능에는 별문제를 일으키지 않는 모양이다.

"차 번호가 어떻게 되죠?"

보안요원이 시스템 조작 화면에 시선을 고정한 채 물었다.

"34루 5478입니다."

보안요원은 시스템에 차 번호를 입력했다. 잠시 후, 지하 5층 영상이 스크린 정중앙에 나타났다. 나의 흰색 자율주행 전기차는 제일 구석에 주차되어 있었다.

"저기 있네요."

보안요원이 감시카메라 화면을 확대했다. 스크린에 내 차가 클로즈업되었다. 이런. 차창이 깨져 있었다. 내 차는 지붕과 차창에 눈으로는 식별이 안 되는 투명 태양전지판이 붙어있는데, 차창이 깨졌으니, 태양전지판이 손상되었을 것이다. 물론 태양전지판 한두 개가 손상된다고 해도 다른 전지판은 제 역할을 한다. 보아하니 내 차에 달린 태양전지판은 지붕에 달린 것만이 온전했다. 물론, 태양열 에너지가 아니어도 흐린 날이 계속될 때를 대비해 리

튬이온배터리를 이용한 전기 에너지로 운행이 가능하다.

나는 곧바로 스마트폰을 켜고 자동차 시스템에 접속했다. 내 차의 잔여 배터리는 현재 십 퍼센트 남짓으로 약 80km쯤 운행할 수 있다. 운행하는 동안, 지붕에 달린 전지판으로 충전하며 간다면 그 이상도 가능하다. 변수는 창문이 깨져 있어 에너지 효율이 떨어지는 데다 뜨거운 공기를 식히기 위해 계속해서 에어컨을 가동해야 한다는 건데, 아마도 40km도 채 가지 못할 것이다.

"하. 안되겠네요."

보안요원의 얼굴에 초조한 기색이 스쳤다. 보안요원도 나와 같은 생각일 것이다.

"그쪽 차는요?"

나는 턱으로 보안요원을 가리켰다. 보아하니 보안요원은 내 또래 같았다.

"글쎄요. 한 번도 차를 확인해 보질 않았네요."

보안요원이 지하 1층으로 화면을 넘겨 자신의 차가 찍힌 감시카메라 영상을 화면에 띄웠다.

"여기 있네요."

보안요원의 7인승 승합차는 멀쩡했다. 차뿐만이 아니라 지하 1층엔 좀비들도 보이지 않았다. 지하 1층에는 환풍구와 환기창이 있어 외부 열기가 완벽히 차단되지 않아 다른 곳보다는 더운 탓일 것이다.

"겉으로 보기엔 괜찮아 보이네요. 바로 앞에 주차장 출구가 있어 빠져나가기도 더 수월할 거고요. 그런데 저 차수막은 어떻게 하죠?"

보안요원이 출구를 비추는 감시카메라를 확대했다. 출구에는 두꺼운 철문처럼 보이는 차수막이 내려져 있었다.

"미리 열어둬야죠."

보안요원이 대답했다.

"갑자기 차수막이 열리면 좀비들이 깨어나지 않을까요? 아니면, 밖에 있던 좀비들이 주차장으로 들어올 수도 있을 거고요."

"…음. 그렇다면 우리가 차에 탄 이후에 아파트 보안시스템에 원격으로 접속해서 열어야겠군요."

보안요원이 팔짱을 끼고 감시카메라를 응시했다.

"시스템 접속부터 차수막이 완전히 다 열릴 때까지 시간이 얼마나 걸릴까요? 만약 우리가 급하게 도망쳐야 할 상황이라면요?"

"그것까진 미처 생각하지 못했네요. 이 문제는 며칠 동안 시간이 있으니 확인해 보겠습니다. 그건 그렇고, 만약 좀비들에게 쫓기는 상황이라면 주차장을 빠져나갈 때까진 수동으로 운전해야 할 겁니다. 운전은 제가 할 테니, 박사님은 좀비의 공격에 대응하는 게 좋겠습니다."

"제, 제가요?"

나는 눈을 번쩍 떴다. 대체 이게 무슨 말인가. 덩치 큰 보안요원은 운전하고, 몸집이 작은 내가 좀비를 물리치란 말인가.

"아? 아…"

뒤늦게 상황을 파악한 보안요원은 나를 위아래로 훑었다.

“역할 분담에 대해선 시간이 있으니 좀 더 생각해 보는 게 좋겠습니다.”

보안요원이 어색하게 웃었다. 씁쓸한 마음을 뒤로한 채 막 관제센터를 벗어나려던 그때, 보안요원이 말했다.

“아! 그리고… 옆집. 조심하세요.”

2056년 11월 18일

오늘도 어김없이 서재에서 인터페이스 복구와 씨름했다. 서재에 틀어박혀 인터페이스 복구에 매달린 지 사흘째로, 완성률은 70%에 달했다. 21일 새벽에 출발하기로 했으니 20일 밤까지는 끝마쳐야 한다. 앞으로 남은 시간은 단 이틀. 과연 끝낼 수 있을까.

막 두 팔을 뻗어 기지개를 켜던 그때, 폴리가 다가왔다.

“보안실에서 걸려 온 화상 전화를 받으시겠습니까?”

폴리가 말했다.

“뭐? 보안실?”

나는 미간을 찌푸렸다. 이래서 누군가와 뭔가를 함께 하지 않으려 했던 건데. 나는 시도 때도 없이 불쑥불쑥 연락해 오는 것도, 나만의 시간을 침해받는 것도 싫어한다.

“연결해 줘.”

나는 폴리를 향해 돌아앉았다. 보안요원의 전화가 성가시긴 하지만, 일본까지는 어쩔 수 없이 함께 가야 하니 연락을 거절할 수가 없었다. 잠시 후, 폴리 얼굴에 보안요원 얼굴이 나타났다.

"어제 말씀하셨던 부분을 확인해 봤습니다. 차가 빠져나갈 수 있을 만큼 차수막이 올라가는 데는 정확히 20초가 걸리더군요. 원격으로 시스템에 접속하여 셔터를 여는 것까지 계산하면 시간은 더 걸릴 테고요. 그러니 지하 1층에 도착하면 제 스마트폰을 박사님께 드리겠습니다. 제가 차에 올라타서 운전대를 잡을 동안 박사님께서 차수막을 열어주세요."

"네. 그렇게 하죠."

나 혼자라면, 불가능한 일이다. 차에 앉아 원격 조종으로 주차장 차수막을 여는 동안, 좀비들이 공격해 온다면 대처할 수 없을 테니까.

"아, 그리고 좀비 공격에 대응하는 일에 대해 곰곰이 생각해 봤는데, 둘보다는 세 명이 나을 것 같습니다."

보안요원이 말했다.

"세 명이요? 지금 같은 상황에 우리 말고 미국에 갈 사람이 있을까요?"

"다행히 있더군요."

보안요원이 싱긋 웃었다. 폴리 얼굴 속 화면이 세 개로 나뉘더니 이제 갓 성인이 된 것 같은 앳된 남자가 나타났다.

"인사하세요. 이분은 우리와 동행할 112층에 거주하시는 입주민입니다."

나는 속으로 흠칫 놀랐다. 방금 112층이라고 한 것 같은데, 잘못 들었나. 111층부터 123층까지는 한 층에 한 세대만 거주하는 펜트하우스다. 펜트하우스에서 살 수 있는 재력이라면, 이름만 들어도 알만한 사람일 것이다. 나는 녀석의 얼굴을 찬찬히 뜯어봤다. 허옇고, 비실비실해 보이는 얼굴이 온종일 컴퓨터 앞에서 게임만 하게 생겼다. 아니나 다를까 녀석의 등 뒤에 모니터 두 대와 화려한 게임용 키보드가 있었다. 그렇다면 이 녀석은 금수저인 게 틀림없다. 부모님의 집에 얹혀살며 온종일 게임만 하는 게임 폐인 말이다.

"우리와 동행하기로 한 건가요?"

나에게 했던 것처럼 보안요원이 순진무구한 녀석을 막무가내로 끌어들인 건 아닌지 의심이 들었다. 이 위험천만한 일을 게임으로 착각하고 있는 게 아닌지 말이다.

"그러잖아도 미국에 가려던 참이었어요. 방법만 있다면요."

금수저 게임 폐인이 고개를 끄덕였다. 엉덩이를 쭉 빼고 누운 듯이 앉은 녀석의 자세가 영 눈에 거슬렸다.

"저흰 차를 타고 부산으로 갈 겁니다. 아시겠지만, 주차장에는 좀비 무리가 있습니다. 주차장에서 차를 타고 아파트를 빠져나가는 게 우리의 첫 번째 난관이 될 겁니다."

보안요원이 폐인을 보며 말했다.

"대책이 있나요?"

게임 폐인이 깍지 낀 손을 내려다보며 물었다.

"밤에 이동하도록 하죠. 그들도 밤에는 잘 테니까요."

보안요원이 대답했다.

"아무 대책 없이 그냥 밤에 이동한다. 그게 다인가요?"

폐인이 쩍 벌린 다리를 떨며 물었다.

"다른 좋은 생각이라도 있습니까?"

나는 턱에 힘을 주며 물었다.

"드론이 있어요. 드론을 날려서 주위 상황을 확인하면서 이동하죠. 드론으로 접근자를 지켜보면 접근자의 공격에 빠르게 대응할 수 있을 겁니다."

녀석이 파리만큼이나 작은 드론을 손에 들고 흔들었다.

"아주. 좋은. 생각이네요."

나는 억지로 웃으며 힘주어 말했다. 특별한 대책이 있는 것처럼 하더니 고작 드론이라니.

"그럼 이렇게 합시다. 제가 운전하고, 11201호 님이 드론으로 반경 5km를 주시하다 좀비가 나타나면 3206호 님이 대응하는 거로."

보안요원이 말했다. 뭐지. 이 짜고 치는 고스톱 같은 느낌은. 녀석의 앞뒤에 보안요원과 나를 방패처럼 세우겠다는 계획인 건가.

"혼자서 좀비에 대응하는 건 무리 아닐까요?"

나는 이들의 계획에 동의할 수 없었다. 누가 봐도 셋 중 내가 제일 약체인데, 나 혼자서 좀비에 대응하라니. 아무래도 보안요원이 쳐놓은 덫에 잘못 걸려든 것 같은 께름칙한 기분이 들었다.

"내키지 않으시면, 그 문제는 좀 더 생각해 보기로 합시다."

보안요원과 게임 폐인이 나를 빤히 보더니, 말을 얼버무렸다.

* * *

대통령과 장관들이 국가안전보장회의에 참석하기 위해 상황실에 모였다. 국가안전보장회의 상임위원회는 지하 벙커에 들어온 이후, 나흘 동안 하루도 빠짐없이 개최됐다. 햇볕도 쬐지 못하고 지하에 갇혀 지낸 지 나흘째가 되자, 대통령과 장관들의 안색이 눈에 띄게 어두워졌다.

"무기와 병력은 파악됐습니까?"

제일 먼저 대통령이 입을 열었다.

"핵잠수함부터 초음속전투기까지 무기는 충분합니다만, 병력이 부족합니다. 병력 부족은 대한민국의 오랜 고질적인 문제라 이미 예상된 바이긴 하나, 부대 곳곳에서 감염자들이 일으킨 소요로 사상자가 많다고 합니다."

국방부 장관이 말했다.

"내무반에 감염자와 일반 병사가 함께 있다는 애깁니까?"

안보실장이 물었다.

"격리 조치는 했으나 폭동을 진압하는데 많은 병사가 희생돼 생존자가 많지 않다고 합니다."

국방부 장관이 대답했다.

"일단 무기는 충분하니 협상테이블을 열 수는 있겠군요."

대통령이 나지막한 목소리로 말했다.

"협상이라니요? 안 됩니다."

국방부 장관이 휘둥그레진 눈으로 대통령을 바라봤다.

"이젠 우리의 힘만으로는 대한민국을 지키기 어려워졌습니다. 대한민국이 처한 위기는 우리가 통제할 수 있는 범위를 벗어났습니다. 어쩔 수 없이 무기를 지원하고 미국으로 가야 할 것 같습니다. 어떻게든 살아남아야 새로운 대한민국을 건설할 수 있을 테니까요."

대통령의 말이 끝나기가 무섭게 여기저기서 웅성거렸다.

"일본이 난민 입국을 막았으니, 미국과 협력하면 충분히 중국에 대응할 수 있을 겁니다. 거기다 우리도 무기를 지원하면 승산이 있을 테고요."

안보실장이 대통령의 말을 거들었다.

"좋습니다. 미국과의 협상을 준비해 주세요."

대통령이 단호하게 말했다.

* * *

저녁을 먹은 후에야 겨우 휴식 시간이 찾아왔다. 나는 소파에 드러누워 스마트폰을 켰다. 세상이 어떻게 돌아가고 있을까. 바이러스는 잠잠해졌을까. 다른 나라는 어떻게 대처하고 있을까. 정부 발표가 없으니 답답하기 그지없었다.

SNS를 열었다. 게시글은 모두 며칠 전에 본 것뿐, 며칠째 새로운 게시물이 올라오지 않고 있었다. 사람들은 온종일 집에서 뭘 하길래 SNS도 하지 않는 걸까. 남들은 가족이 있어 덜 심심한 건가.

"폴리야."

가족은 없지만, 내겐 가족 같은 폴리가 다가왔다. 폴리는 내가 부르면 어느 때라도 온다. 아무리 한밤중이어도 화를 내지 않는다. 이럴 땐 폴리가 감정을 느끼지 못해서 다행이다.

"대체 얼마나 많은 사람이 좀비 바이러스에 감염된 걸까?"

나는 혼잣말하듯 물었다.

"감염자 수는 확인되지 않습니다."

폴리는 추론은 못하지만, 기출 변형 문제는 곧잘 푼다. '얼마나 많은 사람', '바이러스', '감염'을 조합하여 검색했을 것이다.

"대체 왜 정부에선 아무 말이 없는 걸까? 지금쯤 감염자 수와 사망자 수를 발표해야 하는 거 아닌가? 정부에서 아무런 발표도 하지 않는데, 왜 아무도 항의하지 않는 걸까?"

"해당 질문은 확인되지 않습니다."

역시나. 세 가지 질문에 동시에 대답하는 건, 폴리에겐 무리였다. 게다가 '왜'라는 질문은 폴리에게 가장 취약한 질문이다.

나는 천장을 비스듬하게 찍어 SNS에 올렸다.

[다들 살아있는 거죠? 생존 신고 바랍니다.]

평소라면 1분도 채 되지 않아 달렸을 댓글이 10분째 달리지 않았다. 가만 돌이켜보니 최근 며칠 동안 대화를 나눈 사람이 보안요원밖에 없었다. 온종일 혼자 있는 건 평소에도 마찬가지지만, 지금은 예전과는 달랐다. 예전엔 그래도 하루의 마지막은 영희와 함께했고, 비록 메신저이긴 해도 동료와 의견을 나누기도 했고, SNS로 네트워크 이웃들과 일상을 공유하기도 했었다. 그런데 지금은 오롯이 혼자다. 아무도 나의 존재에 관심이 없다. 마치 지구에 혼자 살아남은 것만 같은 기분이 들었다. 물론 그럴 일은 없겠지만.

그때, 폴리가 다가왔다.

"보안실에서 걸려 온 화상 전화를 받으시겠습니까?"

"뭐? 지금?"

나는 깜짝 놀라 몸을 일으켜 앉았다. 그러잖아도 외로웠기 때문에 이번 연락은 내심 싫진 않았다.

"연결해 줘."

내 말이 끝나기가 무섭게 폴리 얼굴에 보안요원과 게임 폐인의 얼굴이 나타났다.

"이 시간에 무슨 일이죠?"

나는 시치미를 뚝 떼고 시큰둥하게 말했다.

"아침에 고민해 보기로 한 문제 때문에 연락드렸습니다."

보안요원이 대답했다.

"아침에요?"

나는 고개를 갸웃거렸다. 아침에 고민해 보기로 한 문제가 뭐였더라.

"좀비에 대응하려면 한 분이 더 필요할 것 같더군요. 그래서 또 한 분을 모셨습니다."

보안요원이 대답했다. 아, 그 문제 말인가. 그나저나 아무리 생각해도 기분이 좀 불쾌하다. 마치 나를 컴퓨터 앞에 앉아 머리만 싸매는 찌질한 인간으로 보는 것 같기도 하고. 물론, 틀린 말은 아니지만 말이다. 게다가 이게 무슨 경우인가. 물론 좀비에 대응하기엔 나 혼자서는 역부족이긴 하지만, 어떻게 나와 한마디 상의도 없이 일행을 구하냔 말이다.

"함께 갈 사람이 또 있다는 건가요?"

"네. 다행히 미국행을 준비하던 분이 계셔서 함께 가기로 했습니다. 우리에게 큰 힘이 될 겁니다."

화면이 나뉘는 동안, 나는 집을 둘러봤다. 정말 세대에도 감시카메라가 설치된 건 아니겠지. 그게 아니라면, 보안요원은 미국행을 준비하는 사람을 어떻게 찾아내는 걸까. 나의 불편한 심경에도 아랑곳없이 폴리 얼굴이 네 개의 화면으로 나뉘었고, 이 중 한 화면에서 한 노인이 나타났다.

"6308호에 거주하시는 분입니다."

보안요원이 말했다. 63층이라면 60평대다. 노인은 우리 집 두

배만 한 집에 사는 재력가답게 기품이 있었다.

"반갑습니다. 저도 미국에 함께 갑시다. 혼자 가는 게 걱정됐는데, 함께 갈 분들이 계시니 마음이 놓이네요."

노인이 중후한 목소리로 말했다. 그건 그렇고, 나와 함께 좀비에 대응하려고 데려온 사람이 이 노인이란 말인가. 노인은 나처럼 몸 쓰는 일과는 담쌓고 살아온 듯 보이는데, 대체 어쩌자고 이런 노인을 데려왔단 말인가. 좀비에 맞서 싸울 사람이 아니라 좀비로부터 보호해 줘야 할 것 같은 사람을 데려오면 어쩌자는 건가.

"어르신. 가는 도중에 예상치 못한 많은 위험이 있을 겁니다. 괜찮으시겠어요?"

나는 노인에게 조심스레 여쭤보았다. 혹시 보안요원의 강압 때문이라면 지금이라도 번복하셔도 됩니다. 하는 마음으로.

"그럼요. 끄떡없습니다."

노인이 싱긋 웃었다. 노인의 웃는 모습이 어쩐지 좀비가 득실대는 바깥세상과는 동떨어져 보였다. 하. 이렇게 또 한 명의 일행이, 아니 혹이 생겼다.

"좀비들을 상대하는데 두 사람으로 될까요?"

나는 보안요원을 보며 빈정거렸다. 보안요원의 미간이 일그러졌다.

"아직은 시간이 조금 남았으니, 좀비들에 어떻게 대응할지 고민해 봅시다."

보안요원은 동문서답했다. 이렇게 된 이상 어쩔 수 없다. 지금은 해야 할 일에 집중하자. 낯선 사람들과의 불편한 동행은 미국까지 가는 이틀만 좀 참으면 될 테니까.

영상 통화가 끝나고 영희 베개를 끌어안았다. 베개에서 영희 냄새가 났다. 이제 영희를 만날 날이 얼마 남지 않았다. 곧 영희를 만날 수 있겠지. 미국에만 가면 더는 혼자가 아니다. 혼자가 아니다. 혼자가 아니… 나도 모르게 스르르 눈이 감겼다.

띵동--

메시지 알림음에 눈을 번쩍 떴다. SNS 메시지가 왔다.

[올 수 있는 거지?]

영희에게 온 메시지였다.

[사흘 후에 출발할 거야. 조금만 기다려. 곧 갈게. 그나저나 잘 지내고 있는 거지?]

[응. 난 잘 지내고 있어. 조심해서 와.]

역시 날 생각해 주는 사람은 영희뿐이다. 살아가는데 꼭 많은 사람과 어울리며 살아야 할까. 나를 믿어주는 단 한 사람, 영희만 있으면 난 충분하다.

2056년 11월 19일

다음 날, 이른 아침부터 대통령과 장관들은 미국과의 협상을 위해 상황실에 모였다. 비서실장과 안보실장이 화상 회의를 준비하는 동안, 대통령과 장관들은 말없이 연신 물을 마셔댔다.

"미국하고 연결됐습니다."

안보실장이 말했다. 잠시 후, 상황판에 미국 대통령과 장관들의 모습이 나타났다.

"안녕하십니까? 김성혁 대통령님. 그러잖아도 연락을 기다리고 있었습니다."

대니얼 대통령이 옅은 미소를 지었다.

"지난번에 제안하신 일에 대해 답변드리고자 연락드렸습니다. 신종 바이러스 감염자들을 진압하는데 많은 병력이 희생되어 병력은 동원할 수 없을 것 같습니다. 대신 동원 가능한 모든 무기를 지원하겠습니다."

대통령이 말했다.

"할 수 없지요. 무기만이라도 지원해 주세요."

미국 대통령이 쓴웃음을 지으며 말했다.

"우리가 미국으로 갈 때, 무기를 가져가도록 하겠습니다."

대통령이 말했다.

"아뇨. 미군을 통해 무기를 먼저 받도록 하겠습니다. 한국 정부는 그 후에 미국으로 오세요."

미국 국방장관이 굳은 얼굴로 고개를 저었다.

"미군이 무기를 가지고 먼저 철수하겠다는 건가요?"

국방부 장관이 미간을 찌푸렸다.

"아닙니다. 많은 인원이 한꺼번에 움직이는 건 위성에 노출될 위험이 있습니다. 선발대가 무기를 가져가 배치한 다음, 한국 정부는 후발대와 함께 오시는 게 더 안전할 겁니다."

미국 국방장관이 대답했다.

"흠. 할 수 없군요. 무기는 언제까지 준비하면 되죠?"

국방부 장관이 깊은숨을 내쉬었다.

"선발대가 이튿날 밤에 철수할 예정이었습니다. 그러니 내일 밤까지 준비해 주세요."

미국 국방장관이 대답했다.

"알겠습니다. 그렇게 하죠."

대통령이 고개를 떨구며 나지막하게 대답했다. 장관들은 더는 아무 말도 하지 못했다.

"아, 그리고… 오실 때, 박기범 박사를 모셔 오십시오."

미국의 정보통신국장이 허리를 숙여 마이크를 잡았다.

"박기범 박사요?"

대통령이 눈을 크게 뜨며 장관들을 돌아봤다.

“아시겠지만, 인류가 영토전쟁을 끝낸 건 무역이었습니다. 무역이 세계를 연결하면서 더는 대규모 전쟁이 일어나지 않았습니다. 비록 오랜 시간 냉전이 계속됐지만 말이죠. 그 후, 인터넷이 발달하면서 세계는 더욱 깊숙이 연결되었습니다. 인터넷은 인간관계를 가족 단위에서 마을, 마을에서 나라, 나라에서 세계로 연결했어요. 이처럼 기술의 발전은 지구를 하나의 공동체로 만들었습니다. 지구공동체 말입니다.”

미국의 정보통신국장이 말했다.

“미국 AHL사에선 스마트폰이 없이도 인류를 하나로 연결하고자 전 세계 전문가들과 함께 인간과 AI를 결합하는 연구를 진행했습니다. 인류 역사상 가장 획기적인 기술로 기록될 연구죠. 뇌에 AI 칩을 삽입하는 동물 임상은 마쳤고, 인간에게 적용해야 할 참이었는데 임상 지원자가 나타나지 않았습니다. 연구가 난항에 빠지려던 그때, 한국의 용감한 박기범 박사가 그 일을 자청했습니다. 그리고 난민의 불법 입국이 성행하던 지난달, 한국의 한 병원에서 뇌에 칩을 이식하는 수술을 받았고요.”

정보통신국장이 덧붙여 말했다.

“그 연구가 이번 사태와 무슨 관련이 있습니까?”

대통령이 물었다.

“다음 단계는 칩을 뇌에 이식하지 않고 두피에 부착하는 패치를 개발하는 거였습니다. 만약 임상이 성공했다면 패치 개발은

급물살을 타게 될 테고, 이를 좀비들에게 부착한다면 좀비들을 통제할 수 있을 겁니다."

정보통신국장의 대답에 대통령과 장관들은 휘둥그레진 눈으로 서로를 마주 봤다. 미국의 말대로라면, 팬데믹을 해결할 열쇠가 한국인에게 있었다.

"그 때문에 우리는 박기범 박사에게 이식한 칩이 잘 작동되는지 확인해야 합니다. 지금쯤이면 의식이 돌아왔을 겁니다. 그러니 하루빨리 박기범 박사를 모시고 미국으로 와주세요."

정보통신국장이 말했다.

"알겠습니다. 팬데믹을 해결하는데 한국이 기여할 수 있다면, 당연히 그래야지요."

대통령은 어깨를 쭉 폈다.

"좋습니다. 지금부터 대한민국은 미합중국의 최우선 연합 국가로, 미국과 함께 세계 평화에 이바지하게 될 겁니다. 마지막으로 우리의 이 협정은 한국 정부가 미국 땅에 발이 닿기 전까지는 절대 문서화하지 않길 당부드립니다. 문서화된 정보는 언제든지 AI에 의해 기사로 작성될 위험이 있습니다. 미국까지 오는 동안 테러와 같은 위험에서 한국 정부를 보호하기 위함이니 꼭 지켜주시기를 바랍니다."

미국 대통령이 미소를 머금으며 말했다.

"네. 그러겠습니다."

대통령이 대답했다.

"현명한 판단 내려주셔서 감사합니다. 그럼, 내일 밤까지 무기를 평택과 오산으로 보내 주십시오."

상황판에서 미국 대통령과 장관들이 사라지자, 대통령은 두 손으로 얼굴을 쓸어내렸다.

* * *

두 팔을 뻗어 기지개를 켜며 시계를 봤다. 밤 10시였다. 책상 위엔 끼니로 때운 즉석밥 용기와 빈 통조림 캔이 나뒹굴었다. 오늘 하루 꼬박 서재에 틀어박혀 인터페이스를 설계한 끝에 드디어 완성했다. 그동안 만든 인터페이스는 뇌파를 디지털 신호로 변환해 주는 것으로, 연구 성과를 확인하기 위해선 없어서는 안 된다. 새로 설계한 인터페이스가 정상적으로 작동해 AI 칩과 연결된다면, 나는 AI와 결합한 최초의 인간이 될 것이다. 반대로, 만약 실패한다면… 끝이다. 다시 시도해 볼 수도 없다. 더는 시간이 없다.

자. 한 번 해보자. 나는 심호흡을 내뱉으며 스마트폰을 검지로 톡톡 두드렸다. 스마트폰 화면이 켜지자, 새로 만든 인터페이스를 실행했다. 그런 다음, 인터페이스 화면에 나타난 기기 목록에서 '*AI-human link*'를 찾아 누른 뒤 눈을 감고 기다렸다.

제발…

잠시 후, 슬그머니 눈을 뜨고 스마트폰을 내려다봤다. 젠장. 이번에도 연결되지 않았다. 대체 뭐가 문젤까. 머리에 칩을 심기 전에 테스트했을 때만 해도 연결에 아무런 이상이 없었다. 혹시 수술할 때 윤 박사가 칩의 중요한 부분을 건드려 망가진 게 아닐까. 그도 그럴 것이 칩은 넓이 1㎠밖에 되지 않았다.

나는 다시 시도했다. 여전히 머릿속은 먹통이었다. 다시, 또다시… 몇 번을 다시 시도해 봤지만, 머릿속은 응답이 없었다. 하. 이젠 어떡하지. USB를 가지러 차에 가야 하나. 만약 USB에 저장된 인터페이스도 연결되지 않으면 그땐 정말 어떻게 해야 하나. 실패인 건가. 만약 실패라면, 이 난리 통에 다시 머리 뚜껑을 열어 칩을 꺼내야 한다. 하. 그건 생각만 해도 끔찍하다. 수술이 끔찍한 건지, 10년 동안 연구해 온 일의 실패를 인정하는 일이 끔찍한 건지는 잘 모르겠다. 지금은 최악의 상황을 생각하고 싶진 않다. 그럼, 이젠 어찌해야 할까. 어쩌긴… USB를 가지러 좀비들이 득실거리는 차에 가는 수밖에.

나는 서재를 나와 드레스룸으로 들어갔다. 연구 결과가 어떻든 내일 밤엔 아파트를 떠나야 한다. 드레스룸 바닥엔 여행용 가방이 활짝 펼쳐져 있었다. 오며 가며 싸둔 짐을 물끄러미 내려다봤다. 그러고 보니 제일 중요한 걸 챙기지 않았다. 좀비들 공격에 맞서 싸워야 하기도 하지만, 숱한 바이러스 공격으로부터 내 몸부터 지켜야 한다. 지금으로선 감염되지 않는 게 최우선 과제다.

나는 마스크와 고글, 소독용 물티슈와 라텍스 장갑을 챙겨 넣었다. 다음은 지난 회의 때 쓴 AR 스마트 콘택트렌즈와 블루투스 이어폰처럼 생긴 음향 증폭기도 가방에 넣었다. 만약 뒤늦게라도 머릿속에 심어둔 칩이 작동한다면 요긴하게 쓸 테고, 칩이 작동하지 않는다 해도 스마트폰에 연결해 사용하면 된다.

다 된 것 같다. 이제 내일 밤이면 아파트를 떠난다. 과연 어떤 세상을 마주하게 될까. 수술 전날 마지막으로 바깥에 나간 이후로 불과 한 달 만에 많은 것이 달라졌다. 뜨거운 태양과 좀비들이 점령한 세상… 마치 가상현실 속으로 들어가는 것만 같은 기분이 들었다. 미지의 세상에서 무엇을 만나게 될까. 두려움이 팔을 타고 어깨로 기어오르던 그때, 폴리가 다가왔다.

"보안실에서 온 화상 전화를 받으시겠습니까?"

"또?"

나는 폴리를 돌아봤다. 보안요원과 연애하는 것도 아닌데 하루에도 몇 번씩 화상통화를 하고 있다. 아무래도 괜히 같이 가겠다고 한 것 같다.

"연결해 줘."

잠시 후, 폴리 얼굴에 보안요원, 게임 폐인, 노인의 얼굴이 나타났다.

"또 무슨 일입니까?"

나는 일행을 한 명씩 훑어보며 물었다.

"박사님께서 두 사람으론 부족하다고 하셔서 또 한 분을 모셨습니다."

나는 한숨을 내쉬며 마른세수를 했다. 노인이 끝이 아니었던가. 부족하다고는 한 적이 없는데. 보안요원은 눈치가 없는 걸까, 없는 척하는 걸까.

"그럼, 소개해 드리겠습니다."

보안요원이 말을 마치자, 화면이 다섯 개로 나뉘었다. 그리고 그중 한 화면에서 네 살쯤 돼 보이는 오동포동한 남자아이와 단발머리에 금속테 안경을 쓴 아이 엄마가 나타났다.

"4609호에 거주하는 입주민입니다."

보안요원이 새로운 일행을 소개했다.

"안녕하세요."

아이 엄마가 인사했다.

"반갑습니다."

게임 폐인과 노인이 아이 엄마를 반갑게 맞이했다. 나는 새로운 일행을 반갑게 맞이할 수가 없었다. 혹 하나를 떼어내도 모자랄 판에 혹 두 개가 더 붙었으니까.

"이만하면 충분하겠네요."

나는 보안요원을 뚫어지게 보며 억지로 미소를 지었다.

"만족하셨다니 다행입니다. 그럼, 우리 일정에 대해선 내일 밤 10시에 전체 회의를 진행하겠습니다. 그때까지 각자 준비하도록 하죠."

통화가 끝났다. 한숨이 터져 나왔다. 혹을 주렁주렁 달고 가게 될 줄은 꿈에도 몰랐다. 처음부터 함께 가겠다고 하는 게 아니었다. 이들과 함께 가다간 오히려 좀비들 눈에 띌 게 뻔하다. 되려 표적이 될 것이다. 아무래도 처음 계획했던 대로 혼자 가는 게 좋겠다. 보안요원 모르게 조용히.

2056년 11월 20일

펼쳐져 있던 여행용 가방을 닫았다. 기다리던 새벽 2시가 되었다. 4시간 전, 화상통화를 끝낸 직후부터 모두가 잠들기만을 기다렸다. 원래라면 내일 이 시간에 떠나기로 했지만, 나는 오늘 혼자서 아파트를 떠날 것이다. 아무리 생각해 봐도 노인과 여자, 그리고 아이를 데리고 좀비들에 맞설 자신이 없다. 게다가 많은 사람이 함께 움직이는 것도 영 내키지 않았다.

나는 스키복을 꺼내 입었다. 덥지만 좀비들의 공격에 대비하려면 얇은 옷보단 두꺼운 옷이 내 몸을 보호해 줄 것이다. 만에 하나 좀비들의 공격을 받아 생채기라도 생긴다면, 상처 입은 부위로 들어온 바이러스가 온몸에 퍼질 테니까. 나는 고글과 마스크, 장갑까지 단단히 무장했다. 이 정도면 문제없겠지. 거추장스러운 차림새 때문에 동작이 둔하고 민첩성이 떨어지긴 하지만, 집을 나서자마자 감염되는 것보다는 나을 것이다. 마지막으로 음향 증폭기를 귀에 꽂았다.

이제 모든 준비가 끝났다. 드디어 영희가 기다리는 미국으로 떠난다. 나는 여행용 가방을 들고 현관문을 열었다. 열린 문틈으로 은은한 빛이 새어 들어왔다. 나는 고개를 빼꼼히 내밀어 복도를 둘러봤다. 복도엔 아무도 없었다. 안심하고 문밖으로 한 발짝 내디뎠다. 내 발소리와 스키복이 스치는 소리가 고막을 파고들었다. 음향 증폭기 덕분에 나는 고양이의 귀를 갖게 됐다. 이 음향 증폭기만 있으면, 누군가에게 습격당하기 전에 피할 수 있을 것이다. 다행히 여덟 개의 현관문 너머로는 아무 소리도 들리지 않았다. 모두 잠든 모양이다.

나는 엘리베이터 홀로 살금살금 걸어갔다. 엘리베이터는 이미 도착해 있었다. 떨리는 손으로 문 열림 버튼을 눌렀다. 엘리베이터 문이 스르르 열렸다. 예상했던 대로 엘리베이터 안에는 아무도 없었다. 입주민이 아니면 엘리베이터는 움직이지 않으니, 좀비들은 엘리베이터를 타지 않을 것이다. 나는 안심하고 엘리베이터에 올라타 지하 5층 버튼을 눌렀다. 이제부터 진짜 모험을 시작한다!

스르르 문이 닫히던 그때였다. 닫히는 문틈으로 손이 뻗어 들어왔다. 황급히 뒷걸음질 쳤지만, 독 안에 갇힌 쥐였다. 도망갈 곳이 없었다. 어떡하지. 나는 이동용 가방을 가슴까지 번쩍 들어 올렸다. 여차하면 가방을 휘둘러서 빠져나가야겠다.

어깨를 웅크린 채 가방을 휘두르려던 그때, 문이 열리고 누군가가 올라탔다. 나는 가방 위로 눈을 빼꼼 내밀었다. 엘리베이터에 올라탄 사람은 보안요원이었다.

나는 한숨을 내쉬며 가방을 내려놓았다.

"어디 가십니까?"

보안요원이 물었다. 나는 가방을 내려다봤다. 여행용 가방을 들고 있는 내 모습은 누가 봐도 아파트를 빠져나가는 사람이었다.

"오, 오늘 아닌가요?"

나는 시치미를 떼며 어색하게 웃었다.

"내일 밤입니다."

보안요원이 말했다.

"아, 오, 오늘이 아니었군요. 전, 오, 오늘인 줄 알고…"

나는 황급히 엘리베이터에서 내렸다. 그러고는 뒤도 돌아보지 않고 잰걸음으로 복도를 걸었다.

"오늘 밤 10시에 마지막 회의를 진행할 겁니다. 아파트에서 보내는 마지막 밤이니 오늘은 푹 쉬세요."

등 뒤에서 보안요원이 말했다. 보안요원의 목소리가 귀에서 울려 터졌다. 나는 음향 증폭기를 귀에서 빼버리고는 집으로 들어가 재빨리 문을 닫았다. 망했다. 꼼짝없이 그들과 가야 한다.

* * *

오후 내내 거실을 어슬렁거렸다. 안온했던 집을 떠나 낯선 사람들과 미지의 세계로 떠나기까지 여섯 시간밖에 남지 않았다.

좀비가 지배한 세상으로 간다는 것 때문인지, 정체를 모르는 낯선 사람들과 함께한다는 것 때문인지는 몰라도 아무것도 손에 잡히지 않았다.

"폴리야."

폴리가 다가왔다.

"지금 몇 시지?"

"오후 9시입니다."

오늘 오후에만 벌써 다섯 번째로, 30분에 한 번꼴로 폴리를 불렀다. 그래도 폴리는 짜증 내지 않았다. 다행이다. 그나저나 시간이 더디게 간다. 물론 시간은 일정하게 가고 있다. 느낌이 그러할 뿐이다. 지구 생태계도 바꿔놓은 인간이 시간만은 바꾸지 못했다. 지구의 움직임을 바꾸는 것까진 역부족이었나보다. 물론 시간이란 것도 인간이 임의로 정한 숫자일 뿐이지만.

한 시간 후, 마침내 폴리가 나를 찾아왔다.

"예약된 화상회의 시간입니다. 회의에 참석하시겠습니까?"

나는 얼른 소파에 앉았다. 텔레비전 화면이 다섯 개로 나뉘었다. 각 화면에 보안요원과 게임 폐인, 노인과 아이 엄마 그리고 아이가 나타났다.

"안녕하십니까? 떠나기 전 마지막으로 오늘 밤 일정에 대해 의논하고자 여러분들을 모셨습니다."

보안요원이 말했다. 화면 속에서 일행이 고개를 끄덕였다.

"출발 시각은 모두가 잠든 새벽 3시가 좋겠습니다. 혹시 다른 의견 있으신가요?"

"좋습니다."

"저도 괜찮아요."

"다른 의견 없소."

일행의 목소리가 한데 섞여 나왔다.

"좋습니다. 그럼 우리는 앞으로 다섯 시간 후인, 새벽 3시에 출발할 겁니다. AR 다자통화를 하면서 서로의 상황을 주고받으며 움직여야 하니 모두 이어폰을 준비해 주시기를 바랍니다. 또한, 부산항에 도착할 때까지 무슨 일을 마주하게 될지 알 수 없으니 각자 알아서 호신용품을 챙기도록 합시다."

모두 고개를 끄덕였다.

"부산까지는 제 차로 이동할 겁니다. 제 차는 지하 1층에 있습니다. 엘리베이터에서 내리면 좀비의 공격을 받기 전에 신속히 차에 올라타 주차장을 빠져나가는 게 우리의 계획입니다."

보안요원이 말했다. 보안요원의 비장한 말투 때문에 뭔가 그럴싸한 계획이 있는 것 같지만, 곰곰이 따져 보면 아무런 전략이 없었다.

"배터리는 충분하오?"

노인이 물었다.

"솔직히 말씀드리면, 충분하지 않습니다. 며칠 전에 제 차 시스템에 접속해 보았는데, 배터리가 겨우 3퍼센트 정도 남아있었습니다. 운이 좋으면 시동을 걸고 주차장을 빠져나갈 수는 있을 겁니다. 물론 얼마 못 가 멈출 테지만요."

"운이 나쁘면 시동을 걸고 출발하기도 전에 꺼지겠군요."

폐인이 말했다.

"그렇습니다. 시동을 걸고 곧장 출발하지 않으면 배터리가 완전히 소모되겠지요."

보안요원이 어깨를 으쓱이며 콧숨을 내쉬었다.

"일행이 모두 탑승한 뒤에 시동을 걸면 되지 뭐가 문제요? 주차장 밖으로 나갈 수 있을게요. 해가 뜨면 충전도 될 테고 말이오."

노인이 웃으며 말했다. 노인은 지난번과 달리 편하게 말을 놓았다.

"맞습니다. 우리는 어떻게든 아파트를 벗어날 겁니다."

보안요원이 고개를 끄덕였다.

"저기."

나는 일행들의 대화를 지켜보다 조심스레 입을 열었다.

"네. 말씀하세요."

보안요원이 나를 봤다.

"지하 1층으로 가기 전에 제 차에 들러 뭘 좀 가져가야 합니다."

일행의 시선이 일제히 내게 꽂혔다. 그들의 얼굴에 당혹스러움이 스쳤다.

"뭘요?"

페인이 물었다.

"연구자료를 저장해 둔 USB입니다."

무슨 일이 있어도 USB를 가져가야 한다. 그래야 차 안에서라도, 아니 미국에서라도 접속을 시도해 볼 수 있을 것이다.

"주차장에서 오래 머물 수는 없습니다. 지하 1층에 있는 차까지 가는 것도 위험한데, 5층까지 들렀다간 일행 모두가 위험해질 수 있습니다."

보안요원이 단호하게 말했다.

"꼭… 가져와야 합니다. 어쩌면 우리의 일정에도 도움이 될지도 모르고요."

나는 당황한 나머지 아무 말이나 해버렸다.

"도움이요?"

보안요원의 눈이 휘둥그레졌다. 젠장. 뭔가 잘못된 것 같다. 아직 연결도 되지 않는데, 도움은 무슨 도움.

"제가 무슨 일을 하는지 알고 계시잖습니까?"

이왕 이렇게 된 거 나는 아무 말이나 던졌다.

"그게 어떻게 도움이 된다는 거죠?"

보안요원이 고개를 갸웃거렸다. 당연한 얘기다. 나도 내 머릿속 AI 칩이 우리의 여정에 무슨 도움을 줄지 모르는데, 제삼자는 오죽할까.

"아직은 뭐라고 말할 수 없습니다. 하지만 도움이 될 겁니다."

나는 대충 둘러댔다. 보안요원은 생각에 잠긴 듯 입술을 꾹 다

물었다.

그때, 폐인이 입을 열었다.

“혼자 다녀오세요. 제가 드론으로 보면서 주변 상황을 말해 드릴게요.”

녀석이 대수롭지 않게 말했다. 위험한 곳을 나 혼자 가란 얘긴가. 위험한 순간에 서로 도움이 되고자 함께 가는 거 아니었나.

“그럼 이렇게 하도록 하죠. 먼저 엘리베이터를 타고 지하 5층으로 이동합시다. 우리는 엘리베이터에 남아있고, 박사님만 엘리베이터에서 내려 USB를 가져오세요. 박사님이 차로 가는 동안 11201호 님이 드론으로 주변 상황을 알려드리죠. 만약 좀비들에게 발각될 경우, 저와 11201호 님이 도우러 가겠습니다. 그래도 상황이 좋지 않으면 6308호 님과 4609호 님도 돕도록 합시다.”

보안요원이 상황을 정리했다. 일행은 보안요원의 말에 말없이 고개를 끄덕였다. 이런. 좀비 소굴에 혼자 가게 생겼다.

2056년 11월 21일

고글과 마스크에 털모자까지 챙겨 쓰고 벌써 30분째 소파에 앉아서 기다렸다. 오늘은 스키복을 입지 않았다. 어제 스키복을 입어보니 스키복을 입고 숨거나 뛰는 건 불가능하다는 결론을 내렸다. 그래서 오늘은 활동하기 편한 겨울 운동복에 얇은 패딩 점퍼를 입었다. 이동용 가방도 마찬가지였다. 어제 이동용 가방을 들어보니 짐짝으로 느껴질 만큼 거추장스러웠다. 그래서 여행용 가방에 싸둔 짐들을 신혼여행 갔을 때 썼던 40L짜리 배낭으로 옮겼다.

새벽 2시 50분. 모두가 깊이 잠든 시각. 오늘은 음향 증폭기 대신 블루투스 이어폰을 끼고서 소파에서 일어났다. 이제 10분 후면 집을 떠난다. 언제 다시 집으로 돌아올 수 있을까.

“폴리야.”

폴리는 잠도 자지 않고 내게 다가왔다.

“미국에 다녀올 동안 집 잘 지키고 있어.”

나는 폴리 머리를 쓰다듬었다.

“집 잘 지키겠습니다.”

폴리는 아무 감정 없이 내 말을 따라 말했다. 이럴 때 폴리가 나를 따뜻하게 한번 안아주면 얼마나 좋을까.

“보고 싶을 거야.”

“저도 보고 싶을 거예요.”

이번에도 폴리는 내 마음은 알아차리지 못하고, 내가 한 말을 그대로 따라 말했다. 나는 폴리를 끌어안았다. 폴리는 왜 그러냐고, 무슨 일이 있냐고 묻지 않았다. 그리고… 심장의 두근거림도 느껴지지 않았다.

그때, 벨이 울렸다. 이어폰을 톡톡 두드리자, 전화가 연결됐다.

"모두 다 잘 들립니까?"

보안요원의 목소리였다.

"들립니다."

"들려요."

이어서 일행의 목소리도 들렸다.

"좋습니다. 우리 사피엔스는 정글을 떠나 초원으로 나갈 겁니다. 초원에는 사자도 있을 테고, 네안데르탈인도 있을 겁니다. 그래도 우리는 서로 단합하고 단결하여 무사히 살아남을 겁니다."

보안요원은 쓸데없이 비장했다.

"모두 현관에 대기해 주세요. 11201호 님부터 차례로 엘리베이터에 탑승할 겁니다."

나는 라텍스 장갑을 끼고 현관으로 다가갔다. 가슴이 두근거렸다. 집을 떠나 미지의 땅으로 가는 게 비로소 실감 났다.

"저, 엘리베이터에 탔습니다."

폐인이 말했다.

"자. 모두 엘리베이터 앞으로 나와 주세요."

보안요원의 지시에 따라 나는 현관문을 열고 고개를 빼꼼 내밀었다. 오늘도 복도엔 아무도 없었다. 안심하고서 조심스레 밖으로 나갔다. 복도에 내려앉은 무거운 공기에 절로 어깨가 움츠러들었다. 나는 3207호를 점거한 좀비가 튀어나올까 봐 온 신경을 곤두세운 채 엘리베이터 홀로 걸어갔다. 일행이 타고 있을 엘리베이터 한 대가 66층을 지나고 있었다. 입이 바짝 말랐다. 조금 늦게 나올 걸 그랬나.

“저도 합류했습니다. 2호기를 타고 내려가고 있습니다.”

보안요원이 말했다. 그리고 얼마 지나지 않아 다시 말했다.

“63층 입주민께서도 엘리베이터에 탑승했습니다.”

엘리베이터 2호기는 이제야 63층을 지났다. 오늘따라 엘리베이터의 속도가 더디게 느껴졌다. 뒤통수가 따끔거렸다. 어딘가에서 시선이 느껴지는 것 같았다. 하지만 암만 둘러봐도 현관문들은 모두 닫혀 있었다.

그때, 보안요원이 말했다.

“46층 입주민도 탑승했습니다.”

엘리베이터가 가까워질수록 긴장감이 온몸을 타고 흘렀다. 나는 후— 하고 심호흡을 내뱉었다. 그때였다.

땡---

도착 알림음과 함께 엘리베이터 문이 열렸다. 엘리베이터 안에는 화상통화로 본 사람들이 긴장한 얼굴로 서 있었다. 나는 쭈뼛거리며 엘리베이터에 올라탔다. 일행과 나는 엘리베이터 층별 표시에 시선을 고정한 채 아무 말도 하지 않았다.

땡---

숨 막히는 정적도 잠시, 도착 알림음이 정적을 깨뜨렸다. 일행은 동시에 어깨를 움츠렸다.

"지하 5층에 도착했습니다."

보안요원이 입을 열었다. 일행은 어색한 미소를 지으며 서로를 마주 봤다.

엘리베이터 문이 열리자, 모두 엘리베이터 밖으로 고개를 내밀었다. 그사이 폐인이 엘리베이터 밖으로 드론을 날려 보냈다. 드론은 엘리베이터 홀을 지나 주차장 출입문 앞으로 날아갔다. 일행은 폐인의 스마트폰으로 드론이 전송해 준 영상을 지켜봤다. 드론은 지난번에 내가 열어버린 문을 지나 주차장으로 진입했다. 영상 속 주차장은 어쩐지 음산했다.

"좀비들이 차 안에서 자고 있어요."

폐인이 속삭였다. 드론은 주차장 제일 깊숙한 곳까지 날아갔다. 내 차는 제일 구석에 주차되어 있었다. 내 차가 주차된 라인 중간쯤에 좀비들이 모여 있었다. 내 차로 가려면 불침번을 서는 좀비들을 지나야 했다.

"자, 다녀오세요."

폐인이 말했다. 슬쩍 돌아봤지만, 누구 하나 따라나서겠다는 사람은 없었다.

"다 같이 가면 저들에게 발각될 위험이 있으니, 혼자 다녀오시는 게 좋겠습니다."

보안요원까지 한발 물러났다.

"네. 그러죠. 그럴게요."

나는 배낭을 내려놓은 다음 일행을 둘러본 뒤, 엘리베이터에서 내렸다. 좀비들은 모두 자고 있으니, 불침번을 서는 무리만 조심하면 큰 위험은 없을 거라고 애써 마음을 달랬다.

"자세를 낮춰서 맞은편에 주차된 차 뒤편으로 들어가세요. 트렁크와 벽 사이를 오리걸음으로 걸어가는 게 좋겠어요."

등 뒤에서 폐인이 말했다. 나는 녀석이 시키는 대로 했다.

"좋아요. 무리가 있는 곳까지는 그 자세로 가세요. 발소리가 울리지 않게 조심하시고요."

기분이 이상했다. 마치 게임 폐인의 아바타가 된 것 같았다. 어쩌면 녀석은 이 상황을 게임 하듯이 즐기고 있는 건지도 모르겠다. 썩 유쾌하진 않지만, 시키는 대로 할 수밖에 없다. 내 목숨이 녀석의 지시에 달려있었다.

몇 발짝 걸어가자, 왁자지껄한 소리가 점점 가까워졌다. 트렁크 위로 고개를 빼꼼 내밀자, 이어폰 너머로 폐인이 말했다.

"지금부터 차 여덟 대를 지나면 놈들이 있어요. 그러니 일곱 대를 지나면 잠시 멈추세요."

오리걸음으로 걷다 보니 다리가 저렸다. 매일 의자에 앉아 연구만 한 탓이었다. 매일 조금이라도 운동을 해야 했는데. 좀 더 속도를 높였다. 차 세 대를 앞두고 다리가 후들거리다 못해 그만 엉덩방아를 찧고 말았다. 깜짝 놀라 돌아보니 좀비 무리가 자리에서 일어나 주위를 둘러보고 있었다.

"쉿! 그대로 가만히 앉아 있어요. 놈들이 그쪽으로 가고 있으니까."

이번엔 녀석의 말을 듣지 않았다. 나는 여차하면 달려가려고 차에 등을 바짝 기댄 채 쭈그려 앉았다.

"지금부터 제 얘기 잘 들으세요. 놈은 지금 보닛 앞에서 운전석 쪽으로 걸어가고 있어요."

나는 녀석의 목소리에 귀 기울이며 옆 차로 기어갔다.

"서둘러요. 놈이 트렁크 쪽에서 나타날 겁니다."

녀석의 말이 끝나기가 무섭게 옆 차 조수석으로 몸을 날렸다.

"…못 본 것 같아요."

폐인이 내뱉은 숨이 귓가에 느껴졌다.

"옆 차로 옮기길 잘했어요. 놈이 되돌아가고 있어요."

나는 다리에 힘이 완전히 풀려버렸다.

"앉아 있을 때가 아니에요. 일어나세요."

하. 저 새… 나는 하는 수 없이 이를 악물고 일어났다.

"좋아요. 다시 네 대 더 가세요."

똥개 부리는 듯한 녀석의 말투가 영 거슬렸지만, 녀석이 시키는 대로 차 네 대를 지났다.

"이제 멈추세요. 맞은편에 놈들이 있어요."

이제야 겨우 중간까지 왔다. 휴. 잠시 멈춰서 한숨 돌리는데, 등 뒤에서 둔탁한 소리가 났다. 뭔가가 바닥에 떨어지는 소리였다. 소리에 반응한 놈들이 소리가 난 쪽으로 걸어갔다.

"지금이에요. 어서 가세요."

나는 출발 신호가 떨어진 것처럼 내 차로 달려갔다.

"아, 그리고… 제가 박사님 가방에서 통조림 햄 하나 꺼내서 던졌어요."

뭐? 허락도 없이 내 가방에 손을 댔다고? 순간 화가 치밀었지만, 지금은 '특수한' 상황이라고 이성이 말했다. 나를 도와주려고 그런 거라고. 놈들은 내가 차에 다다를 때까지도 나타나지 않았다. 어딘가에서 통조림을 까먹고 있는 모양이다.

나는 내 차 옆에 쭈그리고 앉아 문고리를 잡아당겼다. 문이 잠겨있었다. 이상하다. 내가 다가가면 문이 자동으로 열려야 하는데…. 문이 열리지 않은 건 안에서 잠겼다는 뜻이었다. 설마 하고 고개를 드는데, 차장 너머로 얼굴이 태양처럼 새빨갛게 부어오른 한 여자와 눈이 마주쳤다. 여자는 시뻘건 핏발이 선 눈으로 나를 뚫어지게 쳐다봤다. 두꺼운 겨울 운동복 안으로 식은땀이 줄줄 흘러내렸다. 도망갈까. 하지만 발길이 떨어지지 않았다. USB를 코앞에 두고 돌아갈 순 없었다. 이제 어떡하지. 입이 바짝 말랐다.

"아이가 있어요."

녀석이 말했다. 그러고 보니 여자는 아이를 끌어안고 있었다. 다시 여자의 눈을 올려다봤다. 여자의 기괴한 눈빛은 두려움이었다. 뭐지. 이 여자는 좀비가 아닌가.

"정신 차리세요. 여자가 언제 공격을 해올지 모르니 긴장을 늦추지 마세요."

녀석이 말했다. 맞다. 좀비들에겐 지능이 있다. 지능적으로 나를 꾀어낸 다음, 공격하려는 전략일지도 모른다. 나는 여자를 보며 손가락을 까딱였다. 여자는 고개를 저었다. 차를 넘어다보니 놈들은 제자리에 돌아와 있었다. 나는 다시 손가락을 까딱였다. 여자는 마지못해 손가락 하나 들어갈 정도로 창문을 내렸다.

"이 차, 제 차에요."

나는 열린 문틈에 입을 바짝 갖다 대고 속삭였다. 여자는 입술을 꾹 다물었다.

"잠깐만 나와봐요."

여자는 또다시 고개를 저었다.

"저기. 32층 양반. 그렇게 말하면 안 될 것 같소. 아이 엄마에게 63013호가 비어있으니, 그곳에 가서 지내라고 하는 게 좋겠소. 먹을 것도 남겨뒀다고 말이오. 비밀번호는 9876543이오."

63층 노인이 말했다.

"63013호가 비어있어요. 먹을 것도 있으니 거기서 지내세요. 비밀번호는 9876543이에요."

나는 노인이 한 말을 그대로 여자에게 전했다. 여자가 의심의 눈초리로 나를 올려다봤다.

"어딜 가야 해서 당분간 집을 비울 거거든요."

좀비들에게 과연 이 말이 통할까. 나는 반신반의했다.

"정, 정말요? 정말 그래도 돼요?"

여자의 눈이 휘둥그레졌다.

"네. 정말이요. 그러니 잠깐만 나와줘요. 그 안에 중요한 물건이 있어서 그래요."

하지만 이번에도 여자는 고개를 저었다. 괜히 집만 내어준 셈이 돼버렸다. 괘씸하지만, 지금 내가 할 수 있는 건 없었다.

"차 안에 USB 있었죠? 그거 어디 뒀어요?"

나는 최대한 부드럽게 미소를 지으며 말했다. 나의 표정이 통했는지, 여자가 콘솔박스에서 USB를 꺼냈다. 그때, 발소리가 들렸다. 고개를 들어보니 놈들이 걸어오고 있었다.

"어서 줘요. 놈들이 오고 있어요."

"아까 말씀하신 그 집, 정말로 가도 되는 거죠?"

여자가 USB를 손에 쥐며 말했다.

"그래요. 정말이에요. 그러니 어서 그거 줘요."

나는 창틈으로 손을 뻗었다. 그러자 여자가 창문을 조금 더 내려 USB를 내밀었다.

"감사합니다. 정말 감사합니다."

나는 USB를 낚아챈 뒤, 바닥에 주저앉았다.

"일단 거기서 대기하세요. 상황 보면서 말해줄게요."

이어폰 너머로 녀석이 말했다. 발소리가 점점 가까워졌다. 심장이 두근거렸다. 상황을 말해주겠다던 녀석은 5분째 아무 말이 없었다. 그때, 어딘가에서 시선이 느껴졌다. 고개를 들어보니 여자가 창문 너머로 나를 내려다보고 있었다. 나는 여자를 보며 어색하게 씩 웃었다.

그때였다. 딸깍하고 문이 열리더니, 여자가 아이를 안은 채로 차에서 내렸다. 나는 마른침을 삼키며 뒷걸음질 쳤다. 설마 아이를 안고서 나를 공격하진 않겠지. 아니야. 저들을 인간의 감정으로 이해해선 안 돼. 저 여잔, 인간이 아니라 좀비라고.

여자는 차 앞으로 걸어 나갔다. 대체 뭘 하려는 거지. 여자를 주시하던 그때, 잠든 줄 알았던 녀석이 말했다.

"지금이에요. 맞은편으로 가세요!"

나는 녀석의 출발 신호에 맞춰 맞은편에 주차된 차로 달려갔다. 그러고는 트렁크 뒤에서 뜀박질을 멈췄다. 오랫동안 쭈그려 앉은 탓에 그만 다리에 쥐가 났다.

"뭐해요? 빨리 오지 않고!"

녀석이 소리쳤다. 알았어. 간다. 가. 녀석의 다그침에 나는 다리를 절뚝거리며, 발걸음을 뗐다.

"서둘러요!"

녀석이 또다시 재촉했다. 녀석은 지금 게임과 현실을 분간하지 못하는 게 분명하다. 내가 녀석을 떠올리며 이를 바득바득 갈던 그때였다.

"어이. 어디가?"

남자의 목소리가 내 뒷덜미를 낚아챘다. 그 순간, 가슴이 서늘해졌다. 나는 고개를 들어 차를 넘겨봤다. 남자의 두 눈은 내가 아닌 조금 전에 차에서 내린 여자를 바라보고 있었다. 그들의 대화는 들리지 않았다. 설마 나를 봤다고 말하려는 건 아니겠지. 두려움이 엄습하던 그때, 또다시 녀석이 말했다.

"어서요!"

녀석의 호통에 겨우 정신을 차린 나는 USB를 꽉 쥔 채로 달음박질쳤다. 이대로 좀비들의 손에 죽을 수는 없었다. 마지막 차 한 대만이 남았을 때였다. 여자가 나를 가로막았다. 깜짝 놀란 나는 달리기를 멈췄다. 드디어 때가 온 건가. 가쁜 숨을 몰아쉬며 뒷걸음질 쳤다. 고글 속으로 뿌연 습기가 차올랐다. 어떡하지. 엘리베이터로 도망가려면 여자를 지나쳐야 하는데.

그때, 여자가 따라오라고 눈짓했다. 나는 홀린 듯이 여자를 따라갔다. 여자는 엘리베이터 홀로 들어갔다. 일행이 엘리베이터 밖으로 고개를 빼꼼히 내밀고서 여자와 내가 걸어오는 걸 바라보고 있었다. 엘리베이터 앞에 다가섰을 때였다. 일행은 부리나케 엘리베이터 문을 닫아버렸다. 이런. 의리 없는 사람들 같으니라고. 이러려고 동행하자고 했나.

서운한 감정이 치밀던 그때, 여자가 턱으로 엘리베이터를 가리켰다. 나는 여자와 거리를 유지한 채 엘리베이터 버튼을 눌렀다. 엘리베이터 문이 스르르 열리자, 일행이 화들짝 놀라 뒷걸음질 쳤다. 여자는 또다시 턱으로 엘리베이터를 가리켰다. 나는 게걸음으로 엘리베이터에 올라탔다. 내가 엘리베이터에 타자, 보안요원이 허둥지둥 닫힘 버튼을 눌렀다. 팽팽한 긴장감 속에 엘리베이터 문이 닫혔다. 우리는 닫히는 문틈으로 아이를 안은 여자를 빤히 바라봤다.

엘리베이터는 지하 1층으로 올라갔다. 다들 아무런 말도 하지 않았다. 머릿속에선 여자의 모습이 떠나지 않았다. 헤지고 더러운 옷차림, 붉은 태양처럼 빨갛게 달아오른 얼굴. 숯덩이 같던 영상 속 좀비와는 생김새가 달랐다. 게다가 여자는 나를 공격하지 않았다. 공격성이 없는 좀비도 있는 걸까. 그게 아니라면 이들은 다른 유형의 좀비들인가.

생각에 잠긴 그때, 엘리베이터 문이 스르르 열렸다. 지하 1층에 도착했다. 이번에도 폐인은 엘리베이터 밖으로 드론을 날렸다. 주차장 출입문은 굳게 닫혀 있었다. 주차장 안에 에어컨이 가동되고 있으니 굳이 자동문을 열 필요가 없었을 것이다.

"제 차는 저기 있습니다."

보안요원이 자동문 너머로 흰색 승합차를 가리켰다. 차는 주차장 출구와 가까운 곳에 주차되어 있었다. 그 얘긴, 엘리베이터 홀에선 가장 먼 곳이란 뜻이었다. 그래도 차에만 올라타면 주차장을 빠져나갈 수는 있을 것 같았다.

"제가 자동문을 열면 차로 달려가 탑승해 주세요."

보안요원이 말했다. 일행은 굳은 얼굴로 고개를 끄덕였다.

"아이는 제가 안을게요."

보안요원이 아이를 안았다.

"당신은 운전해야 하잖소."

노인이 아이에게 손을 뻗었다.

"아니에요. 제가 안을게요."

폐인이 마지못해 아이에게 손을 뻗었다.

"자넨, 뒤에서 우리를 엄호하며 따라와야 하잖소."

뭐지. 이건… 나보고 안으라는 얘긴가.

"…제가 안을게요."

나는 쭈뼛거리며 일행을 둘러봤다.

"그게 좋겠네요."

보안요원은 기다렸다는 듯이 내게 아이를 안겨주었다. 나는 얼떨결에 아이를 안고야 말았다. 하. 이게 아닌데. 난 살면서 아이를 안아본 적이 없다. 아이를 어떻게 안아야 하는지도 잘 모른다. 나의 어색함과는 달리 내 품에 안긴 아이는 호기심 어린 눈빛으로 나를 바라봤다. 나는 아이의 시선을 피해 차로 시선을 돌렸다. 어서 차로 달려가 아이를 내려놔야겠다.

"좋습니다. 이제 갑시다."

보안요원이 앞장서서 주차장 자동문으로 걸어갔다. 나는 아이를 고쳐 안으며 보안요원을 뒤따라갔다. 아이 엄마, 노인, 게임 폐인도 줄지어 따라왔다. 출입문 앞에 멈춰선 보안요원이 비장한 얼굴로 뒤돌아보며 고개를 끄덕였다. 나는 아이를 꽉 끌어안고 뛸 준비를 했다.

보안요원이 수동레버를 돌리자, 자동문이 열렸다. 마치 출발 신호가 떨어지기라도 한 듯 우리는 동시에 달려나갔다. 보안요원이 제일 먼저 운전석으로 달려갔다. 나도 그를 따라 조수석으로 내달렸다. 등 뒤에서 발소리가 들리는 거로 보아 일행도 잘 따라오고 있었다.

막 뒷좌석에 다다랐을 때였다. '억'하고 외마디 비명이 주차장에 울렸다. 돌아보니 노인이 바닥에 쓰러져있었다. 노인을 지나쳐 뛰던 폐인이 멈춰 서서 뒤돌아봤다. 아이 엄마는 그들 사이에 엉거주춤 서 있었다.

"저기!"

그때, 아이가 어딘가를 가리켰다. 아이가 가리킨 곳엔 좀비가 우리를 바라보고 있었다. 등줄기가 서늘해졌다. 뒤늦게 아이의 입을 막아보았지만, 구석에 있던 좀비와 눈이 마주쳤다. 그 순간, 차에서 자고 있던 좀비들이 기다렸다는 듯이 하나둘씩 깨어났다. 나는 얼른 조수석 문을 열어젖혀 아이를 내려놓았다. 그 사이 폐인이 노인에게로 달려갔다.

"서둘러요!"

어느새 좀비들이 하나둘씩 차 밖으로 나와 그들에게로 달려갔다.

"안, 안돼…"

입안에서 혼잣말이 맴돌았다. 폐인이 노인의 손목을 잡아당긴 그때였다.

탕- 탕탕— 탕탕탕---

굉음과 함께 좀비들이 하나둘씩 쓰러졌다. 돌아보니 보안요원이 좀비들에게 총을 겨누고 있었다.

"뭐, 뭐 하는 거예요?"

보안요원이 고개를 까딱이자, 폐인과 아이 엄마가 노인을 부축해 달려왔다.

"뭐 해요? 어서 차수막을 여세요."

보안요원이 조수석에 스마트폰을 툭 던졌다. 나는 서둘러 조수석에 올라타 보안요원의 스마트폰 화면을 켜고 아파트 보안시스템에 접속해 시스템 제어 창을 열었다. 아파트 내 모든 시스템을 제어할 수 있는 화면이 나타나자, 그중 '지하 1층 주차장 차수막'이라 적힌 탭을 찾아 'ON' 버튼을 눌렀다. 곧이어 기계 소리와 함께 차수막이 서서히 올라갔다. 이제 일행만 차에 타면 된다. 이마에서 땀이 뚝뚝 떨어졌다.

그때, 보드라운 감촉이 뺨에 닿았다. 화들짝 놀라 고개를 돌리자, 아이가 보드라운 손으로 내 땀을 닦아주었다. 난생처음 겪은 낯선 감촉에 온몸이 뻣뻣하게 굳어버렸다. 시간이 멈춘 것만 같았다. 뭐지. 이 느낌은.

그때였다. 문이 닫히는 소리에 정신이 번쩍 들었다. 세 사람이 무사히 차에 올라탔다. 나도 황급히 문을 닫자, 보안요원이 시동을 켜고서 가속페달을 밟았다. 차가 팝콘 튀듯 앞으로 튀어 나갔다. 계기판의 배터리 경고등이 깜빡였다. 사이드미러를 보니 좀비들이 꼬리에 꼬리를 물고서 줄줄이 쫓아왔다. 입술이 바짝 말랐다.

막 주차장 출구에 다다랐을 때였다. 차수막은 이제 겨우 반쯤 올라가고 있었다. 차가 통과할 수 있을까. 나는 루프 핸들을 두 손으로 꽉 붙든 채 두 눈을 질끈 감았다.

"안 좋은 소식을 알려드려야 할 것 같네요. 생각보다 차가 일찍 멈출 것 같아요."

보안요원의 목소리가 떨리고 있었다.

혼자가 아닌 함께

자다 깬 장관들이 국가위기관리센터 상황실로 허둥지둥 뛰어들어왔다. 벌써 엿새째 햇빛도 보지 못한 채 지하 벙커에 갇혀 지낸 탓에 신경이 예민해질 대로 예민해진 장관들 사이에서 고성이 오갔다. 비서실장과 안보실장이 진땀을 빼던 그때, 대통령이 저벅저벅 들어왔다. 상황실은 찬물을 끼얹은 듯 일순간 조용해졌다.

"모두 자리에 앉아주십시오. 국방부 장관의 브리핑이 있겠습니다."

대통령이 자리에 앉자, 안보실장이 말했다. 상황판에는 '국가안전보장회의(NSC) 긴급 전체 회의'라 적힌 화면이 나오고 있었다.

"조금 전 새벽 2시경, 중국 항저우에 미국의 폭격이 있었습니다."

국방부 장관이 굳은 얼굴로 말했다.

"폭격이라고요?"

대통령이 미간을 찌푸리며 검지로 안경을 밀어 올렸다.

"네. 최초 폭격이 일어나고 10분 후, 미국이 중국과의 전쟁을 공식적으로 선포했습니다."

상황실은 탄식으로 가득 찼다.

"이에 맞서 중국이 러시아와 협력하여 미국에 대응하겠다고 발표했습니다. 그리고 러시아와 북한의 긴밀한 협력관계를 볼 때, 북한도 참전할 거로 보입니다. 그 얘긴… 제3차 세계대전이 일어난 겁니다."

국방부 장관이 대통령과 장관들을 훑어봤다. 수십 개의 눈동자가 정처 없이 허공을 떠다녔다.

"전쟁을 일으키려는 건 아니라고 했잖습니까?"

대통령이 주먹으로 책상을 내리쳤다. 대통령의 굳게 닫힌 입술이 파르르 떨렸다.

"어쩌면 미국은 오래전부터 전쟁을 준비해 왔던 걸지도 모르겠습니다. 그래서 미군을 불러 모으려 했던 거고요."

합동참모의장이 대통령의 눈치를 살피며 조심스레 말했다.

"그럼, 이제 우리는 어떻게 되는 겁니까? 아니 이렇게 뒤통수를…"

한 손에 안경을 든 대통령은 다른 한 손으로 얼굴을 문질렀다.

"설마 한국을 군사기지로 이용하려고 입국을 허가하겠다고 한 건 아니겠죠? 우리가 떠난 뒤에 미국이 대한민국 땅에 무기와 병력을 배치하여 전쟁을 치를 가능성은 없을까요?"

안보실장이 떨리는 목소리로 물었다.

"글쎄요. 미국의 속셈을 어찌 알겠습니까?"

외교부 장관이 날 선 목소리로 말했다.

"대한민국 한복판에 핵폭탄이라도 터트리면 그땐 어떡하실 겁니까? 그런 일이 벌어진다면, 대한민국은 다신 돌아올 수 없는 땅이 돼버릴 겁니다."

국방부 장관이 목소리를 높였다.

"그럴 일은 없을 겁니다. 아니, 없어야 합니다. 중국도 미국도, 그리고 북한도 핵전쟁을 일으키지는 않을 겁니다. 지구에 인간이 살 수 있는 땅이 얼마 남지 않았잖습니까? 얼마 남지 않은 땅을 오염시키진 않을 겁니다. 그리고… 얼마 못 가 전쟁이 끝날 수도 있을 테고요. 왜냐하면… 지금은 어느 나라도 전쟁할 상황이 아니잖습니까? 생각보다 쉽게 끝날 수도 있을 겁니다. 그러니까 제 말은…"

대통령의 눈동자가 흔들렸다.

"아니요. 첩보에 의하면, 미국이 핵미사일 버튼을 만지작거리고 있다고 합니다."

국가정보원장이 단호하게 고개를 저었다.

"핵이요? 핵무기를 사용하면 지구와 인류 전체에 파멸을 가져올 거란 걸 모르지 않을 텐데요?"

대통령의 눈이 휘둥그레졌다.

"그러니 문제입니다. 이번 전쟁으로 인류가 종말을 맞이할 수도 있습니다. 그리고 한국은… 인류의 종말에 일조한 셈이 될 테고요."

국가정보원장이 깊은 한숨을 내쉬자, 상황실은 순식간에 분위기가 가라앉았다.

"이젠 어쩔 수 없습니다. 이미 엎질러진 물이에요. 무기를 지원했다는 걸 주변국이 알게 되면 대한민국은 그야말로 독 안에 든 쥐나 다름없게 될 겁니다. 총알받이가 되지 않으려면 대한민국을 포기하고 미국으로 가야 합니다."

안보실장이 장관들을 둘러보며 말했다. 장관들은 대통령을 바라봤다. 대통령은 깍지 낀 손에 얼굴을 묻고 아무 말도 하지 않았다. 찰나가 영원처럼 느껴졌다. 모두가 숨죽인 그때, 대통령이 침묵을 깨고 입을 열었다.

"지난번에 미국이 말한 박기범 박사의 소재에 대해 알아보세요."

* * *

눈을 떴을 땐, 주차장을 빠져나온 뒤였다. 차는 마지막 힘을 쥐어짜듯 시속 150km로 내달리고 있었다. 사이드미러에 비친 좀비들은 점점 멀어지고 있었다.

"이런."

보안요원이 주먹으로 핸들을 내리쳤다. 차는 아파트에서 불과

2km 떨어진 곳에서 멈췄다.

"해가 뜨면 충전이 될 겁니다. 그때까진 여기서 잠시 쉬어야겠네요. 다행히 새벽이라 그리 덥진 않으니 괜찮을 겁니다."

보안요원이 말했다. 나는 그제야 한숨 돌리고서 창밖을 바라봤다. 마천루 사이로 어슴푸레한 빛이 비쳤다. 먼동이 트고 있었다. 한 달여 만에 본 새벽하늘이었다. 나는 새벽하늘을 멀거니 바라보다 그만 잠이 들어버렸다.

얼마나 잤을까. 뜨거운 공기에 숨이 막힌 바람에 간신히 잠에서 깼다. 힘겹게 눈을 떠보니 뜨거운 햇살이 차 안 깊숙이 내리쬐고 있었다. 땀을 얼마나 흘렸는지 옷이 축축하게 젖어 있었다. 차 안에서 쉰내가 진동했다.

나는 손을 뻗어 시동 버튼을 눌렀다. 시동이 걸리자, 송풍구에서 시원한 에어컨 바람이 쏟아져 나왔다. 가방에서 물을 꺼내 벌컥벌컥 마시는 사이, 축 처진 나무가 살아나듯 하나둘씩 깨어났다. 다들 뺨이 태양처럼 붉게 달아올라 있었다.

"모두 괜찮아요?"

보안요원이 잠긴 목소리로 물었다. 아이를 제외한 일행은 말없이 서로의 얼굴을 번갈아 보며 어색한 미소를 지었다. 엄마 품에 안긴 아이는 더운 와중에도 쌔근쌔근 잘도 잤다.

"녀석. 완전히 녹초가 됐네."

노인이 아이를 보며 생글 웃었다. 다들 물을 마시며 목을 축이는 동안, 아이 엄마가 아이의 입에 물을 흘려줬다. 그 바람에 잠이 깬 아이는 입맛을 다시며 눈꺼풀을 슴벅였다.

"엄마. 이제 아빠 만나러 가는 거예요?"

아이가 혀짧은 소리로 묻자, 아이 엄마는 곁눈으로 일행을 둘러보며 고개를 끄덕였다. 아이는 그제야 벌떡 일어나 물을 꼴깍꼴깍 마셨다.

"이십 퍼센트 충전됐네요. 이 정도면 출발해도 되겠어요."

보안요원의 말이 끝나기가 무섭게 우리는 아파트를 등지고 출발했다. 뒷좌석에 앉은 폐인이 창문을 열어 밖으로 드론을 날려 보내자, 센터페시아 디스플레이에 드론이 촬영한 영상이 나타났다.

"차들이 하나도 없네요. 다들 어디로 간 걸까요?"

폐인이 디스플레이에 시선을 고정한 채 혼잣말하듯 말했다.

"더 높이 띄워보세요. 반경 5km까지 보이게."

보안요원이 말했다. 드론은 더 높이 올라갔다. 영상으로 봤을 땐, 일대에 움직이는 물체는 우리밖에 없었다.

"USB는 가져왔어요?"

보안요원이 물었다.

"덕분에."

나는 손에 꼭 쥐고 있던 석영유리로 만든 나의 USB를 흔들었다.

"그 USB가 우리 일정에 도움이 될 거라고요?"

보안요원이 물었다. 보안요원은 아무렇게 둘러댄 말을 기억하고 있었다. 나는 보안요원의 눈치를 보며 스마트폰을 켰다. 이렇게 된 이상 연결에 꼭 성공해야 한다.

스마트폰에 USB를 갖다 대자, 화면에 USB 폴더가 생성됐다. 생성된 폴더를 열어 '*AI-human link* 인터페이스 2안'을 찾은 다음 스마트폰에 설치했다. 심장이 두근거렸다. 이번에는 왠지 연결될 것만 같았다. 떨리는 손으로 새롭게 설치된 인터페이스를 실행한 뒤, 연결할 기기 목록에서 '*AI-human link*'를 찾아 연결했다. 그 순간, 날카로운 메스가 뇌를 그은 듯이 머리가 찌릿하게 아팠다. 나는 두 손으로 머리를 감쌌다. 연결된 건가.

"괜찮아요?"

보안요원이 돌아봤다.

"아, 네. 괜찮아요."

서서히 통증이 가라앉자, 나는 스마트폰을 켜보았다. 액정에 '*AI-human link*'가 연결됐다고 표시됐다. 됐다. 드디어 연결에 성공했다. 나는 마음속으로 환호성을 내질렀다.

자. 제일 먼저 도로 상황을 검색해 보자. 머릿속으로 부산까지 가는 도로 상황을 생각하면, 머릿속에 이식한 칩이 도로 상황을 검색하여 그 결과를 스마트폰 화면과 머릿속에 보여줄 것이다. 나는 아무도 눈치채지 못하게 기를 모으듯 정신을 집중해 도로 상황을 머릿속으로 검색했다. 1. 2. 3. 4. 5…

웬일인지 내 머릿속에도, 그리고 스마트폰에도 그 어떤 것도 떠오르지 않았다. 뭐가 문젤까. 기를 모으듯 생각하는 게 아니라

명상하듯 생각해야 하나. 다시 눈을 감고 도로 상황을 생각했지만, 이번에도 머릿속에선 아무런 답이 없었다. 하. 연결은 됐지만, 작동은 실패했다.

＊＊＊

차는 순조롭게 자율주행했다. 보안요원은 혹시 모를 상황에 대비해 깍지 낀 손을 핸들에 얹은 채 전방을 주시했고, 폐인은 드론을 조종했다. 그리고 나머지 일행과 나는 디스플레이나 창밖을 보며 주위를 살폈다. 종종 차들이 지나가긴 했지만, 공격을 해오진 않았다.

경기도를 벗어나자, 차창 밖으로 새하얀 천막을 씌운 크고 작은 돔이 하나둘씩 나타났다. 축사와 농작물을 재배하는 돔이었다. 어릴 때 본 비닐하우스는 시도 때도 없이 불어오는 돌풍에 더는 쓸 수가 없게 됐다. 그 후, 스타디움처럼 생긴 돔형의 온실을 만들어 태양열을 차단하는 새하얀 특수 천막을 씌웠다. 온실은 특수 천막에 부착된 투명한 태양 전지에 저장된 전력으로 외부 환경에 맞춰 온도가 자동으로 조절되었다. 또한, 천장에 달린 관수 자동제어 시스템이 때에 맞춰 물과 비료를 줬고, 다 성장한 수확물은 로봇이 수확했다. 농작물을 수확할 때까지 인간이 하는 일이라곤 기계나 로봇 관리 말곤 없었다.

축사 역시도 마찬가지였다. 지구가 뜨거워지자, 닭은 알을 낳지 않았고, 가축은 열사병으로 폐사했다. 이 문제를 해결하기 위해 스타디움 규모의 돔을 건설했고, 마찬가지로 특수 천막을 씌우고 태양열을 사용한 스마트 냉난방 시설과 자동 사료 공급기를 설치했다. 인간의 손이 닿지 않아도 가축은 잘 자랐을뿐더러 지금처럼 바이러스가 세계를 휩쓸어도 돔 안의 가축은 아무 일 없이 잘 지내고 있을 것이다.

꼬르륵. 눈치 없이 배가 고팠다. 절대 돔을 바라보며 스테이크를 떠올리지 않았다. 그러고 보니 양질의 소고기를 먹은 게 언제인지 모르겠다. 미국에 가면 스테이크를 먹을 수 있으려나.

"어느덧 출발한 지 1시간 30분이 지났네요. 그런데 작은 문제가 생겼습니다."

침묵을 깨고 보안요원이 입을 열었다.

"배터리 잔여량이 이십 퍼센트에서 더는 충전되질 않네요. 지난 며칠 동안 기온이 많이 내려가긴 했지만, 여전히 더운 데다 우리 여섯 명이 내뿜는 열을 식히느라 에어컨이 낮은 온도로 쉴 새 없이 가동되고 있어 충전되는 것보다 많은 전기를 소모하고 있어요."

차창 너머로 아스팔트에서 아지랑이가 일렁였다.

"마침 10km 이내에 휴게소가 있으니, 휴게소에 들러 전기를 충전하고 다시 출발하는 게 좋겠습니다."

보안요원이 말했다. 창밖으로 '문경휴게소까지 10km'라 적힌 이정표가 지나갔다. 문경새재 나들목을 지나고 있었다. 이 정도

속도라면 오늘 안에 부산에 다다를 것 같다.

"그럽시다. 충전하는 동안, 화장실도 가고 재정비를 하는 게 좋겠소. 기온이 38도 정도니 잠깐 외부 활동하는 건 괜찮을게요."

잠시 후, 차가 휴게소로 들어섰다. 보안요원은 화장실 앞에 차를 주차했다. 일행과 나는 선뜻 차에서 내리지 못하고, 불 꺼진 휴게소를 바라봤다. 음산한 기운이 휴게소를 감쌌다.

"드론으로 휴게소 안을 살핀 다음에 내리죠."

폐인이 말했다.

"그게 좋겠네요."

보안요원이 동의했다. 폐인이 휴게소로 드론을 날려 보냈다. 보안요원은 시동을 켜둔 채 대기했고, 일행은 드론이 전송해 주는 영상을 숨죽여 지켜봤다. 드론은 휴게소 밖을 한 바퀴 빙 돌며 주변을 살폈다. 휴게소 주위에선 어떤 움직임도 보이지 않았다. 다음은 입구를 지나 식당가로 들어갔다. 식당가는 한바탕 소동이 일어났는지 식자재가 보관되어 있었을 냉장고와 냉동고는 문이 열려있었고, 탁자는 흩어지고 엎어져 있었다.

"좀비들이 다녀간 모양이네요. 편의점도 봅시다."

보안요원이 말했다. 드론은 편의점으로 향했다. 편의점 역시 좀비들의 습격을 받았는지 진열대가 삐뚤빼뚤 밀리고, 엎어진 채 텅 비어있었다.

"여기도 휩쓸고 갔네요."

아이 엄마가 말했다.

"그래도 좀비들은 보이지 않네요. 내려서 잠시 쉬었다 갑시다."

폐인이 말했다.

"좀비들이 다녀가 바이러스 감염 위험이 있으니, 전기만 충전하고 가는 게 좋겠습니다."

나는 고개를 저었다. 휴게소로 들어가는 건 영 내키지 않았다. 일행 중 누구 한 사람이라도 바이러스에 감염된다면, 나 역시 전염될 것이다. 바로 그때, 어색한 정적을 깨뜨리며 아이가 말했다.

"엄마. 쉬 마려워."

"앞으로 몇 시간을 더 가야 하니 잠깐 차에서 내려 스트레칭이라도 하는 게 좋겠네요. 아무것도 만지지 않는다면 바이러스에 감염되진 않을 겁니다."

보안요원이 내 눈치를 살피며 말했다. 보안요원의 말에 일행은 고개를 끄덕였다.

"자 그럼, 각자 챙겨온 보호장구를 착용하고 계세요."

보안요원이 먼저 문을 열고 밖으로 나가더니 트렁크에서 배낭을 꺼내 들고 돌아왔다.

"보안실에 있는 걸 좀 챙겨왔습니다."

보안요원이 방호복을 크기별로 나눠줬다.

"고맙소. 그리고… 숟가락만 얹어서 미안하오."

"별말씀을요. 함께 한다는 것 자체가 제겐 큰 도움입니다. 혼자서는 엄두도 못 냈을 거거든요."

보안요원이 담담하게 말했다. 일행은 밖으로 나와 방호복을 입었다. 드론은 머리 꼭대기에서 빙글빙글 돌며 주변 영상을 전송했다. 다행히 방호복을 입고 마스크를 끼는 동안 침입자는 없었다.

"다 입었으면 들어가시죠. 저는 차를 충전소로 옮겨 충전기를 꼽아두고 뒤따라 들어가겠습니다."

보안요원이 운전석으로 걸어갔다.

"잠깐만요. 저도 함께 가겠습니다. 앞으론 외부 활동을 할 땐 2인 1조로 움직이시죠."

폐인이 말했다. 역시 게임을 좋아하는 녀석이라 전략적이다.

그렇게 우린 두 팀으로 나뉘었다. 나와 노인, 아이 엄마와 아이는 느릿느릿 화장실로 걸어가 약속이라도 한 것처럼 발걸음을 멈췄다. 우리는 화장실에서 뿜어져 나오는 스산한 기운에 선뜻 들어가지 못하고 서로의 얼굴만 멀뚱멀뚱 바라봤다.

"제가 들어가 볼게요."

내가 앞장서서 여자 화장실로 들어가자, 아이 엄마도 뒤따라 들어왔다. 아이 엄마와 나는 앞에서부터 한 칸씩 문을 열며 화장실 안을 살폈다. 마지막 두 칸을 남겨뒀을 때였다. 등줄기 서늘해졌다. 제일 안쪽 칸에 검은 그림자가 드리웠다. 그림자의 정체를 확인해야 하는데, 문을 열 엄두가 나지 않았다.

"왜 그래요?"

아이 엄마가 물었다.

"그게… 뭔가 있는 것 같아요."

대충 얼버무리며 뒷걸음치던 그때, 아이 엄마가 문을 확 열어젖혔다.

"억!"

나는 눈을 찡그렸다. 한 여자가 변기에 얼굴을 박고 바닥에 널브러져 있었다. 머리카락이 얼굴을 덮고 있어 얼굴은 보이지 않았지만, 여자의 몸 위에 구더기가 들끓고 주위에 파리가 날아다니는 거로 봐선 시체였다. 뒤늦게 고약한 냄새가 마스크를 파고들었다. 나는 그대로 화장실 밖으로 뛰쳐나갔다.

"왝왝!"

구역질이 났다. 악취에 정신이 어리쳤다. 얼른 마스크를 벗어 속을 게워 냈다. 이런 젠장. 마스크를 쓰고 있어서 냄새를 맡지 못했다. 냄새를 맡았더라면 들어가지 않았을 텐데.

"괜찮아요?"

뒤따라 나온 아이 엄마가 물티슈를 건넸다.

"아, 네."

나는 건네받은 물티슈로 입을 닦았다.

"남자 화장실에도 가볼게요."

아이 엄마가 말했다.

"저기… 드론으로 보는 게 어때요?"

나는 다급히 아이 엄마를 붙잡았다. 아이 엄마가 나를 빤히 바라봤다. 화장실을 코앞에 두고 드론을 기다리시려고요? 하는 눈으로. 나는 하는 수 없이 아이 엄마를 따라 남자 화장실로 들어갔다.

"억!"

남자 화장실은 더욱 처참했다. 입구에 시체 두 구가 포개져 있었다. 아이 엄마와 나는 뒷걸음질 치며 밖으로 나왔다. 우린 화장실은 사용하지 않기로 했다.

"괜찮으시다면, 교대로 망을 보면서 볼일을 보는 게 좋겠어요."

내 말에 아이 엄마는 아이 손을 잡고 휴게소 뒤편으로 걸어갔다. 휴게소 뒤에는 숲이 우거져 있었다. 아이 엄마와 아이는 키 작은 나무가 담장처럼 우거진 곳으로 걸어 들어갔다. 나와 노인은 뒤돌아서서 대기했다.

"무슨 일이 생기면 소리치세요."

뒤돌아선 채 아이 엄마에게 말했다. 대답은 없었다. 노인과 나는 휴게소를 등지고 서서 주차장을 물끄러미 바라봤다. 화장실에서 본 시신의 참혹한 모습이 떠올랐다. 시신은 감염되어 죽은 걸까, 좀비의 공격으로 죽은 걸까. 시신을 떠올리며 괴로워하던 그때, 보안요원과 폐인이 다가왔다. 등 뒤에선 아이와 아이 엄마의 재잘거리는 소리가 들렸다.

"왜 그러고 계세요?"

보안요원이 물었다. 노인이 대답 대신 어색하게 웃었다. 보안요원과 폐인은 노인과 나를 지나 아이 엄마와 아이에게로 시선을 옮겼다.

"완충까지 30분 정도 걸리니 안에서 기다리죠."

* * *

보안요원이 앞장서서 휴게소로 들어갔다. 평소라면 에어컨에서 나온 바람으로 시원했을 휴게소는 바깥 온도와 다를 게 없었다. 방호복 안으로 땀이 줄줄 흘렀다.

"잠깐 앉아서 쉬죠."

폐인이 쓰러진 의자를 세우려 다가갔다.

"잠깐만요!"

나는 얼른 배낭을 열어 소독용 티슈를 꺼냈다.

"혹시 모르니까 아무거나 만지지 말아요."

내가 소독용 티슈로 쓰러져있는 의자를 닦자, 멀뚱멀뚱 서 있던 보안요원과 폐인, 아이 엄마와 노인도 뒤늦게 의자를 닦았다. 순식간에 의자 여섯 개를 닦은 우리는 의자에 앉아 처음으로 서로의 얼굴을 제대로 마주 봤다. 일행 중에는 영화에서 꼭 등장하는 빌런 같은 존재는 없는 것 같았다. 다행이다.

일행들 사이에 어색한 시선이 오가던 그때, 노인이 말했다.

"비가 오는군요."

깨진 유리창 너머로 느닷없이 장대비가 내렸다.

"소나기겠죠?"

아이 엄마가 걱정스러운 얼굴로 말했다.

"아니. 밤새 내릴 것 같소."

노인이 고개를 저었다. 빗줄기가 점점 거세지더니 깨진 유리창 사이로 바람이 불어닥쳤다. 그 바람에 간신히 매달려 있던 깨진 유리창이 바람에 흔들거렸다. 내일 출발했더라면, 배에 탈 수 없을 뻔했다.

"오늘 밤은 여기서 보내는 게 좋겠습니다."

보안요원이 말했다.

"그래야겠소. 내일 저녁에 출항하니 시간은 충분하오."

노인이 말했다.

"휴게소 안에 잠잘 곳이 있는지 찾아봐야겠어요."

보안요원이 자리에서 일어났다.

"같이 갑시다."

나도 보안요원을 따라 일어났다. 보안요원과 나는 휴게소 입구에 세워진 안내도 앞으로 다가갔다.

"창문이 없는 곳이 좋겠어요. 좀비가 나타나더라도 조용히 숨어있을 수 있는 곳이면 더 좋고요."

보안요원은 안내도를 유심히 살폈다.

"여긴 어때요?"

나는 안내도 속 수유실을 가리켰다.

"정수기와 전자레인지도 있긴 할 텐데, 여섯 명이 자기엔 좁지 않을까요?"

보안요원이 말했다. 수유실에 가본 적이 없으니 좁을지 알 길이 없었다. 나는 다시 안내도를 살폈다.

"여긴 어때요?"

보안요원이 가리킨 곳엔 자그마한 글씨로 '화물차 운전자 전용 휴게텔'이라 쓰여있었다.

"휴게텔? 한번 가봅시다."

보안요원과 나는 안내도에 적힌 휴게텔을 찾아 나섰다. 휴게텔은 휴게소 2층에 있었다. 계단을 올라 2층으로 가자, 긴 복도를 따라 두 개의 방이 있었다. 나는 조심스레 첫 번째 방문을 열었다. 퀴퀴한 냄새가 훅 뿜어져 나왔다. 시체 냄새는 아니었다. 벽을 더듬어 불을 켜보니 이층 침대 네 개가 양쪽 벽 끝에 놓여 있었는데, 침대 위에는 좀비들이 휩쓸고 갔는지 이불이 어지럽게 널브러져 있었다.

"어떡할까요?"

보안요원이 돌아보며 물었다.

"찝찝하긴 해도 여기가 낫겠네요."

나는 방안을 둘러보며 대답했다. 우중충하긴 해도 시신은 없으니 이만하면 썩 괜찮았다. 게다가 창문도 없었다.

"전화해서 올라오라고 할게요."

보안요원이 어디론가 전화를 걸었다. 스마트폰 너머로 폐인 목소리가 들렸다. 일행이 올라오는 동안, 보안요원은 벽에 달린 에어컨 조절기를 만지작거렸다.

"차단기를 완전히 내려버렸나 보네요."

그때, 밖에서 발소리가 나더니 일행이 들어왔다. 무슨 일인지 폐인은 물에 빠진 생쥐처럼 물을 뚝뚝 흘리고 있었다.

"무슨 일이에요?"

보안요원의 눈이 휘둥그레졌다.

"차를 안전한 곳으로 옮기고 왔어요. 제일 중요한 차가 망가지면 안 되잖아요."

폐인이 히죽거리며 물기를 털었다. 노인과 아이 엄마는 방안을 둘러봤다.

"우리가 운이 좋은가 보오. 누워서 잘 수 있을 거라곤 기대하지 않았는데 말이오."

노인이 미소를 머금으며 말했다. 아이 엄마는 분주하게 움직이며 이불을 걷어냈다. 일행과 나도 아이 엄마를 따라서 소독용 물티슈로 침대를 닦았다. 우리는 10분 만에 정리를 끝내고 침대에 걸터앉았다. 다들 지친 기색이 역력했다.

"복도에 정수기와 전자레인지가 있던데, 차에서 컵라면이라도 가져올까요?"

보안요원이 말했다.

"제가 가져왔어요. 차에 있길래."

폐인이 비에 젖은 종이가방을 가리켰다.

"먹을 게 많던데, 저렇게 많은 걸 어디서 구한 거예요?"

폐인이 컵라면을 나눠주며 물었다.

"그게… 보안실에 많더라고요."

보안요원이 대충 얼버무렸다. 일행과 나는 서둘러 컵라면과 즉석밥을 차려냈다.

"거, 진수성찬이오."

맨바닥에 차려진 컵라면과 즉석밥을 보며 노인이 미소를 지었다. 참 긍정적인 노인네다. 나는 부디 컵라면이 최후의 만찬이 아니길 바라며 허겁지겁 먹어 치웠다. 컵라면 하나 먹었을 뿐인데, 땀범벅이 되었다. 창문도 없고, 에어컨도 작동하지 않아 방안이 후덥지근했다.

허기도 채웠겠다 누울 침대도 있으니, 평온함이 찾아왔다. 다들 각자 침대에 누워 스마트폰을 들여다봤다. 아이도 스마트폰을 들여다보느라 조용했다. 아이의 스마트폰에서 흘러나오는 소리만이 휴게텔을 가득 채웠다.

"오, 이런!"

그때, 노인이 소리쳤다. 모두의 시선이 노인에게로 향했다.

"오늘 새벽에 전쟁이 일어난 모양이오!"

노인이 말했다.

"여객선 운항에는 아무 영향 없겠죠?"

폐인이 물었다. 노인은 아무런 대답 없이 스마트폰에 열중했다. 나는 팔베개하고 누워 천장을 바라봤다. 나 혼자였다면, 이런 상황에 어떻게 대처했을까. 혼자였다면, 지금쯤 수유실에서 컵라면 하나 끓여 먹고 자지 않았을까. 많은 인원이 움직이는 건 여러 가지로 번거롭다. 매 순간 서로의 의견을 하나로 모아야 하고, 더 큰 공간과 더 많은 식량도 필요하다. 보안요원은 대체 왜 이런 합리적이지 못한 계획을 한 걸까.

＊＊＊

모두 잠들자, 나는 조용히 노트북을 켰다. 아파트를 나온 후부터 나는 이 순간을 기다려왔다. 사실 내 머릿속에선 한순간도 연구에 대한 생각이 떠나질 않았다. 대체 뭐가 문젤까. 왜 안 되는 걸까. 그래도 연결은 됐으니, 해결책이 있지 않을까.

한참 작업에 몰두하던 그때, 어둠 속에서 인기척이 들렸다.

"뭐 하세요?"

폐인의 목소리였다. 모두 자는 줄 알았는데, 폐인은 아직 깨어 있었나 보다.

"일이요. 그동안 연구해 오던 걸 마무리해야 해서요."

나는 건성으로 대답했다.

"인공지능을 연구하는 박사님이시라면서요?"

폐인이 침대에서 내려와 내 곁에 앉았다.

"방해되면 말씀하세요. 전 그냥, 그 인공지능 기술이 궁금해서."

폐인의 눈동자가 어둠 속에서 반짝거렸다.

"괜찮아요."

나는 짧게 대답한 뒤, 다시 노트북으로 눈을 돌렸다. 괜찮다고 대답은 했지만, 녀석이 신경 쓰였다.

"한 달 전에 본 기사에 박사님이 뇌에 AI 칩을 이식했다고 하던데 정말이에요?"

나는 고개를 들어 폐인을 바라봤다. 폐인이 나를 알고 있었다.

"성공했나요?"

"몇 가지만 수정하고 보완하면 될 겁니다."

폐인은 호기심 어린 눈빛으로 나를 바라봤다. 나는 얼른 노트북으로 눈을 돌렸다.

"아직 개발 중이신 거군요?"

나는 고개를 끄덕였다. 실패했다고 말하고 싶지 않았다. 아니, 아직 실패한 건 아니다. 인터페이스에 발생한 오류를 보완하면 분명히 작동될 것이다.

나는 다시 작업에 집중했다. 폐인도 더는 말을 걸지 않았다. 한창 집중하던 그때였다. 녀석이 코딩 화면 중간을 손가락으로 가리켰다.

"여기 이거. 이게 잘못된 것 같은데요?"

녀석이 가리킨 곳을 보니, 작동에 지장을 주는 명령어가 잘못 입력되어 있었다. 나는 얼른 명령어를 수정했다. 가만. 녀석이 어떻게 알았지. 온종일 게임만 하고 살 것 같은데, 영 얼간이는 아닌가 보다.

수정을 끝내고, 다시 인터페이스를 실행해 머릿속에 이식한 칩을 연결했다. 이번에는 통증 없이 머릿속 칩이 연결됐다. 이제 작동이 되는지 확인할 차례다. 나는 눈을 감고, 부산까지 가는 경로를 머릿속으로 떠올렸다. 아니, 검색했다.

5초쯤 지났을까. 아니 한 3초쯤 지났던 것 같다. 3초 후, 내 머릿속에 문경휴게소에서 부산 여객선터미널까지 가는 경로가 나타났고, 그 경로의 교통 상황이 나타났다. 그러니까 그… 나타났다는 건, 바로 스마트폰으로 검색했을 때 나타나는 그 화면이 내 머릿속에서, 마치 내가 떠올린 것처럼 나타났단 말이다! 말도 안 돼… 이건 정말 말도 안 되는 일이다! 내가! 오랫동안 꿈꿔왔던 AI 인간이 됐다! 야호! 만세! 성공이다. 성공!

잠깐 교통 상황에 대해 덧붙이자면, 도로에는 지나다니는 차가 없어 막힘없이 부산까지 갈 수 있을 것 같다. 부산까지 가는 경로엔 좀비들도 없었다. 물론, 좀비가 언제 어디서 나타날지는 교통정보로는 알 수가 없다.

"성공하신 거예요?"

폐인의 목소리에 눈을 떴다. 고개를 돌리자, 녀석이 나를 뚫어지게 바라보고 있었다. 뭘 보고 성공했다는 거지.

"미소를 지으시길래… 성공하신 거예요?"

나는 대답하지 않았다. 연구에 성공했다는 소식은 미국에 가서 공식적으로 발표해야 한다. 왜냐하면 수술 없이 머리에 AI 칩을 붙이는 패치를 만드는 게 우리의 최종 목표인데, 이 최종 목표에 도달하기까지는 보안상의 이유로 임상 결과를 말할 수가 없다.

"아니구나? 난 또 성공한 줄 알았네. 이만 자세요. 내일 새벽에 출발해야 하잖아요."

녀석이 일어나려고 엉덩이를 뗐다.

"그쪽은 미국엔 왜 가려는 거예요?"

나는 흥분을 가라앉히며 폐인에게 물었다. 처음엔 일행이 왜 미국에 가려고 하는지 궁금하지 않았다. 그런데 오늘 함께 생활해 보니 이들도 나처럼 미국행이 간절해 보였고, 자연스레 일행의 사연이 궁금해졌다.

폐인이 나를 뒤돌아보더니 도로 내 옆에 앉았다.

"프로게이머예요. 미국에서 열리는 경기에 참가해야 하거든요."

"프로게이머요? 프로게이머라면… 마크톱은 아는데."

사실 나는 내가 하는 연구 말곤 다른 분야에 대해선 젬병이었다.

"네. 맞아요. 마크톱. 제가 마크톱이에요."

폐인이 시큰둥하게 대답했다.

"당신이 마크톱 김지섭이라고요?"

금수저 폐인인 줄 알았는데, 세계 챔피언이었다니. 어둠 속에서 폐인이 환히 빛났다. 그에게서 후광이 느껴졌다.

"네. 팀원들은 먼저 미국으로 떠났고, 저는 사정이 생겨서 며칠 늦게 합류하기로 했었는데, 그 사이에 공항이 봉쇄됐어요. 그래도 어떻게든 가야죠. 저 때문에 팀원들에게 피해를 줘선 안 되잖아요."

챔피언은 자신의 침대로 돌아가 누웠다. 이런. 대단한 사람을 몰라봤군.

나도 노트북을 끄고 침대에 누웠다. 가슴 깊이 벅차오르는 기쁨과 언제 좀비가 들이닥칠지 모른다는 불안이 한데 섞여 잠이 오질 않았다. 이따금 들려오는 돌풍과 천둥소리의 합주곡을 들으며 선잠을 잤다. 일행도 마찬가지인지 밤새 뒤척였다.

유난히 긴 밤을 보내던 그때였다. 밖에서 '펑'하고 무언가가 터졌다. 일행과 나는 마치 기다렸다는 듯이 벌떡 일어났다.

"무슨 소리죠?"

어둠 속에서 열 개의 눈동자가 번뜩였다. 나는 침을 꼴깍 삼키며 귀를 세웠다. 조금 전 그 소리는 뭐였을까. 침대도 흔들렸던 것 같은데.

"아무 소리도 아닐게요. 바람에 날려온 뭔가가 부딪힌 소리겠지. 좀비도 이런 날엔 어딘가에 숨어있지 않겠소? 그리고 먹을 것도 없는 고속도로까지 오진 않을게요."

노인이 놀란 우리를 달래려는 듯 대수롭지 않게 말했다. 그런데도 두근거리는 심장은 쉽사리 가라앉지 않았다.

"제가 내려가 볼게요."

챔피언이 침대에서 일어났다.

"같이 가요."

나도 침대에서 일어나 챔피언을 따라나섰다. 세계 챔피언을 혼자 보낼 순 없었다. 챔피언과 나는 스마트폰 불빛에 의지한 채 불 꺼진 휴게소로 내려갔다. 빛 한 점 없이 캄캄한 휴게소는 어딘가 모르게 을씨년스러웠다. 하늘에선 장대비가 좍좍 들어부었고, 이따금 불어오는 회오리바람이 깨진 유리창을 스칠 때면 고양이 울음소리 같은 날카로운 소리가 났다.

"드론으로 먼저 한 바퀴 돌아보는 게 어때요?"

챔피언이 말했다. 녀석도 내심 두려운 모양이었다. 녀석이 드론의 전원을 켜고 막 날리려던 그때, 하늘이 쩍 하고 갈라지더니 와르릉 우렛소리가 천지를 뒤흔들었다. 뒤이어 모든 걸 휩쓸어갈 것 같은 돌풍이 불어닥쳤다. 챔피언과 나는 미처 몸을 가눌 새도 없이 주차장에 철퍼덕 나뒹굴었고, 동시에 깨진 유리창이 바닥에 쏟아져 내렸다. 조금 전 챔피언과 내가 서 있던 바로 그 자리였다. 챔피언과 나는 세찬 빗줄기를 맞으며 깨진 유리창을 멍하니 바라봤다.

"큰일 날 뻔했어요."

챔피언이 먼저 일어났다. 벼락을 맞기 전에 나도 얼른 일어났다. 휴게소로 걸어가는 동안, 아슬아슬하게 매달려 있는 깨진 유리창을 눈으로 주시했다.

"드론은 날리지 않는 게 좋겠네요."

챔피언이 드론을 주섬주섬 챙겨 주머니에 넣었다. 식당가 안에선 별다른 움직임이 보이지 않았다. 식당가에서 나와 다른 곳을 살펴보려는데, 챔피언이 화장실로 눈을 돌렸다.

"화장실에 가볼까요?"

화장실에 시신이 있다는 말을 채 건네기도 전에 녀석이 화장실로 들어갔다.

"억!"

잠시 후, 화장실 안에서 외마디 비명이 터져 나왔다. 뒤이어 녀석이 뛰쳐나오며 토사물을 뱉어냈다.

"괜, 괜찮아요?"

나는 차마 가까이 가지 못하고 머뭇거렸다.

"안에 시체가… 부패한 시체가 터지는 소리였나 봐요."

"우웩! 웩!"

나도 따라 헛구역질이 나왔다. 그래도 다행이다. 좀비가 아니어서. 가만. 침대가 흔들렸던 건 뭐였지. 잠결에 잘못 느낀 걸까. 흔들림의 정체는 밝혀내지 못한 채 다시 휴게텔로 돌아가려는데, 등 뒤에서 후다닥 소리가 났다. 순간, 온몸이 뻣뻣하게 굳어버렸다. 분명 누군가의 발소리였다. 슬그머니 뒤돌아봤지만, 아무도 없었다.

"조금 전에 누군가 달려가는 소리 못 들었어요?"

나는 주위를 살피며 물었다.

"아뇨. 못 들었어요. 무슨 소리가 났었나요?"

챔피언의 눈동자가 파르르 떨렸다.

"아, 아니에요. 잘못 들었나 봐요."

우리는 마치 짠 듯이 발길을 재촉했다. 뛰다시피 걸어 휴게텔 앞에 다다랐을 때였다. 또다시 찰박거리는 소리가 났다. 한 명이 아니었다. 적어도 네다섯 명이 휴게소 뒤편 숲길에서 휴게소로 달려오는 소리였다. 챔피언과 나는 부리나케 계단을 뛰어 올라갔다.

2층에 도착하자, 일행이 달려 나왔다.

"괜찮아요? 꼴이 왜 이래요? 무슨 일이에요? 유리 깨지는 소리가 들리던데, 좀비를 만난 거예요?"

아이 엄마가 자신의 두꺼운 점퍼를 내게 덮어주었다.

"조금 전에 그 소리 들었어요?"

나는 숨을 몰아쉬며 챔피언에게로 고개를 돌렸다. 챔피언은 고개를 주억거렸다.

"무슨 소리를 들은 게요?"

노인이 물었다.

"서너 사람이 우리에게로 달려왔어요."

챔피언이 일행의 눈치를 살피며 말했다. 아이 엄마는 얼굴이 하얗게 질려 방문을 잠갔고, 보안요원은 이층 침대를 끌어다 방문을 가로막았다. 그날 밤, 우리는 2인 1조로 불침번을 서며 밤을 보냈다.

2056년 11월 22일

비를 온몸으로 머금은 듯이 밤새 무거워진 몸을 겨우 일으켰다. 마음 같아선 좀 더 눕고 싶었지만, 다들 일찌감치 일어나 부산을 떠는 통에 나도 따라 일어나 떠날 준비를 했다. 제일 먼저 콘택트렌즈를 끼고서 머릿속 AI 칩과 연결했다. 음향 증폭기는 가방 속에 고이 모셔뒀다. 좁은 차 안에서 여섯 사람의 목소리를 음향 증폭기를 통해 듣는다면 내 귀청은 떨어져 나갈 것이다.

"늦지 않게 가려면 일찍 나섭시다."

우리는 잔뜩 긴장한 얼굴로 휴게텔을 나섰다. 휴게소로 내려가자, 구름 한 점 없는 청명한 하늘이 우리를 맞이했다. 밤새 퍼붓던 비도, 모든 걸 휩쓸어갈 것 같던 바람도 그치고 마치 아무 일도 없었다는 듯한 모습이 야속하기까지 했다. 바닥에 흩어진 깨진 유리와 비에 젖은 땅만이 지난밤을 기억하고 있었다.

선선한 바람이 불어왔다. 머릿속으로 날씨 정보를 떠올렸다. 머릿속 AI가 현재 기온이 28도라고 알려줬다. 어제 아침 서울 기온은 43도, 어제 오후 휴게소에 도착했을 때 기온은 38도였으니 하룻밤 사이에 10도나 떨어졌다. 지난밤에 내린 비로 기온이 뚝 떨어진 모양이다. 오랜만에 느껴보는 청량한 날씨에 왠지 오늘 하루가 순조로울 것만 같았다.

주차장으로 가려고 계단을 내려가던 그때였다. 앞서가던 보안요원과 노인이 겁에 질린 얼굴로 뒷걸음질 쳤다. 내가 이들 사이로 고개를 쑥 내민 그때, 노인이 얼른 아이를 끌어안아 아이의 눈을 가렸다.

"왜, 왜 그러세… 으어! 어! 어! 이, 이게…"

나는 그만 뒤로 나자빠졌다. 귀가 먹먹하고 정신이 아득해지는 가운데 어렴풋하게 아이 엄마와 챔피언의 비명이 들렸다. 계단엔 누군가가 전시해 놓은 것처럼 사람 다리 한 짝이 놓여 있었다. 신발로 봐선 어제 화장실에 있던 시신 일부였다. 화장실에 있던 시신이 왜 밖에 나와있는 걸까. 설마 누군가가 꺼내 놓은 걸까.

우리는 도망치듯 차에 올라탔다.

"어, 어제…"

챔피언이 얼굴이 하얗게 질려 나를 봤다. 나는 마른침을 삼키며 고개를 끄덕였다. 어젯밤에 들었던 발소리의 주인, 그들이 한 짓이다.

"좀, 좀비가 다녀간 걸까요?"

챔피언이 물었다.

"대체 시신으로 뭘 한 걸까요?"

아이 엄마가 떨리는 목소리로 물었다.

"혹시… 우리에게 보내는 경고는 아닐까요?"

나는 호흡을 가다듬으며 물었다.

"모두 침착합시다. 우린 지금 살아있잖아요. 우리를 헤칠 생각이었다면, 2층에 들이닥쳤을 거예요."

보안요원이 우리를 돌아보며 말했다. 나는 흥분된 마음을 가라앉히며 머릿속으로 내비게이션을 떠올렸다. 앞으로 대략 2시간 30분 후면 부산에 도착할 테고, 내일 아침이면 안전한 일본에 다다를 것이다. 이제. 하루만 견디면 된다. 챔피언도 태연한 척하며 창밖으로 드론을 날려 보냈다.

그때, 노인이 말했다.

"아이가 아픈 거 아니오?"

돌아보니 아이가 엄마에게 기대어 축 늘어져 있었다.

"괜, 괜찮아요."

아이 엄마의 얼굴에 그늘이 드리웠다.

"얘야. 너, 어디 아프니?"

노인이 아이 이마로 손을 뻗자, 아이 엄마가 화들짝 놀라 아이를 끌어안았다.

"괜찮다니까요!"

차 안은 찬물을 끼얹은 듯 싸늘해졌다. 잠시 말이 없던 노인은 다시 입을 열었다.

"아이 상태를 확인해 보는 게 좋겠소. 아프면 약이라도 먹여야 하지 않겠소?"

노인이 말했다.

"소리쳐서 죄송해요. 사실 오늘 새벽부터 열이 났어요. 말하지 않아서 죄송해요."

아이 엄마가 가방에서 해열 시럽을 꺼냈다. 휴게소에서 잤던 게 문제였을까. 편안함을 찾다가 문제를 만든 건 아닐까. 나는 머릿속이 복잡했다.

"혹시 이 상황이 불편하신 분 계신가요? 아이와 아이 엄마와 동행할 수 없겠다는 분 말이에요."

보안요원이 물었다.

"저는 괜찮아요."

챔피언이 곧장 대답했다.

“나도 괜찮소.”

노인의 대답은 이미 들은 거나 다름없었다.

“…저도 괜찮아요.”

감염되지 않으려고 조심 또 조심해 왔건만 어쩔 수 없었다. 괜찮지 않다고 하면 나 혼자 고속도로에 내려야 할 판이었다. 아이의 증상이 바이러스에 의한 거라면 아이가 첫 번째로 증상이 나타난 것일 뿐, 차에 탄 사람 중 그 누구도 감염되지 않았으리란 보장도 없었다.

“그럼, 아무도 이의가 없으니 계속 가던 길 가겠습니다.”

보안요원이 말했다.

“고맙습니다.”

아이 엄마는 조용히 인사한 뒤, 아이에게 해열 시럽을 건넸다. 아이는 약을 먹지 않으려 칭얼댔다.

“얘야. 이거 먹고 나아야 아빠 만나러 갈 수 있어.”

노인이 아이를 타일렀다. 아이는 입을 삐죽거리며 억지로 시럽을 먹었다. 다시 차 안은 조용해졌다. 이후, 일행은 각자 스마트폰만 들여다볼 뿐 어떤 말도 하지 않았다.

출발한 지 한 시간 오십 분쯤 지나 삼랑진 나들목을 지날 때였다. 보안요원이 고개를 갸웃거렸다.

“왜 그래요? 무슨 문제라도 있어요?”

나는 보안요원을 돌아봤다. 보안요원은 얼굴을 찌푸리며 창문을 열었다.

"기온이 내려가고 있어요."

보안요원이 창밖으로 손을 내밀었다. 나도 따라 창문을 내려 밖으로 손을 내밀었다. 바람이 선선하다 못해 서늘했다. 종일 걸어 다닐 수 있을 정도였다. 머릿속으로 날씨를 떠올렸다. 현재 기온은 18도였다. 불과 두 시간 만에 기온이 10도나 내려갔다. 올해도 어김없이 날씨가 변덕을 부렸다. 하늘은 금방이라도 비가 내릴 것처럼 지분거렸다.

"에어컨 출력이 낮아져서 전기도 적게 소모되고 있어요."

보안요원이 충전량을 확인하며 말했다.

"에어컨을 끄고 창문을 여는 게 어떻소? 모처럼 자연 공기를 맘껏 마시고 싶은데."

일행은 창문을 내렸다. 시원한 바람이 차 안으로 밀려들었다. 얼마 만에 느껴보는 자연 공기인가. 휴. 이제야 살 것 같다. 선선한 바람을 만끽할 수 있는 날은 일 년 중 며칠밖에 되지 않았다.

"이제 5분 후면 부산 요금소에 도착하겠네요."

보안요원이 말했다. 창밖을 보니 대동 분기점을 지나고 있었다. 부산으로 들어가는 요금소가 코앞에 있었다. 걱정했던 것과는 달리 아파트 주차장을 벗어난 후로는 좀비를 마주치지 않고 순조롭게 부산에 도착했다. 생존자가 없는 걸까. 아니면 좀비를 피해 모두 집안으로 꽁꽁 숨은 걸까. 그게 아니라면 바이러스에 감염돼 좀비가 돼버렸나. 동영상에서 본 좀비들은 대체 어디 있는 걸까.

대동 분기점을 지나 대감 분기점에 다다를 때였다. 다들 스마트폰을 끄고 창밖을 바라봤다. 저 멀리 대동 요금소가 나타났다. 그때, 보안요원이 또다시 고개를 갸웃거렸다.

"저기 앞에 뭔가 있는 것 같아요."

보안요원이 대동 요금소를 바라보며 눈을 찡그렸다. 대체 뭐가 있다는 거지. 나는 머릿속 AI에게 렌즈의 초점을 확대하라고 시켰다. 그러자, 망원경으로 보는 것처럼 요금소가 점점 커졌다. 보안요원의 말처럼 요금소 앞에 시커먼 개미 떼 같은 검은 형체가 있었다. 바로 좀비였다. 좀비는 못 해도 서른 명쯤은 돼 보였는데, 이들은 차 벽을 세워놓고 요금소를 막아서고 있었다.

"잠시 차를 세워서 드론으로 확인해 봐야겠어요."

보안요원이 차를 세우자, 챔피언이 드론을 앞으로 날려 보냈다. 드론은 요금소로 날아갔다. 일행은 센터페시아 디스플레이로 좀비 무리를 보았다. 그들은 총과 칼로 무장하고 있었다.

"돌아서 가야겠소."

노인이 말했다.

"어디로요?"

챔피언이 물었다.

"부산으로 들어가는 고속도로 진입로는 모두 차단된 것 같소. 왔던 길을 되돌아가 김해로 들어가는 상동나들목으로 내려갑시다. 김해 시내를 통해서 부산으로 들어가는 게 좋겠소."

노인의 말에 나는 재빨리 머릿속으로 지도를 불러왔다. 내 머릿속 지도로 확인한 바로도 노인의 말이 맞았다.

"그게 좋겠네요."

나는 노인의 말에 동의했다. 보안요원은 자율주행 모드를 끄고 차를 돌렸다. 지금부턴 노인이 알려주는 대로 보안요원이 직접 운전해서 가기로 했다.

5분 후, 우리는 상동 나들목 출구를 지났다. 내비게이션에 적힌 도착 시각이 이십 분에서 한 시간으로 늘어났다. 괜찮다. 출항까지 시간은 충분했다.

"저 앞에 요금소가 있어요. 드론으로 확인해 봐요."

보안요원이 차를 세우자, 챔피언은 드론을 요금소로 날렸다. 나는 렌즈를 통해 요금소를 확인했다. 다행히 상동 요금소에는 좀비들이 없었다. 우리는 상동 요금소를 지나 김해로 들어갔다.

"김해 시내를 지나면 부산 강서구로 들어갈 수 있을게요."

내가 지도를 재탐색하기도 전에 노인이 말했다. 나도 얼른 지도를 확인했다. 김해시는 부산 강서구와 접해있었다. 어쩌면 좀비를 맞닥뜨리지 않고도 부산으로 들어갈 수 있겠다.

"오래전엔 부산 강서구가 김해시였소. 뭐, 나도 부모님께 들은 얘기지만 말이오."

노인이 설명을 덧붙였다. 머릿속 AI가 내게 알려주지 않은 정보였다. 물론 지식백과를 검색하면 알 수는 있겠지만, 먼저 알려주지는 않았다. AI 기술은 아직 인간의 경험을 따라가지 못했다.

이런, 울어야 하나.

“부산 강서구에서 낙동강 하굿둑을 지나면 부산 도심으로 갈 수 있을게요.”

노인이 말했다.

“어르신. 어떻게 그렇게 길을 잘 아세요?”

보안요원이 룸미러로 노인과 눈을 맞추며 미소를 지었다.

“부모님 고향이라 자주 왔었소.”

잠시 후, 낙동강 하굿둑이 나타났다. 하굿둑 인근 도로와 아파트 저층 세대는 물에 잠긴 채 방치되어 있었다.

“오래전엔 낙동강 삼각주에 철새가 날아들곤 했었소. 이젠 새들도 살지 못하는 곳이 됐지만 말이오.”

노인이 말했다. 그때, 아이가 물었다.

“엄마. 새가 뭐야?”

“하늘을 나는 날개 달린 동물이야.”

아이 엄마는 아이 머리를 쓰다듬으며 창밖으로 눈을 돌렸다.

“이제 이십 분만 더 가면 되오.”

노인의 말대로 터널 두 개를 지나고 나자, ‘부산항 국제 터미널’이라 적힌 건물이 나타났다.

“저기 보이네요.”

보안요원이 들뜬 목소리로 말했다. 다들 앞유리창으로 고개를 내밀었다. 터미널 앞 바다에 거대한 여객선이 정박해 있었다. 일행의 얼굴에 먹구름이 가시고 햇살이 비쳐 들었다. 드디어 한국을 떠나는구나. 일본은 비교적 안전하다고 했으니, 한국을 떠나기만 하면 미국까지는 순조롭게 갈 수 있겠지. 세 시간 넘게 앉아 있었더니 온몸이 쑤셨다. 어서 차에서 벗어나고 싶다.

****

우리는 건물 앞 지상 주차장으로 들어섰다. 텅 빈 주차장에 주차를 마치고 차에서 내리자, 짠 내를 머금은 바닷바람이 뺨을 스쳤다. 부산은 서울보다 더울 줄 알았는데, 웬걸 온몸이 오들오들 떨릴 정도로 추웠다. 내 머릿속 AI에게 물어보니 부산의 현재 기온은 영하 1도라고 알려줬다. 하루 만에 기온이 40도나 내려갔다. 올해는 작년보다 기후변화가 더 급격한 것 같다.

나는 배낭에서 얇은 패딩 점퍼를 꺼내 입고서 터미널로 걸어갔다. 웬일인지 여객선을 타려는 사람들이 보이지 않았다. 터미널 주변에 지나다니는 사람은 일행과 나밖에 없었다. 터미널 앞에 다가선 우리는 출입문 앞에 멈춰 섰다. 자물쇠로 잠긴 출입문에 안내문이 붙어 있었다.

11월 22일에 출발하는 부산발 후쿠오카행 여객선은 일본 사정으로 운항이 취소되었습니다. 보건당국의 감염법 조치에 따라 운항이 무기한 중지되어 향후 출항 예정인 여객선은 없습니다.

나는 출입문 가까이 다가가 손 그늘하고서 터미널 안을 들여다보았다. 터미널 안엔 불이 꺼져있었다.

"하. 말도 안 돼."

아이 엄마가 이마를 짚으며 한숨을 내쉬었다. 챔피언은 계단에 털썩 주저앉았고, 노인은 팔짱을 끼고 서서 입술을 꾹 다물었다.

"일본 사정이란 게 뭘까요?"

보안요원이 허리에 손을 얹은 채 서성거렸다. 나는 머릿속으로 일본과 관련된 뉴스 기사를 검색했다.

日, 후지산 대분화. 1707년 마지막 분화 이후 349년만.

日, 미야기현에 규모 10.8 지진으로 쓰나미 발생

日, 와카야마현에 규모 10.2 지진 발생, 쓰나미 발생 가능성

일본이 흔들렸다. 일본 열도가 흔들렸고, 폐허가 된 땅을 바다가 휩쓸고 지나갔다. 이후, 오랫동안 잠들어 있던 화산도 폭발했다. 이 모든 게 동시다발적으로 일어났다.

스마트폰을 들여다보던 챔피언이 벌떡 일어났다.

"왜요? 무슨 일이 일어난 게요?"

노인이 물었다.

"후지산이 폭발했어요! 강진이 일어났고, 쓰나미가 휩쓸고 지나갔답니다."

챔피언이 소리쳤다. 보안요원이 두 손으로 얼굴을 감쌌다. 노인은 팔짱을 낀 채 입술을 꾹 다물었다.

"피해가 없는 지역도 있을게요. 그러니까 내 말은, 국제공항 중에 아직 운영 중인 곳이 있지 않겠냐는 말이오."

노인이 침착하게 말했다.

"간사이 국제공항에서부터 나리타 공항까지 모두 운영이 중지됐어요."

나는 고개를 저었다.

"그럼, 이제 어떡하죠?"

아이 엄마가 물었다.

"방법을 찾을 때까지 어디라도 가 있는 게 좋겠소. 안전한 곳에 가 있다 보면 방법을 찾을 수 있을게요."

노인이 우리를 달래며 말했다.

"안전한 곳이요? 좀비들이 어디에 숨어있는지도 모르는 동네에서 안전한 곳을 찾을 수 있을까요?"

나는 코웃음을 쳤다.

"오래전에 여행하다 본 곳이 있소. 별장 같아 보였으니 분명히 비어있을게요."

노인이 내 등을 두드리며 말했다. 그 말에 일행과 내가 차로 걸어가려는데, 노인이 덧붙여 말했다.

"다만."

우리는 차로 걸어가려다 말고 뒤돌아봤다.

"좀 멀다오."

"얼마나요?"

보안요원이 물었다.

"한 90km쯤 될게요. 거제도거든."

노인의 말에 나는 보안요원과 챔피언, 아이 엄마를 번갈아 봤다. 영 내키지 않았다. 90km라면 언제 좀비를 맞닥뜨릴지 모를 위험을 무릅쓰고 가기엔 꽤 먼 거리였다. 그냥 부산 안에서 방법을 찾는 게 좋을 것 같았다.

"말씀하신 별장은 정말 안전한 거예요? 에어컨도 문제없고요?"

아이 엄마가 물었다.

"지낼 곳을 찾아 떠도는 것보단 안전할 거요. 냉난방 시설도 갖춰진 것 같았으니 말이오. 그런데 지금은 에어컨보단 난방이 필요할 것 같군그래."

노인이 하늘을 올려다봤다. 잿빛 하늘에서 금방이라도 비가 쏟아질 것 같았다.

"일단 한번 가보죠."

보안요원이 말했다.

* * *

미국과 중국의 전쟁이 계속되는 가운데 국가위기관리센터 상황실은 밤새 불이 꺼지지 않았다. 이젠 쪽잠을 자다가 상황실로 달려오는 게 일상이 되었다. 오늘은 대통령이 제일 먼저 상황실로 들어왔다. 대통령이 자리에 앉은 지 십여 분 만에 장관들도 모두 자리에 앉았다. 장관들과 대통령은 날이 갈수록 해쓱해졌다.

"무슨 일입니까?"

대통령이 부스스한 머리카락을 두 손으로 쓸어 넘겼다.

"금일 새벽 3시경에 일본 시즈오카현에서 시코쿠 남부에 이르는 난카이 해역에서 규모 10의 대지진이 일어났습니다. 이후 3시 30분경 파고 15m가 넘는 쓰나미가 일었고, 두 번째 쓰나미가 휩쓴 뒤 10분 후에 후지산도 폭발했습니다."

국토부 장관이 상황판에 위성사진을 띄웠다.

"피해 상황이 확인된 게 있습니까?"

"여기 위성사진을 보시면 남아있는 건물이 거의 없습니다."

화면에는 인간이 세운 건축물들은 흔적도 없이 사라지고 태초의 모습이었을 땅만이 덩그러니 있었다.

"재앙이 닥친 것 같군요."

"모두 잠든 새벽 시간에 일어난 일이라 인명 피해가 클 것으로 보입니다."

국토부 장관의 말에 상황실이 무겁게 가라앉았다. 전쟁도 모자라 자연재해의 위험까지 도사리고 있었다.

"우리나라는요? 일본과 가까운 부산은 괜찮습니까?"

대통령이 물었다.

"부산에서도 규모 6.4 지진이 감지됐습니다."

국토부 장관이 말했다.

"규모 6.4라고요? 피해 상황은요?"

"건축물들 대부분이 규모 7.0까지 견딜 수 있게끔 내진 설계가 되어있어 현재까지 보고된 피해는 없습니다만, 대마도 북동쪽 해저에서도 규모 8.7의 지진이 감지되어 부산과 거제를 잇는 해저터널에 미세한 균열이 갔다고 합니다."

국토부 장관이 말했다.

"해당 터널은 규모 8.0의 지진에도 끄떡없게끔 내진 설계되어있잖습니까?"

"개통된 지 40년이 넘는 터널인 데다 해수로 인한 부식이 진행되고 있었던 터라 피해가 발생한 것으로 보입니다. 터널 안에서도 규모 7.2 지진이 감지되기도 했고요."

국토부 장관이 말했다. 전자상황판에 터널 안 모습이 나타났다. 눈으로 봐선 평소와 다른 점은 보이지 않았다.

"보수하면 복구가 가능한 정도의 피햅니까?"

대통령이 검지로 안경을 올리며 물었다.

"지금은 보수할 인력이 없는 데다 수심 48미터의 수압으로 균열은 점점 더 커질 겁니다."

국토부 장관이 입술을 꾹 닫았다.

"차량 통행은 차단했나요?"

"최근 열흘간 해저터널을 지나는 차량이 없었습니다."

국토부 장관의 대답에 대통령은 고개를 끄덕였다.

"일본 상황이 이러한데, 미국과의 협력은 어떻게 되는 겁니까?"

"일본은 협력하기 힘들 겁니다. 현재로선 자국의 일을 해결하기도 쉽지 않을 거고요. 사실상 일본은 붕괴한 거나 다름없으니까요."

침묵이 흘렀다. 오랜 시간 동안 앙숙이자, 이웃이었던 일본이 전쟁도, 핵폭탄도 아닌 그깟 지진 하나로 지구상에서 사라져 버렸다.

"박기범 박사의 소재는 알아보셨나요?"

대통령이 깍지 낀 손을 내려다보며 물었다.

"박사의 자택이 비어있습니다. CCTV를 확인해 보니 이틀 전 새벽에 아파트 입주민들과 아파트를 떠났더군요."

"입주민들과 아파트를 떠났다고요? 자택에 머무는 게 안전할 텐데… 왜? 아니, 어디로 간 겁니까?"

대통령이 고개를 갸웃거렸다.

"여기 보시면, 일행은 중부내륙고속도로를 지나 문경휴게소에서 하룻밤 머물다가 금일 오전에 부산으로 진입했습니다."

문경휴게소 주차장에 하얀색 7인승 승합차와 그 옆에 방호복을 입은 박 박사 일행의 모습이 상황판에 나타났다.

"부산이요? 부산에는 왜 간 거죠? 부산에 연고라도 있습니까?"

"오늘 저녁에 출항하기로 한 마지막 여객선을 타려 했던 것 같습니다. 승선객 명단에 박기범 박사가 있었습니다."

"후쿠오카로 가려 했다는 겁니까? 후쿠오카에는 무슨 일로 가는 걸까요?"

"후쿠오카를 경유해서 라스베이거스로 가려고 한 것 같습니다."

비서실장이 대답했다.

"라스베이거스요?"

대통령이 눈을 번쩍 떴다.

"네. 아마도 아내에게 가려는 것 같습니다. 박기범 박사의 아내가 지난 10월 25일에 미국 라스베이거스 해리 리드 공항에 입국한 것으로 확인됐습니다."

"무슨 일로 라스베이거스에 갔을까요?"

"미국 내에서의 이동 경로를 알려면 미군의 협조가 필요합니다."

과학기술정보통신부 장관이 말했다.

"할 수 없군요. 그 일행은 이제 어디로 갈까요?"

"그건 저도 잘… 모르겠습니다."

비서실장이 머리를 긁적이며 고개를 저었다.

"알겠습니다. 계속해서 추적하세요."

* * *

나는 선뜻 차에 타지 못하고 머뭇거렸다. 이쯤에서 나는 혼자서 방법을 찾아보겠다는 말이 입 안에서 맴돌았다. 무리 지어 다니기보다 혼자 다니는 게 좀비들 눈에도 덜 띌 것이다.

"뭐해요? 빨리 안 타고?"

보안요원이 차에 타려다 말고 나를 넘어다봤다.

"그게 저… 저는 이쯤에서…"

배낭의 어깨끈을 질끈 쥐고서 뒷걸음질 치려는데, 노인이 내 등을 툭 쳤다.

"어서 타시오. 비 오기 전에 어서 가야지, 안 그럼 길바닥에서 자야 할지도 몰라."

"그래요. 어서 타세요."

챔피언이 대수롭지 않게 말하며 차에 올라탔다. 나는 등 떠밀리듯 얼떨결에 차에 올라탔다. 동력을 잃은 듯이 힘이 쭉 빠져버렸다.

"아이는 좀 어떻소?"

내 마음을 아는지 모르는지 노인이 밝은 목소리로 말했다.

"부산에 도착한 후로는 괜찮아졌어요."

아이 엄마가 아이 볼을 쓰다듬자, 아이가 배시시 웃었다. 아이는 휴게소에서 출발할 때보다 생기가 넘쳤다. 두 사람의 짧은 대화가 끝나자, 차 안은 이내 무거운 침묵이 흘렀다. 배에 타지 못할 거라곤 그 누구도 생각지 못했을 것이다. 계획대로, 예상한 대로 되지 않는 게 삶이라지만, 눈앞에서 희망이 사라지자 허탈함을 감출 수 없었다. 미국으로 갈 수 있는 마지막 교통수단을 놓친 거나 다름없었다.

우리는 왔던 길을 되돌아 을숙도 하굿둑을 지나 김해 반대 방향인 가덕도 방면으로 내달렸다. 하늘은 조금 전보다 더 끄물거렸다. 과연 비가 오기 전에 별장에 도착할 수 있을까.

"날씨가 흐려 태양열이 충전되지 않네요. 남은 배터리로 90km를 갈 수 있을지 모르겠습니다."

잠시 후, 우리는 가덕도로 접어들었다. 저 멀리 바다를 메꿔 만든 두 개의 활주로가 바다 위에 떠 있었다. 눈앞에 공항이 있는데, 비행기만 타면 캘리포니아로 곧장 날아갈 수 있을 텐데, 웬 고생을 하고 있는 걸까. 일행도 나처럼 텅 빈 활주로에서 눈을 떼지 못했다.

가덕도를 지나 가덕도와 거제도 사이 바다 밑을 지나는 해저터널로 접어들었다. 이 해저터널만 지나면 거제도에 다다른다고 머릿속 AI가 말했다. 터널 안에는 조명등이 모두 꺼져있었다. 빛도 조명도 없는 터널엔 아무것도 보이지 않아, 오직 하향등에 의지한 채 앞으로 나아갔다. 내리막길을 따라 바다 밑으로 내려가는데, 아이가 찡찡거렸다.

"엄마. 쉬 마려워."

아이 엄마가 난처한 얼굴로 우리를 힐끔 봤다.

"아이가 화장실이 가고 싶은가 보오."

노인이 보안요원을 보며 말했다.

"휴게소까진 15분 정도 더 가야 하는데, 정 급하면 차를 세우고 차 뒤에서라도 일을 보는 게 어때요?"

보안요원이 룸미러로 뒷좌석을 힐끗 보며 말했다. 아이 엄마가 고개를 끄덕이자, 보안요원은 차를 세웠다. 아이 엄마는 아이를 데리고 밖으로 나가 차 뒤로 걸어갔다. 문이 열리고 닫히는 짧은 순간, 바닷물의 짠 내와 퀴퀴한 곰팡내가 뒤섞인 축축한 공기가 차 안으로 밀려들었다. 손을 들어 코를 막으려던 그때, 우당탕 소리가 터널 안에 울려 퍼졌다. 일행과 내가 뒤돌아보는 사이, 아이 엄마가 아이를 안고 헐레벌떡 차에 올라탔다.

"무슨 소리예요?"

보안요원이 아이 엄마를 돌아보며 물었다.

"모르겠어요. 아이가 낸 소리는 아니에요."

그때, 또다시 끼익하는 소리와 함께 우당탕 쇳소리가 울리더니 뒤이어 사람들의 말소리와 웃음소리가 났다.

"터널 안에 사람들이 있나 봐요."

보안요원이 검지를 입술에 갖다 댔다. 다들 숨죽인 채 바깥소리에 귀를 기울였다.

"전조등을 끄는 게 좋겠소."

노인이 속삭였다. 하향등을 끄자, 칠흑 같은 어둠이 찾아왔다. 챔피언은 야간투시경으로 갈아 끼운 드론을 앞으로 날렸다. 드론이 터널 출구까지 날아갔지만, 사람은 없었다.

"반대 차선에서 난 소린가 봐요."

챔피언이 말했다.

"어서 터널을 벗어나는 게 좋겠어요."

아이 엄마가 재촉했다. 보안요원은 서둘러 차를 몰았고, 차가 시속 120km로 달려 나가자, 바닥에 고여있던 바닷물이 쉴 새 없이 튀어 올라 창문을 때렸다. 마치 바닷속으로 빨려 들어가는 것만 같았다. 내 심장은 5,000rpm으로 치솟는 듯했다.

얼마 지나지 않아 사위가 점점 밝아지더니 어느새 터널을 빠져나왔다. 바로 그때였다. 반대 차선에서 빠져나온 픽업트럭이 우리를 뒤쫓아왔다.

＊

대통령과 장관들이 모처럼 숙소에서 쉬고 있었다. 말이 휴식이지 한 공간에 다 함께 모여있어 쉬어도 쉬는 게 아니었다. 확장 공사를 해뒀어야 했다. 코딱지만 한 방이라도 혼자만의 공간을 만들어 뒀어야 했다. 물론 비상 상황에서 혼자만의 공간을 요구하는 건 사치일지도 모른다. 하지만 그러잖아도 비상 상황으로 신경이 곤두서 있는데 잠시라도 혼자 쉴 수 없으니 다들 신경이 예민해질 대로 예민해졌다. 마치 일거수일투족 감시당하는 것만 같았다. 그렇게 불편한 휴식을 취하고 있던 그때, 스피커에서 경보음이 울렸고, 놀란 장관들이 헐레벌떡 밖으로 뛰어나갔다. 숙소엔 대통령 혼자 덩그러니 남았다.

잠시 후, 안보실장이 돌아왔다.

"대체 무슨 일입니까?"

대통령이 물었다.

"좀비 수십 명이 중앙 계단으로 침입했습니다. 어서 대피하셔야 합니다."

안보실장이 다급하게 말했다.

"좀비들이요? 좀비들이 여길 어떻게… 아니, 어, 어디로 대피합니까? 여기보다 안전한 곳이 대체 어디…"

대통령의 시선이 허공을 떠다녔다.

"CP 탱고(Command Post Theater Air Naval Ground Operations)로 가기로 했습니다."

안보실장이 초조한 눈으로 문을 힐끔 봤다.

"CP 탱고요?"

"CP 탱고는 비상 상황에 외부의 지원 없이 두 달 동안 버틸 수 있습니다. 핵이나 EMP 공격에도 안전한 데다 규모도 일만 평이나 되니 청와대 인원이 임시로 지내기에 적합할 겁니다."

"미군 측 동의를 얻은 건가요?"

대통령이 난처한 얼굴로 물었다. 청계산 화강암 속에 강력한 철근 콘크리트로 만든 CP 탱고는 주한 미군과 대한민국 국군이 각종 위성과 정찰기가 보내온 첩보를 실시간으로 분석하여 지휘하고 통제하는 곳으로, 출입이 엄격하게 제한되어 있었다.

"네. 한미연합사령관이 대통령님을 모시고 오라고 했습니다. 어서 서두르셔야 합니다."

안보실장이 말했다. 대통령은 안보실장을 따라 지하 주차장으로 내려갔다. 지하 주차장에는 대통령 전용 방탄차와 군용버스가 대기하고 있었다. 대통령과 장관들은 허둥지둥 차에 올라탔다.

잠시 후, 방탄차와 군용버스 이십여 대가 줄지어 청와대를 벗어났다. 대통령과 장관들은 가는 내내 신경을 곤두세웠다. 거리에는 간혹가다 차들이 지나가긴 했으나, 사람은 보이지 않았다. 국민은 모두 어디에 있을까.

두 시간 남짓 걸려 목적지인 경기도 성남의 CP 벙커에 도착했을 땐, 다들 녹초가 돼버렸다. 대통령과 장관들은 어깨를 늘어뜨리며 차에서 내렸다.

"어서 오십시오."

한미연합사령관이 입구에 나와 대통령과 장관들을 맞이했다.

"이곳은 대한민국에서 가장 안전한 곳입니다. 탱고 안 '스키프(SCIF)'라는 정보통제실에서 대한민국의 깊은 바닷속부터 우주까지 낱낱이 파악하고 있으니 안심하고 지내셔도 됩니다. 다만, 이곳 스키프는 한반도 상공을 감시하는 정찰위성과 대북 감시정보는 물론 미국 본토의 중앙정보국(CIA), 국방정보국(DIA)이 파악한 최신 첩보를 실시간으로 받고 있어 한국군 고위관계자도 들어올 수 없으니 이점 양해 부탁드립니다."

이로써 대통령과 장관들은 미국으로 떠나기 전, 미군과 한솥밥을 먹게 되었다.

그날 밤, 대통령은 장관들을 소집했다. 장관들은 임시로 마련된 상황실에 모여 앉았다.

"지금은 비상 상황입니다. 우리 대한민국은 청와대마저 잃었습니다. 참담하기 그지없습니다. 그래도 며칠 후면 우리는 새로운 도약을 위해 미국으로 떠날 것이고, 좀비들을 통제할 수 있는 기술을 개발한 다음, 다시 대한민국으로 돌아올 겁니다. 부디 며칠만 더 견디어 살아남읍시다."

"……"

장관들은 초점 없는 눈으로 허공을 응시했다.

* * *

검은색 픽업트럭은 빠른 속도로 우리를 뒤쫓아왔다.

"차 소리를 듣고 쫓아왔나 봐요."

챔피언이 뒤돌아보며 말했다.

"어떡할까요? 뭐라도 던져볼까요?"

챔피언이 몸을 완전히 뒤로 돌린 채 물었다.

"총 있었잖아요! 그 총 어딨어요? 어서 총 좀 줘봐요."

나는 보안요원을 보며 다급하게 말했다. 보안요원이 글로브박스로 손을 뻗은 그때, 노인이 말했다.

"그러지 말게. 폭력은 폭력을 부르는 법이오. 우리가 할 수 있는 건 빠르게 따돌리는 수밖에 없소."

노인은 룸미러로 보안요원의 눈을 지그시 바라봤다. 보안요원은 고개를 끄덕이며 속도를 높였다. 차는 시속 140km로 치솟았다. 나는 배터리 잔량을 확인했다. 배터리는 눈금 한 칸만큼 남아있었다. 남은 배터리로는 시속 60km 속도로 60km 정도 갈 수 있지만, 이 속도로는 40km도 채 못 갈 것이다. 설상가상으로 목적지까지는 50km 남짓으로, 우리는 목적지까지 가지 못할 것이다.

"어떡하죠? 계속 쫓아오는데요?"

챔피언이 앞뒤 유리창을 번갈아 보며 말했다. 그때였다. 펑 하는 소리와 함께 뒷유리창이 와장창 깨졌다. 깜짝 놀라 뒤돌아보니, 뒷좌석에 탄 사람들이 몸을 숙인 채 미동이 없었다.

"괜, 괜찮아요?"

나는 조심스레 물었다.

"전, 괜찮아요."

"나도 괜찮소."

"저도, 아이도 괜찮아요."

다들 몸을 숙인 채 숨죽여 말했다.

"저기, 저 앞에서 왼쪽 길로 빠져 저 아파트로 들어가세. 주차장에 차들이 많을 테니 차들 사이에 숨는 게 좋겠소."

노인이 대로변 옆에 우뚝 솟은 아파트를 가리켰다. 보안요원은 노인이 시키는 대로 대로를 빠져나와 아파트 주차장으로 향했다. 주차장엔 차들이 빽빽이 주차되어 있었다. 우리는 지하로 내려갔다. 등 뒤에서 끼익하는 소리가 났다. 픽업트럭은 우리를 맹렬히 쫓아왔다.

"숨으려면 좀 더 빨리 가야겠소."

노인이 재촉했다. 보안요원은 마지막 층인 지하 3층까지 내려갔다. 지하 3층에는 가지각색의 차가 수백 대나 주차되어 있었다. 나는 주차할 곳이 있나 훑어봤다.

"저기! 저기에 빈자리 있어요."

나의 스마트렌즈가 단번에 빈자리를 찾아냈다. 보안요원은 내가 가리킨 곳으로 갔다. 구석진 곳에 한 자리가 비어있었고, 차는 허둥대지 않고 빈자리에 스스로 주차했다. 그때, 픽업트럭이 내려왔다.

"모두 엎드려요!"

보안요원은 다급히 시동을 껐다. 트럭은 속도를 늦춰 주차장을 돌아다녔다. 어떡하지. 깨진 뒷유리창을 보면 단번에 알아차릴 텐데. 어쩌면 차종과 번호판을 외웠을지도 모른다.

"밖으로 나가 숨는 게 어때요? 차를 알아볼 것 같은데."

나는 몸을 숙인 채 속삭였다.

"좋은 생각이오."

"움직이다가 들키면요?"

챔피언이 물었다.

"뒤쪽 벽에 바짝 붙어 이동하면 될 겁니다."

보안요원이 말했다.

"만약 밖으로 나갔다가 숨을 곳이 없으면요?"

아이 엄마가 불안한 얼굴로 물었다.

"저기! 바로 옆에 시설실이 있소."

노인이 창밖을 가리켰다. 고개를 빼꼼 내밀어보니 트럭은 반대편으로 가고 있었다.

"좋습니다. 어서 나갑시다."

챔피언이 제일 먼저 문을 열고 밖으로 나갔다. 그 뒤로 노인과 아이, 그리고 아이 엄마와 보안요원이 뒤따라갔다. 나도 맨 뒤에서 일행을 뒤쫓아갔다. 우리는 허리를 숙인 채 살금살금 시설실로 걸어갔다.

철컹. 앞쪽에서 철문이 열렸다. 트럭은 반대편을 훑은 뒤, 이쪽으로 다가오고 있었다. 설마 우리를 본 건 아니겠지.

"서둘러요. 이쪽으로 오고 있어요!"

나는 다급하게 말했다. 한 명씩 시야에서 사라지더니, 어느새 내 차례가 되었다. 나는 시설실로 몸을 날렸다.

"악."

나는 그만 문턱에 걸려 철퍼덕 넘어져 버렸고, 챔피언이 황급히 문을 닫는 바람에 발이 문과 문틈 사이에 끼어버렸다.

"어서요!"

챔피언의 재촉에 나는 낑낑거리며 발을 집어넣었다. 쿵. 문이 닫혔다. 나는 숨죽여 고통을 참았다.

"괜찮아요?"

아이 엄마가 걱정스러운 눈으로 나를 바라봤다. 나는 마지못해 고개를 끄덕였다.

"우리를 봤을까요?"

챔피언이 떨리는 목소리로 속삭였다.

"쉿!"

노인이 손가락을 입술에 갖다 댔다. 그때, 문밖에서 차 문이 열리는 소리에 이어 발소리가 났다. 우리를 쫓아온 사람은 두 사람이었다.

주차장 쪽으로 난 루버 창틈으로 빛이 새어 들어왔다. 나는 루버 창 앞으로 다가갔다. 뒤따라온 챔피언이 루버 틈으로 드론을 날려 보냈다. 일행은 챔피언의 스마트폰 주위로 모였다. 픽업트럭은 우리 차 앞에 멈춰 서 있었다. 우리 차를 알아보고서 멈춘 모양이었다. 피부가 갈색으로 그을린 놈들이 우리 차 앞으로 걸어갔다. 한 놈이 우리 차를 둘러보다 깨진 뒷유리창을 보자, 다른 한 놈에게 손짓했다.

그때였다.

"엄마. 배고파."

아이가 말했다. 아이 엄마는 아이의 입을 틀어막았다. 그 순간, 뒷유리창을 보던 놈이 고개를 쳐들어 주위를 살피며 차 앞으로 걸어 나왔다. 그러는 동안 다른 한 놈이 차 트렁크에 손을 갖다 댔다. 트렁크에는 챔피언이 가지고 온 식량이 들어 있었다. 식량을 뺏겨버릴까 봐 조마조마하던 그때,

댕그랑--

쇳덩이가 어딘가에 부딪히는 소리가 났다. 챔피언이 드론을 차 보닛 위에 떨어뜨린 소리였다. 놈들이 고개를 번쩍 들었다. 놈들은 파리만 한 드론을 발견하지 못했다. 챔피언은 다시 드론을 띄워 천장에 달린 우수관을 탕탕 두드렸다. 놈들은 홀린 듯이 소리 나는 쪽으로 좇아갔다. 드론은 주차장 안쪽 깊숙한 곳으로 놈들을 데려갔다.

놈들이 시야에서 사라지자, 보안요원이 문을 열고 밖으로 나갔다.

"어서 갑시다!"

우리는 보안요원을 따라 시설실 밖으로 달려 나갔다. 챔피언은 드론으로 놈들을 유인하며 일행을 뒤따라갔다. 나는 일행을 뒤따라가다 말고, 놈들의 차 앞으로 걸어갔다.

"뭐해요?"

챔피언이 뒤돌아봤다. 나는 먼저 가라고 손짓했다. 할 일이 있었다. 조금 전에 시설실 바닥에서 주운 못을 꺼내어 놈들의 차 조수석 쪽 바퀴를 찔렀다. 생각보다 쉽지 않았다. 등 뒤에서 시동이 걸리는 소리에 이어 차 바퀴가 움직이는 소리가 났다. 어서 서둘러야 한다. 나는 두 손으로 힘껏 못을 쑤셔 넣었다. 못이 바퀴가 아닌 내 손을 파고드는 것 같았다.

"억!"

다행히 못이 타이어 깊숙이 박혔다. 보안요원이 차창 너머로 초조한 듯 바라봤다.

"서둘러요!"

챔피언이 속삭이듯 외쳤다. 나는 얼른 운전석 쪽 바퀴에도 또 다른 못을 쑤셔 넣었다. 그사이 차는 내게 바짝 다가왔다.

"어서 타요!"

내가 차에 올라타자마자 차는 주차장 출구를 지나 지하 2층으로 올라갔다. 등 뒤에서 우당탕 달려오는 놈들의 발소리와 함께 드론이 창문으로 되돌아왔다. 잠시 후, 우리는 주차장을 빠져나와 왔던 길을 되돌아갔다. 놈들은 더는 쫓아오지 않았다.

"우리를 왜 쫓아왔을까요?"

챔피언이 물었다.

"약탈하려는 게지요. 저들은 굶주렸을 테니까."

노인이 대답했다.

"음식을 조금 나눠주고 올 걸 그랬나 봐요."

아이 엄마가 혼잣말하듯 속삭였다. 차 안은 숙연해졌다.

"얼마나 남았어요?"

대로로 접어들자, 챔피언이 물었다.

"이제 35km 남았어요."

보안요원이 대답했다. 창밖으로 '옥포항'이라고 적힌 이정표가 지나갔다. 그 옆으로 몽골의 게르처럼 생긴 건축물이 줄지어 있었다. 렌즈를 통해 인식한 건축물에 대해 머릿속 AI는 이렇게 말했다. 거제도는 해양클러스터로 지정된 섬으로, 바다에서 어패류가 모두 사라지기 전에 포획한 어패류를 거대한 수조에서 키운 다음, 조금씩 바다에 방류해서 수온에 적응시키는 연구를 계속하고 있다. 그렇다. 게르처럼 생긴 것들은 우리가 먹는 생선을 양식하는 수조다. 옥포항을 지나 장승포항, 지세포항, 구조라항을 지날 때까지도 원형 수조 행렬은 끊이지 않았다. 해안가에는 거대한 수조뿐만 아니라 어선들도 정박해 있었다. 어패류를 바다에 방류할 때 쓰는 어선인 모양이었다.

"놈들에게서 도망치느라 배터리를 너무 많이 소모했어요. 이대로라면 목적지까지 갈 수 없을 겁니다. 일단 갈 수 있는 데까지 가보긴 하겠지만, 도중에 충전해야 할 거예요. 충전소가 보이면 알려주세요."

보안요원이 말했다. 하늘을 올려다봤다. 하늘이 잿빛으로 물들었다. 금방이라도 폭풍우가 몰아칠 것만 같았다. 그렇게 10분쯤 지났을 때였다. 보안요원이 한숨을 내쉬었다.

"이러다간 길에서 밤을 보내야 할 것 같네요."

배터리 경고등이 깜빡거렸다. 남은 거리는 8km. 배터리 경고등이 깜빡이는 거로 봐선, 8km는커녕 5km도 못 가 멈출 것이다.

"곧 비가 쏟아질 것 같아요."

챔피언이 진저리를 쳤다. 나는 지난밤의 악몽이 떠올랐다.

* * *

머릿속으로 인근의 배터리 충전소를 검색하던 그때, 아이 엄마가 공원을 가리켰다.

"저기에 충전기가 있지 않을까요?"

"만약 공원에 충전기가 없으면, 오늘 밤은 공원에서 밤을 보내야 할 겁니다. 어떡할까요?"

보안요원이 속도를 줄이며 일행의 의견을 물었다.

"한번 가보죠."

챔피언이 말했다.

"그래요. 갑시다. 이 도로 위에서 밤을 보내나 저기서 보내나 매한가지 아니오."

노인이 말했다. 나도 같은 생각이었다. 선택의 여지가 없었다.

우리는 천천히 공원으로 들어갔다. 일행은 한시라도 빨리 충전기를 찾으려 창밖으로 고개를 돌렸다. 막 공원 주차장으로 들어선 그때, 챔피언이 소리쳤다.

"저기에 있어요!"

드론으로 주차장을 훑던 챔피언이 주차장 한구석에 설치된 충전기를 찾았다. 남은 거리는 50m 남짓. 보안요원의 이마에 땀이 송골송골 맺혔다. 보안요원의 마음을 아는지 모르는지 뒷좌석에선 안도의 한숨이 터져 나왔다. 그리고 그 한숨이 채 가시기도 전에 차가 멈춰버렸다. 한파가 불어닥친 듯 차 안의 공기가 얼어붙었다. 젠장. 고작 5m를 남겨놓고 멈춰버리다니.

"일단 내려봅시다."

노인이 얼어붙은 공기를 깨뜨렸다. 우리는 문을 열고 밖으로 나갔다. 서늘한 바람이 몸을 휘감았다. 우리는 오들오들 떨며 보안요원이 충전 선을 끌고 오는 걸 지켜봤다. 충전 선은 보닛에 닿았다.

"안 돼요. 닿질 않아요."

보안요원이 고개를 저었다. 보안요원의 입에서 입김이 뿜어져 나왔다.

"다 함께 차를 미는 게 어때요?"

나는 일행을 돌아보며 물었다. 일행은 말없이 차로 달라붙었다. 나와 보안요원은 보닛 밑을, 챔피언과 노인, 아이 엄마는 트렁크 밑에 손을 넣었다. 아이도 뒷좌석 문 옆에 달라붙어 손을 넣는 시늉을 했다.

"좋습니다. 제가 하나 둘 셋 하면 다 같이 차를 들어 여기까지 오는 거예요."

보안요원이 충전 선을 눈으로 가리켰다.

"자! 하나. 둘. 셋!"

나는 차를 힘껏 들었다. 들었다고 생각했지만, 차는 땅에서 겨우 종이 한 장쯤 떠올랐다. 우리는 다섯 명이었지만, 세 명이나 다름없었다. 게다가 배터리 때문에 차가 생각보다 무거웠다.

"다시 한번 해봐요."

챔피언이 말했다. 차를 들어 옮기는 것 말고는 달리 다른 방법이 없다는 걸 알기에 누구도 토를 달지 않았다. 공원에서 노숙하고 싶지 않은 건 모두 한 마음이었다.

나는 다리를 조금 더 넓게 벌리고, 허리를 숙여 차 하부로 손을 깊숙이 집어넣었다.

"다들 준비되셨나요?"

"준비됐습니다."

"저도요."

"저도 준비됐어요."

"좋습니다. 자! 하나, 둘, 셋!"

보안요원이 외쳤다.

"억!" 힘주는 소리와 함께 차가 정강이만큼 들렸다.

"좋아요. 이만큼도 괜찮아요. 이대로 옆으로 밉시다!"

보안요원이 끙끙거리며 말했다. 보안요원의 지시대로 우리는 들어 올린 차를 충전기 쪽으로 2m가량 옮겼다.

"자! 됐습니다. 조심해서 내려놓죠."

차가 바닥에 닿자, 우리는 모두 뒤로 나자빠졌다. 보안요원이 일어나 충전기를 꼽는 동안, 나는 그대로 누워 하늘을 올려다봤다. 몸에서 아지랑이가 피어올랐다. 영희 생각도 아지랑이처럼 피어올랐다. 영희는 내가 이렇게 고생하고 있는 걸 알까.

그때, 차가운 무언가가 얼굴에 툭 떨어졌다. 손을 들어 닦으려는데 아이가 소리쳤다.

"엄마! 눈이야! 눈!"

거짓말처럼 하늘에서 진눈깨비가 흩날렸다.

"날씨가 나빠지기 전에 어서 가는 게 좋겠소. 별장에 충전기가 있으니 남은 거리만큼 갈 수 있을 정도만 충전합시다."

노인이 말했다. 잠시 후, 보안요원이 충전기를 뽑았다.

"이 정도면 목적지까지는 갈 수 있을 거예요."

"좋소. 얼마 남지 않았으니 조금만 더 힘을 냅시다."

노인이 아이를 차에 태우며 말했다. 나도 힘겹게 몸을 일으켜 차에 올라탔다. 그렇지 않아도 땀이 식으면서 몸이 덜덜 떨리던 참이었다.

해안도로를 따라 10분쯤 달렸을 때였다. 노인이 창밖을 가리켰다.

"저 언덕 위에 있는 저 집이오."

노인이 가리킨 곳엔 외부와 단절된 집 한 채가 덩그러니 있었다. 하늘과 맞닿을 듯한 언덕 위에 지어진 집은 바다를 내려다보고 있었다.

잠시 후, 우리는 별장 앞에 다다랐다. 보안요원은 집 앞마당에 차를 세웠다. 다들 숨죽인 채 집을 바라봤다.

"안에 사람이 있는지 드론을 날려볼게요."

챔피언이 창문을 내려 드론을 날려 보냈다. 드론은 넓은 마당을 지나 통유리창 앞으로 다가갔다. 유리창 너머로 보이는 거실은 사람의 온기라곤 찾아볼 수 없이 휑했다. 4면으로 난 유리창을 따라 시계방향으로 돌며 집안을 살폈지만, 주방에도 거실에도 방에도 사람은 없었다. 2층도 마찬가지였다.

"아무도 없어요."

드론으로 확인이 끝나자, 챔피언이 차에서 내렸다. 나도 따라 내렸다. 챔피언과 나는 살금살금 마당을 가로질러 현관문 앞으로 다가갔다. 챔피언은 조금도 주저하지 않고 현관문을 잡아당겼다. 문은 굳게 잠겨있었다. 당연했다. 빈집이라 해도 엄연히 소유자가 있는 별장이었다.

"창문이 열려있는 곳이 있는지 찾아봅시다."

나는 시계방향으로 돌았다. 챔피언은 시계 반대 방향으로 발을 뗐다. 창문이라는 창문은 모두 열어보았지만, 창문도 모두 잠겨있었다.

"어떡하죠?"

챔피언이 울상이 되어 나를 바라봤다.

"창문 하나를 깨는 건 어떨까요?"

90km나 되는 거리를 죽을 고비를 넘겨 가며 왔는데, 이대로 길바닥에서 잘 순 없었다. 어떻게든 이 별장 안으로 들어가야 한다.

"창문이 두꺼워서 쉽지 않을 것 같아요. 깨질 만큼 얇은 창문이 있는지 한번 찾아볼게요."

챔피언이 애써 실망감을 감추며 말했다. 그때, 차에 두고 온 드론이 우리 곁을 맴돌았다. 따라오라는 뜻인 것 같았다. 챔피언과 나는 드론을 따라갔다. 드론은 집 뒤편 주방 창 앞에서 멈췄다. 주방 창이 반쯤 열려있었다. 주방 창은 가슴 높이에 있는 데다 성인이 들어가기엔 턱없이 작았다. 이 자그마한 창이 우리의 유일한 희망이었다.

창문을 활짝 열어젖혀 팔을 집어넣었다.

"어쩌려고요? 들어가시게요?"

챔피언이 실실 웃었다.

"방법이 없잖아요."

나는 창틀을 짚고 발돋움하여 뛰어올랐다.

"자, 잠깐만요! 누가 오고 있어요."

챔피언이 검지를 입술에 갖다 댔다. 멀지 않은 곳에서 발소리가 났다. 누군가가 다가오고 있었다. 드론으로 봤을 땐, 아무도 없었는데 누굴까. 챔피언과 나는 숨죽인 채 귀를 쫑긋 세웠다. 발소리는 점점 더 가까워졌다. 나는 챔피언에게 차로 도망가자고 눈짓했다. 챔피언은 고개를 까딱였다. 챔피언과 나는 도둑고양이처럼 살금살금 걸어갔다.

그때였다. 발소리가 점점 빨라지더니 우리에게로 후다닥 달려왔다. 나는 마당으로 전력 질주했다.

"저깄다!"

등 뒤에서 아이 목소리가 들렸다. 나는 달리기를 멈추고 뒤돌아봤다. 아이 엄마와 아이가 주방 창으로 걸어오고 있었다. 머쓱해진 나는 주방 창으로 되돌아갔다.

"동하가 들어갈 수 있을 거예요."

아이 엄마가 말했다. 아이 이름이 동하인가 보다.

"안 돼요. 아이 혼자 안으로 들여보내는 건 위험해요."

나는 동하를 내려다봤다. 동하는 아무것도 모른 채 배시시 웃었다.

"안에 아무도 없는 거 확인했잖아요. 괜찮을 거예요."

동하 엄마가 무릎을 꿇고 동하 손을 잡았다.

"동하야. 여기로 들어가서 저기 저 현관문 열어줄 수 있지?"

동하는 눈을 초롱초롱 반짝이며 고개를 끄덕이더니 달리기 선수처럼 두 주먹을 쥐었다. 하는 수 없이 챔피언과 나는 열린 창문 안으로 드론을 날려 보낸 다음, 동하를 안아 창문으로 밀어 넣었다. 동하는 발을 버둥거리더니 바닥에 발을 디뎠다.

"동하야. 드론을 따라와."

챔피언이 장난스럽게 말했다. 동하는 키득키득 웃으며 드론을 따라 거실로 달려갔다. 나와 동하 엄마, 그리고 챔피언도 현관문 앞으로 달려갔다. 현관문 앞에 막 다다른 그때, 동하가 문을 활짝 열어젖혔다.

"성공!"

동하는 우스꽝스러운 표정을 지으며 허공에 어퍼컷을 날렸다. 동하 행동에 우리는 웃음보가 터졌다. 아. 이렇게 웃어본 게 얼마 만이지. 나는 아파트를 벗어난 후로, 아니 수술 이후로 처음으로 소리 내어 웃었다.

드론으로 확인한 것처럼 별장 안에는 아무도 없었다.

"운전하느라 고생했소. 자네는 소파에 앉아 좀 쉬게."

노인이 트렁크에서 꺼낸 짐을 들고 들어오며 보안요원에게 말했다. 보안요원은 옅은 미소를 지으며 고개를 끄덕였다.

"그래요. 짐은 우리가 들고 올 테니 소파에 누워서 좀 쉬어요."

나까지 거들자, 보안요원은 마지못해 소파에 기대어 앉았다. 나는 차 트렁크에 있던 짐들을 모두 꺼내와 거실에 늘어놓은 다음에야 집을 둘러봤다. 집엔 딱 필요한 가구와 집기만 있을 뿐 옷이나 살림살이는 없었다. 노인의 말대로 누군가가 별장으로 쓰는 집인 모양이었다. 방은 1층에 2칸, 2층에 2칸씩 있었다. 1층에는 동하와 동하 엄마, 노인이 쓰기로 하고, 2층에는 나와 챔피언, 그리고 보안요원이 쓰기로 했다. 우리는 각자 자기 짐을 옮기고서 다시 거실로 모였다.

"다들 고생들 했소."

노인이 소파에 앉자, 나와 챔피언, 그리고 동하 엄마도 따라서 앉았다. 오랜 시간 동안 차에 갇혀 지낸 동하는 두 팔을 벌려 거실을 뛰어다녔다.

"해결책을 찾는 데는 좁은 차 안보다는 그래도 집이 나을게요. 오늘 밤은 각자 자유롭게 쉬면서 해결책을 고민해 봅시다."

노인이 미소를 지으며 한 명씩 눈을 맞췄다. 우리는 가져온 비상식량으로 허기진 배를 채운 뒤 뿔뿔이 흩어졌다.

나는 2층 구석진 방으로 들어갔다. 침대에 누워 팔베개하고서 천장을 바라봤다. 해결책이 뭐가 있을까. 찾으라는 해결책은 떠오르지 않고, 동하의 뜀박질에 머리만 쿵쿵 울렸다. 그리고 차에 있을 땐 몰랐는데, 여진이 계속되고 있었다.

2056년 11월 23일

눈을 떴다. 창문으로 빛이 비춰들었다. 벌써 아침이 되었나. 머릿속으로 시계를 떠올렸다. 한 20분 정도 잔 것 같은데, 오전 7시 23분이었다. 어제 저녁 7시에 방으로 들어왔으니, 12시간이나 잠이 들었나 보다. 전기를 충전하면 작동되는 기계와는 달리 인간의 몸뚱이는 먹여주고, 재워줘야 맨정신을 유지할 수 있다. 기계는 전기를 충전하지 않으면 작동하지 않을 뿐이지만, 인간의 뇌는 여러 부작용을 유발한다. 동료 뇌과학자의 말에 따르면, 인간은 일정 시간 잠을 자지 않으면, 뇌세포가 손상되어 감정조절 중추가 망가져 폭력적인 행동을 보일 수 있다고 했다. 인간도 전기차처럼 충전기를 꽂아 충전할 수 있다면 얼마나 좋을까. 이참에 전기차처럼 30분 만에 급속 충전할 수 있는 캡슐을 개발해 볼까. 진공관 같은 곳에 들어가면 30분 동안 숙면을 유도하고, 하루치 열량을 몸에 채워주는 그런 캡슐 말이다.

그나저나 왜 아무도 나를 깨우지 않았을까. 밤새 아무 일도 없었던 걸까. 1층으로 내려가 보려고 몸을 일으키려는데, 몸이 욱

신거리고, 살갗이 스치기만 해도 따끔거렸다. 손을 들어 이마를 짚어보니 이마가 불덩이였다. 젠장. 열이 난다는 건 나의 백혈구가 병원균과 싸우고 있다는 뜻인데… 설마… 아니겠지. 아니어야 하는데.

나는 겨우 몸을 일으켜 1층으로 내려갔다. 노인과 보안요원이 소파에 앉아 있었다.

"잘 잤소?"

노인이 웃는 얼굴로 돌아봤다.

"간밤에 아무 일도 없었나요?"

나는 쭈뼛거리며 소파에 앉았다. 열이 난다는 건 일행에게 말하지 않는 게 좋을 것 같다. 괜한 불안감을 조성해서 좋을 게 없으니.

"중대한 일이 생기긴 했소."

노인이 턱으로 창밖을 가리켰다. 나도 따라 창밖으로 눈을 돌렸다. 주위가 온통 새하얗게 변해있었다. 밤새 내린 눈이 유리컵에 담아놓은 것처럼 쌓여있었다.

"우리 다 눈사람이 될 뻔했어요."

보안요원이 너스레를 떨었다. 눈 쌓인 바깥과는 달리 실내는 훈훈했다. 천장에 달린 냉난방기에서 따뜻한 바람이 나오고 있었다. 따뜻한 곳에서 평온한 시간을 보내서인지, 어제의 고생이 눈 녹듯 잊혔다. 노인은 창밖 풍경에 눈을 떼지 못했다. 노인의 시선은 눈 쌓인 언덕 너머로 펼쳐진 푸른 바다에 가닿아 있었다.

"어르신. 뭘 그렇게 보세요?"

"저기 말일세. 저 물마루처럼 보이는 저곳이 대마도라네."

노인이 수평선을 가리켰다. 까마득한 수평선에 언덕 같은 무언가가 마치 신기루처럼 아른거렸다. 생각했던 것보다 일본은 더 가까이 있었다. 왠지 헤엄쳐서 갈 수 있을 것만 같았다.

나는 머릿속으로 일본 공항을 떠올렸다. 생존한 일본 국민을 피난시키기 위해 한시적으로 후쿠오카 공항을 운영한다는 기사가 제일 먼저 떴다. 기사에는 사람들이 발 디딜 틈 없이 들어찬 후쿠오카 공항을 찍은 사진이 첨부됐다. 심장이 뛰었다. 공항이 폐쇄되기 전까지 후쿠오카로 넘어간다면, 피난 행렬에 동참할 수 있지 않을까.

그때, 나의 두통 유발자 동하가 소리를 지르며 달려 나왔다.

"고녀석 참. 힘이 넘치네."

노인은 동하를 보며 싱긋 웃었다. 동하는 밤새 활기를 되찾아 이른 아침부터 거실을 뛰어다녔다. 역시 아이들은 어른보다 충전이 참 빠르다. 에너지 넘치는 동하와는 달리 나는 12시간이나 충전했는데도 영 기운이 없었다. 안타깝게도 인간은 나이가 들수록 에너지 효율이 떨어진다. 인간은 생명 연장의 꿈을 이루기 위해 많은 기술을 개발했고, 이로써 노화는 늦춰지고 생명도 연장되긴 했지만, 노화를 완벽하게 멈추는 기술은 아직 미흡한 단계다.

챔피언과 동하 엄마까지 모두 소파에 모였다. 어제 휴게텔에

서와는 달리 오늘은 모두 평온해 보였다. 그래서인지 왠지 가족처럼 친근하게 느껴지는 것 같기도 했다. 가족… 지금처럼 가족과 모여 앉은 게 언제였던가. 나에게 가족은 영희밖에 없다. 매일 저녁, 영희와 식사하는 시간이 내겐 사람을 마주하는 유일한 시간이었다.

"오랫동안 이곳에 있어야 하진 않겠죠?"

챔피언이 창밖에 쌓인 눈을 스쳐보며 물었다.

"방법을 찾을 때까지는 여기서 머무는 게 안전할 거예요."

보안요원이 대답했다.

"지낼 수 있는 곳을 찾아서 그래도 다행이에요."

동하 엄마가 동하에게 시선을 고정한 채 말했다. 동하는 거실에서 드론을 날리며 놀았고, 챔피언은 드론에서 눈을 떼지 못했다.

"하늘길도 바닷길도 모두 막혔어요. 미국으로 갈 다른 방법은 없을까요?"

챔피언이 물었다.

"후쿠오카 공항은 운영한답니다."

나는 일행을 둘러보며 말했다.

"그럼, 어선을 구해서 후쿠오카로 건너가는 건 어떻소? 여기서 후쿠오카까지는 서울보다 가깝소."

노인이 말했다.

"무슨 수로 어선을 구해요?"

챔피언이 심드렁한 얼굴로 물었다.

"인근에 항구가 많으니 가서 알아보면 되지 않을까요?"

동하 엄마가 말했다.

"산 사람들이 있어야 알아보죠. 오는 길에 사람이라곤 코빼기도 보지 못했잖아요."

챔피언이 시큰둥하게 대답했다.

"스마트 아파트 사람들만 살아남았다고 생각하는 건가요?"

동하 엄마가 챔피언을 돌아보며 물었다.

"물론, 그건 아니에요. 어딘가에 살아남은 사람들은 있겠죠. 각자 자신만의 방법으로 말이에요. 하지만 해안가 지역이나 냉난방 설비가 되어있지 않는 곳에 살던 사람들의 사망률이 높다는 것쯤은 모두가 아는 사실이잖아요?"

챔피언이 말했다.

"항구에 정박해 있는 아무 배나 타고 가는 건 어떻겠소?"

노인이 두 사람을 번갈아 보며 물었다.

"아무 배라고요? 배를 훔치자는 건가요?"

나도 모르게 소리쳤다. 도둑질은 영 내키지 않았다. 좀 더 합법적으로 배를 구할 수는 없을까.

"시간을 두고 좀 더 고민해 봅시다."

보안요원이 말했다. 그때, 동하가 드론을 내팽개치며 달려왔다.

"엄마. 배고파."

동하가 칭얼거렸다.

"허허. 배고프지? 그래. 먹자. 먹어야 생각도 하지."

노인의 말에 다 함께 주방으로 가 레토르트 덮밥으로 상을 차렸다. 나는 입맛이 없어 먹고 싶지 않았지만, 아픈 티를 내지 않으려고 꾸역꾸역 먹었다.

"괜찮으세요?"

동하 엄마가 말했다. 고개를 들어보니 동하 엄마가 나를 보고 있었다. 나는 두 눈을 깜빡거렸다.

"아파 보여서요."

동하 엄마의 손이 금방이라도 내게로 뻗어올 것만 같았다.

"아뇨. 괜, 괜찮아요. 입맛이 없어서 그래요."

나는 허둥지둥 자리에서 일어나 2층으로 올라갔다.

* * *

누군가가 나를 깨우는 소리에 게슴츠레 눈을 떴다. 어둠 속에 한 남자가 서 있었다.

"내려와서 저녁 식사하세요."

챔피언의 목소리였다. 저녁 식사라고. 벌써 저녁이 되었나. 아침 겸 점심을 먹고 잠이 든 것 같은데, 오후 내내 잠이 들었나 보다. 몸을 일으키자, 온몸이 저릿저릿 아팠다. 손을 뻗어 이마를 짚어보니 아침보다 더 뜨거웠다. 입이 바싹 타들어 갔다.

"여기요."

챔피언이 기다렸다는 듯이 물잔을 건넸다. 나는 물을 벌컥벌컥 들이켰다. 물 한 컵을 비운 뒤에야 겨우 정신이 들었다. 챔피언을 따라 1층으로 내려가자, 일행이 나를 힐끔 봤다. 나는 조용히 식탁으로 가서 앉았다. 식탁에는 즉석밥과 통조림이 그럴싸하게 차려져 있었다.

"자. 듭시다. 먹어야 힘내서 뭐라도 시도해 볼 게 아니오."

노인의 말에 일행이 식사를 시작했다. 나는 일행의 눈치를 보며 깨작거렸다. 음식이 아니라 모래알을 삼키는 듯했다. 식사 내내 일행은 나를 힐끔힐끔 쳐다만 볼 뿐, 내게 어떤 말도 하지 않았다. 온종일 잠만 자는 내 모습이 이상해 보일 것이다. 어떡하지. 아프다고 말할까.

막 식사가 끝나갈 때였다. 보안요원이 소파에서 일어나 현관으로 걸어갔다. 우리는 흠칫 놀라 보안요원을 돌아봤다.

"어디 가세요?"

챔피언이 물었다. 챔피언의 눈빛에 불안감이 어렸다.

"걱정하지 마세요. 통화만 하고 금방 돌아올게요."

보안요원은 고개를 까딱이며 마당으로 나갔다. 일행은 소파에 앉아 통유리창 너머로 보안요원을 지켜봤다. 보안요원의 통화는 생각보다 길어졌고, 한 시간이 지날 무렵에야 돌아왔다.

"한국을 떠날 방법을 찾았습니다."

보안요원은 소파에 채 앉기도 전에 말했다. 그는 한껏 상기돼 있었다.

“미국으로 떠나는 비행기를 얻어 탈 수 있을 것 같습니다.”

보안요원이 덧붙여 말했다.

“미국으로 떠나는 비행기요?”

“180여 명의 생존자가 로스앤젤레스로 가기 위해 부산 신공항으로 오고 있답니다.”

보안요원이 두 손을 모으며 말했다.

“공항은 폐쇄됐잖습니까?”

나는 고개를 갸웃거렸다. 지금껏 코빼기도 보이지 않던 사람들이 대체 어디에 모여있다가 운영하지도 않는 공항으로 오고 있단 말인가.

“…음. 이젠 사실대로 말해야겠네요. 사실 저는… 보안요원이 아니라, 한국항공 민항기 조종사 김승만이라고 합니다.”

파일럿이 우리를 쓱 훑어봤다.

“사실… 저도 당신들과 똑같은 아파트 입주민입니다. 아파트를 봉쇄하기 며칠 전, 외부인이 집 앞을 서성거리는 일이 있어 감시카메라를 확인하러 관제센터에 찾아갔었습니다. 원래라면 4인 1조로 운영한다던 보안팀이 그날은 한 명밖에 보이지 않더군요. 자초지종을 물어보니 한 명은 뎅기열, 한 명은 말라리아, 또 다른 한 명은 열사병으로 쓰러져 출근하지 못했다고 하는데, 출근한 그 한 명조차도 상태가 좋지 않아 보였습니다.”

파일럿이 말했다.

“감시카메라 영상을 찾아서 연락을 주겠다던 보안요원에게선

이틀이 지나도록 아무런 연락이 없었습니다. 다시 관제센터에 찾아갔을 땐, 보안요원은 쓰러져있었고요. 이미 죽은 지 수 시간이 지났더군요. 원래라면 출근했어야 하는 보안 2팀도 출근하지 않았죠. 상황이 심상치 않다는 걸 깨닫고 보안요원인 척 아파트를 봉쇄했습니다. 바이러스가 아파트 안에 퍼지게 되면, 저 역시 죽을지도 모른다는 두려움 때문에요."

다들 할 말을 잃었다. 우리 모두 파일럿에게 감쪽같이 속았다. 이사한 지 5년이 지나도록 다른 입주민을 마주칠 일이 없었으니, 그가 같은 입주민이라는 걸 눈치채지 못했다.

"그때부터 관제센터에 앉아 보안요원의 일을 대신하게 됐습니다. 제겐 생존이 달린 문제였거든요. 어떻게든 살아남고 싶었으니까요. 그렇게 온종일 감시카메라를 들여다보기도 하고, 또 SNS를 보기도 하던 중에 우리 아파트 입주민으로 보이는 계정들을 팔로우했습니다."

파일럿이 한 사람 한 사람 눈을 마주쳤다.

"그 무렵, 아파트에 문제가 생겼습니다. 좀비와 전염병이 아니라 에너지 고갈 말입니다. 사람들이 집에서만 생활하자, 전력량이 크게 늘었습니다. 소모되는 전력량이 충전량을 넘어서고 있었죠. 아파트에서 나오지 않았다면, 우린 지금쯤 죽었을지도 모릅니다."

파일럿이 고개를 떨궜다.

"그게 당신이 아파트를 벗어난 이윤가요?"

"네. 맞습니다. 그전까지는 미국에 갈 생각이 전혀 없었습니다만, 그때부터 살기 위해선 아파트를 떠나야 한다고 직감했습니다. 그리고 바로 그때, 팔로워 중 누군가가 미국으로 갈 거라는 게시글을 보았고, 곧장 마음먹었습니다. 저도 미국으로 가겠다고요."

생각해 보니 영희와 연락이 닿은 후로 짐을 싸는 사진을 SNS에 올렸었다. 나 참. 일면식도 없는 이들과 한집에 모여있는 게 바로 그 사진 때문이었다니.

"좋아요. 그건 그렇고, 공항이 폐쇄됐는데 무슨 수로 미국으로 간다는 거예요?"

챔피언이 물었다.

"공항은 폐쇄됐습니다만, 격납고엔 비행기가 있고, 제겐 저와 함께 일했던 동료들이 있습니다."

우리는 서로의 얼굴만 멀뚱멀뚱 쳐다봤다.

"당신 얘긴, 비행기를 훔쳐서 미국으로 가겠다는 건가요?"

나는 보안요원을 쏘아봤다.

"훔치다니요? 우린 절도범이 아닌 대한민국의 생존자로 대한민국을 탈출하는 겁니다."

보안요원은 시종일관 침착한 얼굴로 대답했다.

"나중에 문제가 되지 않을까요? 차도 아니고 비행기 절도라니."

아이 엄마가 말했다.

"대체 누가 문제 삼을까요? 우리를 처벌할 판사가 과연 살아 있을까요? 어쩌면 우리는 지금, 대한민국 역사의 마지막 페이지를 쓰는 걸지도 모릅니다."

보안요원의 말에 다들 고개를 저었다. 비행기를 훔치는 건 너무 무모한 계획이었다.

"우리를 불러 모은 건 당신입니다. 우린 당신만 믿고 여기까지 왔다고요. 그런데 당신은 지금까지 우릴 속였어요. 우리가 당신 말을 어떻게 믿나요?"

나는 고개를 흔들었다.

"지금 우리에겐 선택지가 없습니다. 공항과 항구는 폐쇄됐고, 유일한 육로인 북한은 넘어갈 수 없으니 섬이나 마찬가지입니다. 지금으로선 미국에 가려면 모든 수단과 방법을 동원해야 합니다."

파일럿이 말했다. 나는 고개를 떨구며 한숨을 내쉬었다.

"내키지 않으시군요. 어쩔 수 없죠. 이 문제도 좀 더 생각해 보기로 합시다."

파일럿은 한발 물러섰다.

* * *

그날 밤, 챙겨온 비상약 파우치를 열어 해열진통제를 몰래 꺼내 먹고서 침대에 누웠다. 몸이 눈 녹듯 침대에 녹아들었다. 금방이라도 정신을 잃을 것만 같았는데, 잠이 오질 않았다. 남의 집 문을 벌컥 열고 들어온 것부터 께름칙하더니 역시 보안요원이 아니었다. 이제야 하는 말이지만, 파일럿이 가져온 그 많은 식량은 세대에 무단 침입하여 훔쳐 온 것 같았다. 무단 가택침입과 식품 절도도 모자라 이젠 항공기를 훔치자니. 게다가 그는 총을 들고 있었다. 어디서 난 총일까. 잘 알지도 못하는 내게 함께 가자고 한 것부터 이상했다. 파일럿은 대체 왜 내게 같이 가자고 한 걸까. 일면식도 없는 사람들을 한데 모아서 뭘 하려는 걸까. 당장 대책은 없지만, 이쯤에서 이들과 헤어지는 게 좋겠다. 몸이 좋아지는 대로 몰래 빠져나가자.

생각을 정리하고 막 눈을 붙이려는데, 창밖에서 서걱서걱 눈 밟는 소리가 났다. 무슨 소리지. 밖에 누가 있나. 일어나 창밖을 살펴보려는데, 문밖에서 헛기침 소리가 났다.

"자는 게 아니면 잠깐 들어가도 괜찮겠소?"

노인이었다.

"네. 들어오세요."

노인이 문을 열고 들어왔다.

"무슨… 하실 말씀이라도 있으세요?"

노인과 나는 침대에 나란히 걸터앉았다. 어색한 분위기가 흘렀다.

"비행기를 훔쳐 타고 미국으로 간다는 거 어찌 생각하오?"

노인이 물었다.

"글쎄요. 차도 아니고 비행기라니… 어쩐지 현실성이 없어 보인달까. 잘 모르겠습니다. 그게 가능할지요."

"내 말이 그 말이오. 스텔스기로 미국까지 간다는 게 가당키나 하오? 지금 하늘에서 무슨 일이 일어나고 있는지도 모르는데 말이오."

노인이 검지로 천장을 가리켰다. 노인의 말이 옳았다. 올해는 특히나 뇌우가 빈번하고, 난기류가 심해 항공기 사고도 많은 데다 미국과 중국 간의 전쟁으로 전투기까지 날아다니고 있었다. 이런 상황에 허가도 받지 않고 비행기를 띄웠다가 무슨 상황을 맞닥뜨릴지 알 수 없었다.

"그럼, 뾰족한 수라도 있으세요?"

"낮에도 말했지만, 어선을 타고 일본으로 갑시다."

노인이 목소리를 낮추며 말했다.

"다른 분들이 동의할까요?"

나는 고개를 갸웃거렸다. 이미 다 끝난 얘기가 아니었던가.

"우리끼리 갑시다. 나머지 두 사람은 비행기를 타고 미국으로 가기로 마음이 기운 눈치였소."

노인이 나를 뚫어지게 바라봤다.

"우리끼리요?"

생각할 시간이 필요했다. 과연 어선을 타고 일본까지 가는 건 현실성이 있는지 따져봐야 했다. 기상이 어떤지 알아봐야 하지 않는가. 지금도 여진이 계속되고 있으니 말이다.

"시간이 없소. 생존자 이주가 끝나면 후쿠오카 공항도 폐쇄할 테니 그 전에 가야 하오."

노인이 다급하게 말했다.

"그전이라면…"

"지금 당장 말이오."

"지, 지금 당장이요? 배는 어디서 구하시려고요?"

나는 창밖을 내다봤다. 바다는 어둠이 내려앉아 아무것도 보이지 않았다.

"해금강에 가면 낚싯배가 있을게요."

나는 머릿속으로 지도를 검색했다. 해금강에서 대마도까지의 직선거리는 59km, 대마도에서 후쿠오카까지는 105km 남짓으로 서울보다 가깝다. 해금강 앞바다를 비롯한 남해 동부 해역의 파고는 2.0m로 약간 높은 편이었다. 먼바다로 나갈수록 파도는 더 거셀 것이다. 괜찮을까. 사십 평생 배를 타본 적이 없어 선뜻 용기가 나지 않았다. 그렇다고 보안요원인지 파일럿인지 모를 그 남자에게 끌려다닐 수는 없었다.

"해금강까지는 어떻게 가죠? 보안요원의 차를 훔쳐 탈 순 없잖습니까?"

"저녁에 둘러보니 차고에 차 한 대가 주차되어 있었소. 그 차를 타고 갑시다."

노인이 미소를 띠며 대답했다.

"차 문은 어떻게 열죠?"

"잠겨있지 않았소."

노인이 싱긋 웃었다.

"배 운전은요? 하실 줄 아시나요?"

"박 박사가 보면 금방 할 수 있을게요."

"제가요?"

나는 눈을 끔뻑였다. 배는커녕 자동차 운전도 가물가물했다. 난감하던 그때, 좋은 생각이 번뜩였다. AI를 이용하면 선박 운항법을 배울 수 있을 것이다.

"좋습니다. 가시죠."

나는 최악보단 차악을 선택했다. 여객기보다 저렴한 어선을 훔치기로, 공중에서 추락하는 것보단 바다에 빠져 허우적대기로 말이다.

"잘 생각했소. 그럼, 10분 후에 차고 앞에서 봅시다."

* * *

늦은 밤, 대통령이 임시 상황실을 찾았다. 상황실 안에는 당직 근무를 서는 상황실 직원과 국토부 장관이 상황판으로 전국에 설치된 감시카메라 영상을 보고 있었다.

"고생이 많습니다."

대통령이 국토부 장관 옆에 앉으며 말했다.

"이 시간에 여긴 어쩐 일입니까?"

국토부 장관이 돌아봤다.

"잠이 오질 않아서요. 그러는 장관님은 여긴 웬일입니까?"

"저도 뭐… 잠이 안 와서죠. 뭐."

국토부 장관이 옅은 미소를 지었다.

"박기범 박사는 지금 어딨습니까?"

대통령은 팔짱을 끼고서 상황판을 바라봤다.

"어제 오후에 거제도로 들어갔습니다."

국토부 장관은 상황판을 가리켰다. 상황판에 하얀색 7인승 승합차가 해저터널을 지나는 모습이 나타났다.

"거제도요? 거제도엔 왜 갔을까요?"

대통령이 고개를 갸웃거렸다.

"글쎄요. 해금강 방면으로 갔는데, 해금강 일대 감시카메라가 어젯밤에 불어닥친 돌풍으로 모두 파손되어 최종 목적지가 어딘지는 알 수 없습니다."

"해금강 인근에 머무는 모양이군요. 지금 당장 해금강으로 가서 모셔 오도록 조치해야겠습니다."

대통령이 검지로 안경을 들어 올렸다.

"쉽지 않을 겁니다."

국토부 장관이 고개를 저었다.

"쉽지 않다니요? 그게 무슨 말씀입니까?"

"거제도로 들어가는 육로는 부산에서 해저터널을 지나 들어가는 것과 통영을 거쳐 들어가는 것 두 가지뿐인데, 아시다시피 해저터널은 붕괴 위험으로 접근이 어렵습니다. 통영과 거제를 잇는 거제대교와 신거제대교는 일본의 대지진 이후 해수면이 높아져 물에 잠겼고요."

"붕괴 위험이요? 균열이 작다고 하지 않았습니까?"

대통령의 눈이 휘둥그레졌다.

"네. 처음엔 그랬습니다. 하지만 수심 48m의 수압과 며칠 동안 계속된 여진으로 빠른 속도로 균열이 커지고 있습니다."

국토부 장관이 담담하게 말했다. 상황판에 해저터널 안을 비춘 모습이 나타났다. 터널에는 발목 높이만큼 바닷물이 차올랐다.

"흠… 가덕신공항에서 헬기를 띄우는 건 어떻습니까?"

"며칠 전부터 대한민국 전역에 돌풍이 심하게 불어 헬기를 띄울 수 없습니다."

국토부 장관은 고개를 저었다.

"가덕도에서 배를 타고 입도하는 건요?"

대통령이 국토부 장관을 돌아봤다.

"대한해협 인근 바다는 여진의 영향으로 현재 너울이 심해 위험합니다."

국토부 장관은 머리를 흔들었다.

"그럼, 어떻게 하는 게 좋겠습니까? 이제 우리의 마지막 희망은 박 박사밖에 없습니다."

대통령의 말에 국토부 장관이 돌아봤다.

"장관님도 알다시피 미국에 무기를 모두 빼앗긴 것도 모자라 미국이 전쟁을 일으키는 걸 동의했다는 책임을 면할 수 없게 됐습니다. 무기를 지원했다는 게 알려지면, 중국과 러시아의 미사일이 날아오는 건 시간문제일 거고요. 미군도, 무기도, 병력도 없는 상황에 우리가 뭘 할 수 있겠습니까? 이젠 미국에 가는 것 말고는 해결책이 없습니다."

대통령이 깊은 한숨을 내쉬었다.

"그 일과 박 박사가 무슨 상관이 있다는 거죠?"

"생각해 보세요. 이미 무기를 빼앗겨버렸으니, 우리가 미국에 입국할 땐 여느 난민과 똑같은 취급을 받게 될 게 뻔합니다. 하지만 박 박사가 인류의 마지막 남은 희망이라면, 그 희망이 대한민국에 있다면, 미국과 동등한 입장으로 협상테이블에 앉을 수 있을 겁니다. 그러니 무슨 일이 있어도 박 박사를 모시고 가야 합니다."

대통령이 말했다.

"이 얘기가 도움이 될진 모르겠습니다만, 며칠 전 과학기술정보통신부 장관이 스키프에 있는 미군에게 박 박사 아내의 소재를 확인해달라고 요청하는 걸 들었습니다. 그리고 조금 전, 미군이 회신해 왔고요. 박 박사의 아내는 캘리포니아주에 있는 골드스톤 심우주 통신 단지에 있답니다."

"골드 스톤 심우주 통신 단지요? 거긴 뭘 하는 뎁니까?"

"미국 국가항공우주국 산하기관인 제트추진연구소에서 운영하는 곳인데, 우주 탐사선을 추적하고, 탐사선이 보내온 정보를 수

신하는 곳입니다. 라스베이거스와 가까운 모하비 사막에 있고요."
"박 박사의 아내가 대체 거기에 왜 있는 겁니까?"
"알아본 바로는 박 박사의 아내는 SF 소설가로 국내 독자들뿐만 아니라 영미권에서도 인기가 많은 소설가 은하수 씨였습니다."
국토부 장관이 피식 웃었다.
"SF 소설가요? 소설가가 나사(NASA) 산하기관에 갈 일이 뭐가 있습니까?"
"글쎄요. 다음 소설을 쓰기 위해 자료 조사차 방문했거나, 아니면 소설가의 상상력이 필요한 연구소의 요청으로 간 게 아닐까요? 그게 아니라면 자신들의 연구에 소설가의 상상력이 필요했던 연구소가 소설가를 유인한 뒤, 납치했거나요."
국토부 장관이 어깨를 으쓱이자, 대통령은 머리를 흔들었다.
"…무슨 말씀이신지 저는 통 모르겠군요. 어쨌든 알겠습니다. 박 박사의 동태를 계속 추적해 주세요. 무슨 일 있으면 즉시 보고하시고요."

＊＊＊

정확히 10분 후, 차고 앞에서 노인을 다시 만났다. 차고에는 충전기를 꽂은 승용차가 주차되어 있었다. 내가 다가가자, 노인은 충전기를 뽑았다. 원래 계획보단 하루 늦어지긴 했지만, 드디어 오늘 밤에 대한민국을 떠난다. 온몸에 전기가 흐르듯 찌릿했다.

트렁크에 배낭을 싣고 돌아서자, 노인이 운전석에 앉아 있었다. 처음부터 일본에 가려고 했던 게 아닐까 싶을 정도로 노인은 적극적이었다. 내가 조수석에 올라타자, 노인은 전조등을 끈 채 조용히 별장을 빠져나갔다. 어선이 정박해 있는 선착장까지는 700m로 5분도 채 걸리지 않았다.

선착장 인근에 차를 세운 뒤, 차에서 내렸다. 매서운 바람이 얼굴을 할퀴고 지나가자, 코끝으로 짠 내가 파고들었다. 노인과 나는 배낭을 꺼내 들고 선착장으로 걸어갔다.

쏴— 자그르르-

파도 소리에 이어 자갈 구르는 소리가 났다. 코앞에 바다가 있는 모양이었다. 노인과 나는 선착장 앞에서 걸음을 멈췄다. 선착장에는 어선 세 척이 정박해 있었다.

"이 배가 좋겠소."

노인이 중간 크기의 배를 가리켰다. 노인이 가리킨 배를 눈으로 훑었다. 렌즈가 어선을 인식하자, 검색을 마친 머릿속 AI가 25톤 채낚기어선이라고 알려줬다. 이렇게 큰 배를 움직이는 게 정말 가능할까.

"자, 올라가 봅시다."

노인이 재촉했다. 나는 노인을 따라 배에 올라탔다. 우리는 곧장 조타실로 갔다. 조타실에는 조타기와 기능을 알 수 없는 버튼들이 붙어있었다. 조타기 앞에 서서 선박 운전법을 머릿속으로 떠올리자, 검색 결과가 렌즈로 전송되어 조타기 위 버튼들에 명칭이 덧입혀졌다. 어군탐지기, 음파탐지기, GPS 컬러 플로터, 전자해도 플로터, 레이더, 무전기…

머릿속에선 제일 먼저 선박 오일, 연료, 물 등이 충분한지 확인하라고 했다. 다음은 선박 핸들, 엔진 컨트롤, 커뮤니케이션 장비 등이 작동되는지 확인한 뒤, 선박의 전기 시스템, 조타 장치, 추진 시스템, 그리고 안전 장비와 정비 상태를 점검하라고 했다. 나는 시키는 대로 하나씩 점검했다. 모든 것이 정상적으로 작동됐다.

출항할 준비를 마친 그때, 노인이 어딘가에서 구명조끼를 가져와 내밀었다.

"자. 이제 출발합시다."

추진 버튼을 누르자, 배가 서서히 움직였다. 바다는 다른 선박 불빛도, 등대 불빛도 없이 캄캄했다. 마치 우주를 유영하는 것만 같아 손이 축축하게 젖었다. 진정하자. 대마도까지는 직선거리로 인천공항에서 석촌 호수까지밖에 되지 않는다. 그리고 무엇보다 자동조타장치가 있으니, 목적지까지는 알아서 갈 테고, 우리가 가는 항로에는 장애물도 없다. 현재 속도는 8노트로 4시간이면 대마도에 도착할 것이다.

"그동안 연구한 게 성공한 모양이오."

노인이 바다로 시선을 던지며 넌지시 말했다.

“네? 아니 그걸 어떻게…”

나는 노인에게로 고개를 돌렸다.

“박 박사가 무슨 연구를 하는지 일행들은 모두 알고 있는 것 같던데, 몰랐소?”

“다 안다고요? 다들 어떻게…”

나는 노인을 뚫어지게 바라봤다.

“그야 그동안 연구 과정을 SNS에 공유하지 않았소? 여기 있는 사람들 모두 박 박사를 팔로잉하고 있소.”

그렇다. 내가 그들을 팔로잉한 것처럼 일행도 나를 팔로잉하고 있었다. 알고 보니 우린 서로에 대해 조금은 알고 있는 셈이었다. 아주 조금은.

“그런데 말이오. SNS로 봐서 대충은 알고 있지만, 정확히 뭘 연구하는 거요?”

노인이 물었다.

“사람의 뇌에 인공지능 칩을 이식해서 인간과 AI를 결합하는 기술을 개발하고 있습니다.”

“인간과 AI 결합이라… 인간과 AI를 결합하면 세상이 어떻게 변하오?”

노인은 눈을 내리깔며 고개를 끄덕였다.

“우리가 이용하는 AI 기술을 생각만으로 제어하고 활용할 수 있습니다. 또, 생각만으로 네트워크에 접속할 수도 있고요. 이를테면 검색어를 생각하기만 해도 검색 결과를 머릿속에 떠오르게 할 수 있습니다. 그리고 무엇보다 생각하는 것만으로도 SNS에 접속할 수 있으니 세계 반대편에 있는 사람들과 실시간으로 연결될 겁니다. 물리적으로는 멀리 떨어져 있지만, 결국 하나의 세상으로 연결되는 거죠."

"그러니까 물리적 공간이 아닌 마치 가상공간에서 세계를 하나로 연결하겠다는 거로군."

노인이 허허허 웃었다.

"그나저나 왜 그런 연구를 하게 됐소?"

"초등학교에 입학할 무렵, 코로나바이러스가 유행해 3년간 학교에 가지 못했습니다. 매일 방에서 혼자 스마트폰을 가지고 놀았죠. 그때부터 사람들은 마스크로 얼굴을 가리고 서로를 멀리했어요. 식당이나 마트, 병원… 어느 곳에 가더라도 인간이 아닌 기계를 대해야 했죠. 시간이 지나 바이러스가 우리의 일상에 깊숙이 자리했을 땐, 인간보다 기계를 대하는 게 더 익숙해졌어요."

"맞소. 그때부터 사람들과 만나는 걸 꺼리고 모임도 줄어들었지. 덕분에 혼자서 지내는 시간이 많아졌소."

"그런데 인간의 속성이란 말이죠. 타인과 연결되기를 원합니다. 혼자 고립된 상황에선 정상적으로 살 수 없어요. 그래서 사람들을 만나지 못하고 집에 머물던 그 시기에 사람들은 SNS를 통해서라도 타인과 연결되고자 한 거죠."

노인은 눈을 반짝거리며 고개를 끄덕였다.

"맞소. SNS 사용이 활발해진 후로 세계 반대편에 사는 이들과 실시간으로 소통하며 친구가 되었어."

노인이 혼잣말하듯 말했다.

"요즘 사람들은 현실에서의 나와 네트워크 안에서의 나가 분리되고, 점점 더 네트워크 속에서 머물고 있습니다. 일종의 가상 현실 속에서 말이죠. 만약 이 칩이 상용화되면 사람들은 스마트폰을 들여다보지 않아도 지구 반대편에 사는 누군가와 연결될 거고, 사람들의 정신은 24시간 가상 현실 속에 머물며 전 세계에 있는 친구와 연결될 겁니다."

"거참 아이러니로군. 뭐든 혼자 하길 원하는 사람이 사람과 연결되길 원한다니 말이오."

노인이 '픽' 하고 웃었다.

"인간은 원래 모순덩어리잖습니까."

나도 따라 피식 웃었다.

"어르신은 어쩌자고 좀비들에게 집을 내주셨어요? 나중에 돌아오면 어디서 사시려고요?"

나는 화제를 돌렸다.

"가장 기본적인 먹을 것과 두 다리 뻗고 편하게 잘 수 있는 곳이 충족되지 않으면 인간도 동물과 다름없는 법이오. 인간은 자신이 안전하다고 느껴야 비로소 타인을 따뜻한 눈길로 바라볼 수 있는 법이거든. 누구나 낭떠러지에 서 있으면 살려고 발버둥치기 마련이오. 남들이 보기엔 그 발버둥이 자칫 폭력으로 보일 수 있어도 말이오. 그리고 사실, 그 집은 내 집이 아니오"

노인의 말에 나는 노인에게로 고개를 홱 돌렸다.

"이런 날이 올 줄 알고 일 년 전에 집을 팔았소. 내가 살던 그 집은 월세였어."

이런 날이 올 줄 알았다니, AI도 예측하지 못하는 걸 노인이 예측했다는 건가.

"집을 판 돈으로 비트코인을 사뒀었소. 그러니 괜찮아."

나는 할 말을 잃었다. 세계 경제가 불확실해지자, 비트코인 가격이 천정부지로 치솟았다. 집을 판 돈으로 비트코인을 샀다면, 노인은 지금쯤 어마어마한 재산가란 얘기였다. 그 돈이면 미국으로 건너가 저택을 살 수도 있을 것이다.

"이런 날이 올 거란 건 어떻게 아셨어요?"

"자넨 어릴 때라 기억할진 모르겠지만, 전 세계에 코로나바이러스가 덮치자, 인플레이션이 치솟고 전 세계 경제가 불안정해졌소. 거기다 곳곳에서 지진과 홍수, 폭염 등 기상이변으로 몸살을 앓았지. 뭐, 지금에 비하면 맛보기에 불과한 수준이지만 말이오. 지구에 불어닥친 위기는 그때부터 수면 위로 드러나기 시작했소. 그 후로 기후변화는 더 종잡을 수 없게 됐고, 전쟁의 위협은 더 거세졌지. 코로나바이러스가 발생한 지 4년 후, 대한민국이 종식 선언을 하던 그해엔 제3차 세계대전이 일어날 뻔했지만, 인류는 위기를 극복했소. 하지만 이번엔 다를게요. 인류는 지금 벼랑 끝에 서 있으니 말이오."

80년이란 긴 세월의 데이터가 쌓여 얻게 된 통찰이었다. 통찰은 AI가 넘볼 수 없는 인간만의 영역이었다. 내가 10년 넘게 연구한 AI는 내게 이런 세상이 올 테니 미리 대비하라고 알려 주지 않았다.

"지금 미국으로 가면 다신 한국으로 돌아오지 않을 생각이오. 그러니 그 집은 내게 필요가 없소."

"미국에 정착하시려고요?"

"아니. 미국이 아니라 다른 곳으로 갈 생각이오."

노인은 고개를 저었다.

"다른 곳이요? 미국보다 안전한 나라가 있나 보죠?"

나는 노인의 말에 솔깃했다.

"이건 인터넷에도 없는 정보요."

노인이 검지를 입술에 갖다 댔다.

"한국 정부가 미국 정부와 비밀리에 대화를 주고받았다는 첩보가 있소. 한국 정부에 미국 국경을 열어놓겠다고 했다는구먼."

나는 화들짝 놀라 노인을 돌아봤다.

"날 기억할지 모르겠지만, 난 2045년까지 국방부 장관을 역임했었소."

머릿속에서 빠르게 '역대 국방부 장관'을 검색했다.

62대 국방부 장관 정창수

임기 : 2041년 6월 6일 ~ 2045년 7월 12일

"어르신이 정창수 전 장관님이시라고요?"

나도 모르게 소리쳤다.

"허허허. 알고 있는구먼. 그렇소. 내가 정창수요."

노인이 장관을 지낸 인사인 줄은 꿈에도 생각지 못했다. 전 장관이라는 신분은 노인을 향한 신뢰감을 더욱 높였다.

"정부가 미국으로 이주한다는 건, 더는 국가가 국민을 지켜주지 못한다는 뜻이오. 그러니 대한민국을 떠나야 하는 수밖에."

믿을 수가 없었다. 정부가 국민을 버리고 타국으로 이주한다는 건 상상도 못 해 본 일이었다.

"대체 미국은 왜 그런 말도 안 되는 제안을 한 겁니까?"

"자국의 이익을 위해서겠지."

"자국의 이익이요?"

"기후변화가 인류 전체를 위협하고 있소. 인간은 로봇과는 달리 자신의 생존이 위협받게 되면 공격성을 드러내는 법이오. 지금, 이 순간에도 인간은 서로를 벼랑 끝으로 내몰고 있잖소."

"전쟁 말씀인가요?"

"그렇소. 이번 전쟁은 더는 지구를 인간이 살 수 없는 곳으로 만들지도 모르오."

"핵무기를 사용할 수도 있다는 건가요?"

"이건 사견이지만, 이 전쟁이 지구를 놓고 싸우는 게 아닐지도 모르오."

"지구가 아니라면…"

나는 머릿속이 복잡해졌다.

"살아남으려면 미국으로 건너가 우주선에 올라타야 하오."

전 장관이 말했다. 전 장관의 눈동자가 어둠 속에서 강한 빛을 내며 반짝였다. 아흔을 바라보는 노인에게서 삶을 향한 강한 애착이 느껴졌다.

한참 대화를 나눈 것 같았는데, 아직도 우리는 대한해협을 벗어나지 못했다. 파도는 전보다 심해져 쉴 새 없이 배를 덮쳤다. 높은 파도에 몸이 좌우로 요동쳐 가만히 서 있을 수조차 없었다. 이러다 미국이 아닌 저세상에 먼저 갈 것만 같았다.

그때였다. 눈앞에 아파트만 한 파도가 다가왔다.

"저, 저기 좀 보세요!"

나는 전 국방부 장관에게로 고개를 돌렸다. 전 장관은 눈을 지그시 감고 있었다. 바로 그때, 강한 충격으로 배가 흔들렸고, 나는 그만 바닥으로 나가떨어져 버렸다. 정신을 차렸을 땐, 조타실 구석에 꼬꾸라져 있었다.

"괜찮으세요?"

내 옆에 전 장관이 바짝 붙어있었다.

"난 괜찮소. 나보다는 배가 안 괜찮은 것 같소."

그렇다. 전 장관과 나는 조타실 출입문을 깔고 앉아 있었다. 그러니까 창문 너머로 보이는 캄캄한 모습은 바다가 아니라 하늘이었다. 그 얘긴, 뱃머리가 하늘을 향해있다는 뜻이었다.

나는 벌떡 일어났다. 지금 이러고 있을 때가 아니었다.

"일어나세요. 배에서 탈출해야 해요."

나는 잠시도 서 있지 못하고 또다시 휘청거리며 넘어졌다. 하는 수 없이 주섬주섬 배낭을 메고 무릎으로 기어서 조타실 문을 열었다. 전 장관도 뒤따라 나왔다.

"어떡하죠? 이제?"

높은 파도가 쉴 새 없이 갑판을 덮쳤다. 내 머릿속에도 온갖 생각이 덮쳤다. 구조요청을 해볼까. 그래도 구하러 와주지 않을까. 머릿속으로 위성사진을 떠올리며 현재 위치를 확인해 보려는데 또다시 파도에 떠밀려 바닥에 나뒹굴었다. 전 장관도 벽을 붙잡으며 온몸으로 파도를 맞았다. 정신을 차리고 위성사진을 검색해 보니 주변엔 헤엄쳐갈 만한 섬이 없었다. 망망대해를 어떻게 빠져나갈 수 있을까. 머릿속 AI가 해결책을 알려주면 좋겠지만, AI는 현재 내게 닥친 상황에 알맞는 해결책을 찾아주지 않았다. 그 사이, 갑판은 점점 더 머리 위로 올라갔다. 이대로는 얼마 버티지 못하고 뒤집힐 것이다.

"밖으로 나갑시다. 구명조끼를 입었으니, 바다로 뛰어들어야 하오. 이 배가 우릴 죽일게요."

전 장관과 나는 바닥이었던 벽을 필사적으로 붙잡았다. 그때였다.

당-당-당-당-

무언가가 배를 두들겼다. 뭐지 암초에 걸렸나. 그때, 또다시 소리가 났다.

당- 당-

나는 겨우 발을 내디디며 밖으로 고개를 내밀었다. 조금 떨어진 곳에 배 한 척이 위태롭게 서 있었다. 머릿속 AI가 60톤짜리 채낚기어선이라고 말했다. 우리 배보다 두 배가량 큰 배였다. 누군가가 우리를 도와주러 온 모양이다. 안도도 잠시 또 하나의 난관이 머릿속을 파고들었다. 저 배로 어떻게 가지.

그때, 맞은편 배 조타실에서 손전등이 깜빡였다. 깜빡이는 불빛 사이로 조타실에 서 있는 사람의 얼굴이 눈에 들어왔다. 우리를 구하러 온 사람은 다름 아닌 파일럿과 챔피언이었다. 저들이 여긴 어떻게 알고 왔을까. 당황스럽지만, 지금은 그게 문제가 아니었다. 어서 이 배를 빠져나가야 한다.

"어르신. 우리를 구하러 왔어요. 당장 바다로 뛰어들어야 해요."

막상 바다로 뛰어들려고 하자, 블랙홀 같은 캄캄한 바다와 모든 걸 집어삼킬 것만 같은 파도에 덜컥 겁이 났다.

"뭐해요? 빨리 뛰어내려요! 서두르지 않으면 우리 모두 다 위험해져요!"

맞은편 배 갑판에 선 챔피언이 소리쳤다. 챔피언의 목소리가 폭풍이 몰아치는 바다에 메아리쳤다. 60톤짜리 어선도 아파트만 한 파도에 맥을 못 추기는 마찬가지였다. 더는 지체할 시간이 없다. 뛰어내려야 한다.

나는 두 눈을 질끈 감고서 바다로 뛰어내렸다. 그 순간, 폭포수 같은 파도가 내 몸을 바다 밑으로 짓눌렀다. 나는 바다 밑으로 끌려 내려갔다. 발버둥을 쳐봐도 발이 땅에 닿지 않았다. 몸이 빳빳하게 굳은 그때, 몸이 바다 위로 불쑥 튀어 올랐다. 참고 있던 숨이 터져 나왔다. 기다렸다는 듯이 파도가 얼굴을 때렸다. 그때, 풍덩— 하고 뭔가가 물에 빠지는 소리가 났다. 전 장관도 뛰어내린 모양이었다. 지금은 전 장관을 돌아볼 겨를이 없었다.

"박사님. 이거 잡으세요."

챔피언의 목소리에 정신이 번쩍 들었다. 구명튜브가 바다 위에 떠다니고 있었다. 챔피언이 구명튜브에 달린 줄을 붙잡고 있었다. 나는 튜브로 손을 뻗었다. 튜브는 파도에 이리저리 휩쓸리며 손을 비껴갔다. 튜브를 잡으려 안간힘을 쓰는데, 바로 옆에서 전 장관이 허우적대고 있었다.

"어르신! 정신 차리고 저 좀 보세요."

나는 전 장관에게로 몸을 돌려 팔다리를 휘저었다. 계속해서 제자리에서 맴돌 뿐 전 장관과의 거리는 좀처럼 좁혀지지 않았다. 그 사이 전 장관은 연신 파도를 뒤집어쓰며 버둥거렸다. 팔다리를 휘저으며 헤엄친 끝에 마침내 전 장관의 옷깃이 손끝에 닿았고, 가까스로 옷깃을 잡았다. 바로 그때였다. 또 한차례 파도가 밀려와 전 장관을 멀찌감치 데려갔다.

“어르신! 어르신!”

전 장관은 아까보다 더 멀어져 있었다. 더는 전 장관에게로 갈 힘이 없었다. 나는 헤엄치길 포기하고 하늘을 바라봤다. 그때, 머릿속에서 메시지가 깜빡거렸다.

[기범 씨. 오고 있는 거지? 어디쯤 왔어?]

머릿속에서 글자가 나타났다. 아니, 마치 내가 상상한 것처럼 메시지 팝업이 머릿속에 떠올랐다.

[영희 씨. 가고 있긴 한데 문제가 생겼어. 그래도 꼭 갈 테니까 걱정하지 마. 조금만 기다려…]

나는 텔레파시를 보내듯, 영희에게 하고 싶은 말을 머릿속으로 상상했다. 그러자, 또다시 영희에게서 답장이 왔다.

[그래. 박기범 씨. 바퀴벌레처럼 끝까지 살아남아서 내게로 와. 그리고… 보고 싶어.]

…나도 보고 싶어. 마지막 말을 전송하려던 그때, 뭔가가 내 몸을 툭 하고 때리더니 나를 어딘가로 끌어당겼다. 오! 우주여! 감

사합니다. 챔피언이 던진 튜브가 거짓말처럼 내 가슴에 끼워져 있었다.

나는 튜브에 의지한 채 팔다리를 저었다. 챔피언은 난간 밖으로 몸이 반쯤 빠져나온 채로 위태롭게 서서 줄을 끌어당겼다. 파도가 덮칠 때마다 챔피언은 낮은 난간에 몸을 의지한 채 휘청거렸다. 설상가상 전 장관은 저만치 멀어져 있었다. 이러다 모두 죽을지도 모른다.

"잠깐만요! 어르신 모시고 갈게요!"

나는 챔피언에게 소리친 뒤, 전 장관에게로 몸을 돌렸다.

"어르신!"

전 장관이 반쯤 풀린 눈으로 돌아봤다.

"정신 차리고, 여길 보세요!"

전 장관은 힘겹게 고개를 끄덕였다. 어서 튜브를 전 장관에게 던져야 한다. 나는 튜브에 묶인 밧줄을 풀어 배낭의 어깨띠를 지난 다음 다시 튜브에 묶었다. 이따금 불어닥치는 거센 파도에 매듭을 묶는 게 쉽지 않았다.

"뭐해요! 서둘러요!"

챔피언이 소리쳤다. 나는 머릿속으로 '절대 풀어지지 않는 매듭법'을 검색한 다음, AI가 알려준 대로 매듭을 묶었다.

"어르신! 튜브 받으세요!"

나는 전 장관에게로 튜브를 힘껏 던졌으나, 때맞춰 밀려온 파도에 전 장관에게 닿지도 못하고 도로 떠밀려 왔다. 할 수 없이 튜브를 끌어당긴 다음, 다시 한번 전 장관에게 던졌다. 두 번의 시도 끝에 거짓말처럼 튜브가 전 장관 앞에 떨어졌다. 오! 우주여! 제발 한 번만 도와주소서! 전 장관이 튜브로 손을 뻗은 그때였다. 또다시 파도가 밀려와 튜브를 쓸어갔다. 파도는 내게 남은 힘마저 쓸어갔다. 더는 튜브를 던질 힘이 남지 않았다. 그렇다고 전 장관을 내버려두고 먼저 배로 가는 건, 죽는 걸 방조하는 거나 다름없었다. 등 뒤에선 60톤 어선이 위태롭게 휘청거렸다. 어서 돌아가야 한다. 그렇잖으면 파일럿과 챔피언도 위험하다.

이제 진짜 마지막이다. 나는 젖 먹던 힘을 다해 튜브를 던졌다. 튜브는 포물선을 그리며 날아가 튜브를 잡으려고 뻗은 전 장관의 팔에 쏙 들어갔다. 그 모습이 아주 느리게, 그리고 또렷이 보였다.

기뻐하고 있을 때가 아니다. 나는 어서 줄을 잡아당겼다. 전 장관이 미끄러지듯 끌려왔다. 전 장관의 동작이 눈에 띄게 줄어들었다. 전 장관과 다시 만났을 땐, 전 장관은 몹시 지쳐있었다.

"괜찮으세요?"

전 장관은 입을 떡 벌린 채 눈을 끔뻑거렸다. 나는 챔피언을 돌아보며 고개를 까딱였다. 챔피언은 다시 줄을 잡아당겼다. 나는 한쪽 손으로 튜브를 붙잡은 채 배를 향해 헤엄쳤다. 파도가 시시때때로 노인과 나를 덮쳤지만, 멀어져가는 정신을 붙잡으며 배로 나아갔다. 점점 배와 가까워지더니 마침내 손끝에 차가운 감촉이 느껴졌다. 손이 배에 닿았다.

챔피언은 난간에 배를 걸친 채, 전 장관에게 두 팔을 뻗었다. 전 장관의 눈은 감겨있었다.

"어르신! 정신 차리세요!"

전 장관을 흔들며 소리쳤지만, 전 장관의 눈꺼풀은 미동이 없었다. 하는 수 없이 전 장관의 허리를 양손으로 잡아 들어 올렸다. 전 장관의 몸이 챔피언의 손에 닿을 듯 닿지 않았다. 점점 힘이 빠졌다. 더는 팔이 후들거려 전 장관을 들 수 없을 것만 같았다.

"제발… 제발…"

파도가 넘실거릴 때마다 챔피언의 손이 가까워지다 멀어졌다. 도저히 안 될 것 같다. 더는 버틸 힘이 없다. 모든 걸 포기하고 싶던 그때, 전 장관의 몸이 가벼워졌다. 고개를 들어보니 챔피언의 두 손이 전 장관의 겨드랑이 밑에 들어가 있었다. 전 장관은 그대로 배 위로 끌려 올라갔고, 이윽고 자취를 감췄다.

그때, 무언가가 내 뺨을 할퀴고 지나갔다. 불같이 뜨거워진 뺨을 붙잡고 고통에 몸부림치는 사이, 나는 점점 배와 멀어졌다.

"뭐 해요!"

챔피언이 소리쳤다. 정신을 차리고 보니 튜브와 연결됐던 밧줄이 바다 위에 떠다니고 있었다. 나는 밧줄을 끌어당겨 허리에 묶었다. 챔피언은 또다시 밧줄을 잡아당겼다. 내 의지와 상관없이 몸이 점점 배로 끌려가다 수면 위로 떠올랐다. 나는 등반하듯 손과 발로 배를 더듬으며 네발로 기어 올라갔다. 점점 고지가 가까워졌다. 챔피언이 내 몸에 묶인 매듭을 잡고 끌어당기자, 내 몸은 솟구쳐 올랐고, 그대로 갑판에 떨어졌다. 거친 숨이 터져 나왔다. 옆에선 챔피언이 가쁜 숨을 몰아쉬었다. 발버둥을 쳤더니 더워졌다. 나는 젖은 옷을 벗었다.

"뭐 하세요?"

챔피언이 돌아봤다.

"너무 더워서요."

나는 숨을 헐떡이며 말했다. 내 말을 들은 챔피언이 자리에서 일어나 사라졌다. 나는 팬티만을 남긴 채 대자로 누워 하늘을 바라봤다. 별이 총총 박힌 하늘은 어떤 미동도 없이 평온했다. 스르르 눈이 감겼다.

"정신 차리세요."

챔피언의 목소리에 눈을 떴다. 챔피언이 내게 담요를 덮으며 나를 일으켜 세웠다. 몽롱한 상태로 챔피언에 이끌려 조타실로 들어갔다. 조타실에는 파일럿이 조타기를 잡고 있었고, 그 옆에는 전 장관이 바닥에 누워있었다. 나는 전 장관 옆에 쓰러져 누웠다. 그리고 그 뒤로 기억이 없었다.

2056년 11월 24일

눈을 떴을 땐, 별장 침대에 누워있었다. 지난밤의 일들이 떠올랐다. 나는 파일럿의 손아귀에서 빠져나가지 못하고 또다시 끌려왔다. 대체 내게 뭘 바라기에 바다까지 쫓아온 걸까. 천장을 바라보며 생각에 잠겨있던 그때, 딸깍하고 문이 열렸다.

"일어나셨어요?"

동하 엄마가 들어와 침대에 걸터앉았다.

"어떻게 된 거죠?"

몸을 일으켜 앉으려 했지만, 몸이 말을 듣지 않았다.

"저체온증으로 정신을 잃으셨어요. 다행히 경증이었고, 구조하러 간 두 분이 곧바로 처치한 덕분에 체온은 돌아왔어요."

나는 눈을 번쩍 떴다.

"아! 모르셨군요? 저는 서울중앙대학병원 흉부외과 전문의예요."

"아, 그랬군요. 감사합니다. 그런데 서울중앙대학병원 전문의시라고요?"

서울중앙대학병원이라면 윤 박사가 근무하는 병원이자, 한 달 전에 수술받은 병원이었다. 내 머릿속 AI가 서울중앙대학병원 의료진 목록에서 흉부외과 전문의 안정화라는 이름을 찾아냈다.

"박기범 박사님이시죠? 위험한 수술이었는데, 무사히 회복해서 다행입니다."

의사가 옅은 미소를 지으며 말했다.

"절 아시나요?"

"윤 박사께서 협진을 의뢰했었어요. 그 때문에 무균실에 의식 없이 누워 계시던 박사님을 뵀었고요."

의사에게 협진을 받았다면, 의사는 내가 무슨 수술을 받았는지도 알고 있을 것이다.

"윤 박사는 참 안타깝게 됐습니다. 좋은 분이셨는데."

의사가 눈을 내리뜨며 말했다.

"그, 그게 무슨 말씀입니까? 윤 박사에게 무슨 일이라도 있습니까?"

그 순간, 온몸에 소름이 돋아났다.

"모르셨군요. 아파트를 봉쇄한 이튿날 밤에 과로사하셨어요."

나는 어떤 말도 할 수가 없었다. 아파트를 봉쇄한 다음 날 밤이라면, 나와 통화했던 그날 밤이었다. 그날 밤에 나와 메시지를 주고받았으니 그 직후에 세상을 떠난 모양이다. 어쩐지 그 후로 윤 박사에게선 아무런 연락이 없었다. 폴리에게 내 상태를 보고받았겠다고 생각했는데, 이 세상에 존재하지 않는 사람이 되었다니.

"상황이 상황이다 보니, 가족이나 지인에게 연락하지 않았을 겁니다. 지금은 그 누구도 장례를 치르지 못하잖아요."

나는 천장을 보며 눈을 깜빡였다. 지금의 내 감정이 무언지 혼란스러웠다. 이건 슬픔인가, 당혹스러움인가. 애써 담담한 척 고개를 돌리자, 의사가 그윽하게 나를 내려다봤다.

"뺨은 단순한 찰과상이어서 간단히 처치했습니다. 뺨 말고 다친 데나 불편하신 데가 있나요?"

의사는 내 감정을 읽은 사람처럼 화제를 돌렸다.

"신경이 손상된 건지 팔에 감각이 없어요."

어젯밤에 튜브를 던지고, 줄을 당기는 과정에서 다쳤는지 팔이 말을 듣지 않았다.

"팔이요? 오른쪽? 왼쪽?"

"오른쪽이요."

내 대답을 들은 의사가 풋 하고 웃음을 터트렸다.

"신경이 아니라 아직도 잠이 덜 깬 모양이네요."

의사가 웃으며 말했다.

"네?"

팔을 내려다보니 동하가 내 팔을 베고 새근새근 자고 있었다.

"…얘가 왜 여기에…?"

나는 의사와 동하를 번갈아 바라봤다.

"삼촌이 추우니 자기가 꼭 안아줘야겠다고 하더군요."

나는 얼굴이 화끈 달아올랐다. 사실 아이를 이렇게나 가까이 마주한 건 처음이었다. 우리 부부에겐 아이가 없었기 때문에, 아이는 내겐 낯선 존재였다. 영희와 나는 마흔을 일 년 앞둔 해에 결혼했다. 늦지도 이르지도 않는 나이였다. 결혼 서약을 하며 우리는 인생의 절반은 '나'로 살고, 나머지 절반은 '부모'로 살자고 약속했다. 아직은 자녀를 사회적 인간으로 키워낼 책임감 있는 어른이 되지 않았다는 생각에 좋은 부모가 될 수 있을 때 아이를 낳는 게 맞는다고 생각했기 때문이다. 그렇게 나, 박기범으로 살다 보니 어느덧 약속했던 44살이 되었고, 이번 연구에 성공하면 부모가 되기로 했었다. 물론, 아내 영희의 생물학적 나이는 아이를 갖기엔 늦은 터라 우리 부부도 다른 부부들과 마찬가지로 인공수정을 통해 아이를 가질 계획이었다.

"실은, 별장에 온 후로 지금껏 열이 났었어요. 바이러스에 감염된 건 아닐까요? 아… 이제야 말씀드려 죄송합니다."

나는 고개를 숙였다.

"그러잖아도 열이 나길래 해열진통제를 주사했어요. 아직 좀비로 변한 건 아닌 거 같으니 좀 더 지켜보죠."

의사가 피식 웃었다.

"어르신은 어떻게 됐나요?"

"조금 전에 일어나셨어요. 박사님도 내려가 식사하시죠."

의사는 동하를 안고서 먼저 내려갔다. 나도 일어나 뒤따라 내려가려는데, 침대 맞은편 서랍장 위에 작은 액자가 놓여 있었다. 나는 액자로 다가갔다. 액자 속엔 어느 다정한 부부가 뺨을 맞대고 미소 짓고 있었다. 5, 60대로 보이는 중년 부부였는데, 어쩐지 남편의 얼굴이 낯이 익었다. 누굴까. 가만히 들여다보던 그때, 한 얼굴이 머릿속을 스쳤다. 그렇다. 이 별장은 전 장관의 별장이었다.

나는 아무것도 못 본 척 일행이 기다리고 있는 1층으로 내려갔다. 전 장관은 뭔가를 먹고 있었다. 내가 식탁에 앉자, 전 장관은 나를 힐끗 보더니 다시 먹는 데 열중했다. 주방에선 파일럿과 챔피언이 식사를 준비했고, 거실에선 동하가 뛰어다녔다.

"일어나셨어요? 어서 식사하세요."

챔피언이 어색하게 웃었다. 허기진 배를 채우는 동안, 아무도 지난밤 일은 말하지 않았고, 식사를 마치고 소파에 모여 앉은 후에도 서먹서먹한 얼굴로 서로 눈치만 보았다.

"당신들이 왜 그곳에 있었던 거죠?"

내가 먼저 말을 꺼냈다.

"고맙다는 인사를 먼저 받을 줄 알았는데, 저야말로 궁금하네요. 어젯밤에 박사님과 어르신께서 도둑고양이처럼 이곳을 빠져나간 이유를요."

파일럿이 물었다.

"배를 타고 일본에 가려고 했습니다."

"왜죠? 왜 그런 결정을 내리신 거죠?"

파일럿이 고개를 갸웃거렸다.

"비행기를 훔쳐 타는 건 위험하다고 생각했습니다."

나는 솔직하게 대답했다.

"그랬군요. 저희는 두 분이 차를 타고 나가길래 드론으로 뒤따라갔었습니다. 배를 타시길래 어쩐지 불안해서 드론으로 먼저 바다를 살폈고요. 박사님과 어르신은 모르셨겠지만, 파도가 거세더군요. 도저히 그 배로는 대마도까지 갈 수 없을 것 같아 급히 전화를 걸었지만, 받지 않아서 쫓아갔습니다."

파일럿이 허리를 굽힌 채 두 손을 모았다.

"저와 어르신을 도우려고 위험한 바다까지 쫓아왔다고요?"

"아파트에서 나올 때부터 우리는 한배를 탔잖습니까? 위험에 처하리라는 걸 뻔히 알고도 모른 척할 수는 없었습니다."

한배를 탔다… 나는 파일럿의 말을 곱씹었다. 그에게 다른 꿍꿍이가 있었던 게 아니었단 말인가.

"일면식도 없는 저에게 왜 같이 가자고 했어요? 저는 당신보다 키도 몸집도 작아서 당신에게 별 도움도 안 될 텐데요."

나는 그동안 궁금했던 그 얘길 꺼냈다.

"미국까지 혼자서는 갈 엄두가 나지 않았습니다. 함께 갈 누군가가 있다면 해 볼 만할 것 같았는데, 마침 화상회의 화면 속의 박사님 등 뒤에 여행용 가방이 있더군요. 키도 몸집도 작은 건 전혀 중요하지 않았어요. 사람은 다 저마다 나름의 쓸모가 있잖아요. 그리고 무엇보다 혼자보다 여럿이 모이면 힘이 더 커지니까요."

함께… 파일럿의 말이 맞았다. 인간의 뇌신경을 연결하는 AI 기술도 나 혼자였다면, 만들 수 없었을 것이다. 비록 회사에 다 함께 모여서 개발한 건 아니지만, 전 세계 동료들과 함께한 성과였다. 나는 동료도 없이 혼자 일하고, 가족도 없이 혼자 살고 있다고 생각했지만, 나는 늘 동료와 함께였고, 가족 영희와 함께였다.

"생존자들과 비행기를 타고 미국으로 가겠다는 계획, 아직 유효합니까?"

나는 깍지 낀 손을 내려다봤다.

"네. 내일 오후에 한국을 떠날 거라고 합니다."

파일럿이 대답했다.

"…당신의 그 미친 제안을 받아들여야 할 것 같네요. 당신과 함께 가겠습니다."

나는 결정을 내렸다. 지난밤의 경험으로 목숨을 내놓지 않고선 미국으로 갈 수 없다는 걸 깨달았다.

"다른 분들 생각은요?"

파일럿이 일행을 돌아봤다.

"저도 함께 갈게요. 지금 우리가 할 수 있는 일 중 안전한 일은 없잖아요."

챔피언이 말했다.

"저도 함께 가겠습니다. 아이 아빠가 기다리고 있어요."

의사도 대답했다. 전 장관도 눈을 감은 채 고개를 끄덕였다.

"좋습니다. 생존자들이 내일까지 공항에 오기로 했으니, 그들과 함께 비행기를 타고 미국으로 갑시다."

이로써 우리는 부산 가덕신공항으로 가서 무려 비.행.기를 훔쳐 타고 로스앤젤레스로 가기로 했다.

* * *

마당으로 나갔다. 이틀째 몰아친 눈보라가 어느새 그쳤다. 눈이 그치긴 했지만, 무릎까지 쌓인 눈은 금방 녹을 것 같진 않았다. 활주로에도 눈이 쌓여있을 텐데 과연 이륙할 수 있을까. 내일 날씨를 알아보려 머릿속으로 날씨를 떠올리는데, 웬일인지 머릿속이 대답하지 않았다. 이상하다. 왜 이러지. 나는 두 손으로 머리를 부여잡았다. 머릿속이 새하얬다. 분명 어젯밤 바다에선 문제가 없었는데… 바다에 빠진 후로 뭔가 잘못된 걸까.

"왜 그러세요?"

챔피언이 물었다.

"아, 아니에요."

나는 고개를 저었다. 머릿속으로 아무거나 되는대로 떠올려봤지만, 여전히 머릿속은 먹통이었다. 갑자기 왜 네트워크가 연결되지 않는 걸까. 무슨 문제가 생긴 걸까. 내 머릿속 AI는 네트워크에 연결되지 않으면 아무런 쓸모가 없다. 마지막으로 영희에게 메시지를 보내보려고 했지만, 역시나 되지 않았다. 영희와 연락이 닿지 않으면 미국에 간다고 해도 만날 수가 없다. 그러니 무슨 일이 있어도 문제를 해결해야 한다.

"무슨 일 있으세요?"

챔피언이 재차 물었다. 챔피언이라면, 이번에도 나를 도와주지 않을까. 나는 용기 내어 말했다.

"미국에 있는 아내에게 연락해야 하는데, 네트워크가 연결되지 않네요."

챔피언이 들고 있던 스마트폰을 켠 뒤, 만지작거렸다.

"저도 연결되지 않아요."

챔피언이 고개를 갸웃거렸다. 뭘까. 나만 안되는 게 아니었나.

별장에 연결된 와이파이가 끊긴 건가. 데이터를 켰다. 데이터도 연결되지 않았다. 챔피언과 내가 당황해하던 그때, 파일럿이 다가왔다.

"두 사람 여기서 뭐 해요? 무슨 일 있어요?"

"네트워크 연결이 끊어졌어요. 이 지역만의 문제일까요?"

물론 파일럿도 이유를 모를 것이다. 평소라면 SNS에 검색만 해봐도 사람들의 빗발치는 글들로 상황을 알 수 있을 텐데. 네트워크가 먹통이 되니 완전 바보가 된 기분이었다. 뒤늦게 스마트폰을 켠 파일럿도 고개를 갸웃거렸다.

"왜 안 되는 걸까요?"

파일럿이 미간을 찌푸렸다.

"누군가가 의도적으로 네트워크를 무력화시킨 것 같소."

그때, 언제부터 옆에 있었는지, 전 장관이 나직이 말했다.

"누군가가 의도적으로요?"

나는 두 눈을 번쩍 뜨며 전 장관을 돌아봤다.

"전쟁이 일어난 게지. 사이버 전쟁 말이오."

떠날 수 있을까?

2056년 11월 25일

한미연합사령관이 대통령과 장관들이 모여있는 임시 상황실로 들어왔다.

"우리는 이튿날 새벽에 대한민국을 떠나려고 합니다. 한국 정부도 이에 맞춰 준비해 주십시오."

사령관이 말했다. 떠날 날이 코앞으로 다가오자, 대통령과 장관들이 동요했다.

"가족들도 데려갈 수 있는 겁니까?"

외교부 장관이 물었다.

"아시다시피 대한민국 인근에서 전쟁이 한창이고 있습니다. 그로 인한 안전 문제로 너무 많은 인원은 갈 수가 없습니다."

사령관이 대답했다.

"그럼, 몇 명까지 가능하죠?"

대통령이 물었다.

"최대 200명 이내입니다."

사령관이 대답했다. 여기저기서 한숨이 터져 나왔다.

"국민은 어떻게 하실 생각입니까?"

안보실장이 물었다.

"여기 계신 분들의 가족들까지 모두 180명입니다. 국민을 데려갈 자리가 없습니다."

국방부 장관이 말했다.

"그럼, 국민은 사지에 둔 채 우리만 떠나자고요?"

안보실장이 국방부 장관을 쏘아봤다.

"어쩔 수가 없잖습니까? 그리고 좀비들 말고 생존자가 있기는 할까요? 생존자가 있다고 해도 그들이 좀비인지 아닌지 선별하려면 많은 시간이 소요될 겁니다."

국방부 장관이 말했다.

"국가가 국민을 버리겠다는 겁니까? 우리가 떠나면 국민은 모두 죽고 말 겁니다!"

안보실장이 소리쳤다.

"자자. 진정들 하세요. 대한민국 정부는 무슨 일이 있어도 생존자와 함께 갈 겁니다. 먼저, 우리와 함께 미국으로 이주할 생존자부터 찾읍시다."

대통령이 말했다.

"어떻게요? 남은 자리가 스무 석밖에 없잖습니까?"

국방부 장관이 대통령을 돌아봤다.

"일단 생존자부터 모은 다음, 남은 자리만큼 가족들을 데려갑시다."

대통령의 말에 상황실은 일순간 정적이 흘렀다.

"생존자를 어떻게 찾겠다는 겁니까? 여기 오는 길에 보셨겠지만, 사람은 한 명도 보지 못했습니다."

국방부 장관이 말했다.

"긴급재난 메시지, SNS, 전국의 모든 전광판, AI 뉴스와 라디오 등 디지털이든, 아날로그든 전할 수 있는 매체는 총동원해서 광화문 광장으로 집결하라고 하세요."

대통령이 말했다.

"소식을 듣는다 해도 이튿날 새벽까지 서울로 올 수 없을 겁니다. 열차도 여객기도 모두 폐쇄됐잖습니까? 게다가 지금 밖은 폭설이 내려서 이동하기가 쉽지 않고요."

합참의장이 말했다.

"그럼, 다른 대책이라도 있습니까? 그냥 손 놓고 있자는 건가요?"

대통령이 합참의장을 칩떠봤다.

"아닙니다. 지금 당장 국민에게 알리겠습니다."

잠시 후, 대통령이 임시 상황실에 마련된 연단에 섰다. 그 앞으로 비서실장과 안보실장이 우왕좌왕 뛰어다니며 대국민 발표를 전국으로 송출할 준비를 마쳤다.

"준비됐습니다."

비서실장이 손짓하자, 카메라에 빨간불이 깜빡였다. 대통령은 호흡을 가다듬으며 카메라를 응시했다.

"대한민국 국민 여러분 안녕하십니까. 대한민국 대통령 김성혁입니다. 대한민국은 현재 기후변화와 바이러스 확산, 인접 국가의 전쟁, 출산율 감소로 위기에 처했습니다. 따라서 위험에 처해있는 국민을 보호하고자 대한민국 정부는 중대한 결정을 내렸습니다. 우리는 대한민국 땅을 떠나…"

바로 그때, 갑자기 장내가 어수선해졌다. 대통령은 하던 말을 멈추고, 주위를 둘러봤다.

"무슨 일입니까?"

대통령이 당황한 얼굴로 물었다.

"통신이 끊겼습니다."

비서실장이 고개를 갸웃거렸다.

"그게 무슨 말씀입니까?"

"무슨 일인지 알아보고 오겠습니다."

비서실장은 상황실을 뛰쳐나갔다. 정보통신부 장관, 국방부 장관, 국가정보원장, 합동참모의장도 뒤따라 나갔다. 대통령은 연단 주위를 서성이며 이들이 돌아오기를 기다렸다. 그렇게 30분쯤 지나자, 지휘통제실에 갔던 이들이 허둥지둥 돌아왔다.

"대한민국 내 모든 통신이 끊겼습니다."

정보통신부 장관이 말했다.

"통신이 끊겼다는 게 대체 무슨 말입니까?"

대통령이 물었다.

"네트워크를 이용한 어떤 것도 할 수가 없습니다. 그러니까… 병원에 입원 중인 중환자들의 생명유지장치가 멈췄을 것이며, 계좌 속에 예치해 둔 돈이 숫자에 불과하게 되어 모두 빈털터리가 될 겁니다. 그리고 그나마 네트워크에서 이뤄지던 사람들과의 교류마저도 단절되어 국민은 더욱 고립될 거고요."

정보통신부 장관의 눈동자가 파르르 흔들렸다.

"그리고 우리 정부 역시 대한민국 전역에서 일어나는 일들을 파악할 수도, 보고받을 수도 없습니다."

안보실장이 덧붙여 말했다.

"집 밖으로 나오지 못하는 상황에 네트워크 속 인간관계마저 단절되어 고립된다면 불안이 가중될 텐데요? 대체 원인이 뭡니까?"

"지금부터 알아봐야겠지만, 누군가가 고의로 대한민국의 모든 통신을 파괴한 것 같습니다."

국방부 장관이 떨리는 목소리로 대신 답했다.

"사이버 전쟁이 일어났다는 얘깁니까?"

대통령이 물었다.

"네. 그렇습니다."

정보통신부 장관이 대답했다.

"무기를 지원한 일에 대한 보복일까요?"

대통령이 두 눈을 질끈 감더니 두 손으로 머리를 쓸어 넘겼다.

"글쎄요. 잘 모르겠습니다. 지금으로선 위성통신을 이용해 네트워크를 복구한 다음, 누구의 소행인지 밝혀내야 합니다."

"하. 국민에겐 어떻게 소식을 전하죠? 당장 이튿날 새벽에 떠나야 하잖습니까?"

대통령이 물었다. 장관들은 고심에 빠진 듯 말이 없었다. 긴급재난 메시지나 SNS뿐만 아니라 뉴스도 라디오도, 전광판도 어떤 것도 전파를 송신할 방법이 없었다.

"드론을 이용해 전단을 공중에서 뿌리는 건 어떨까요?"

상황실 어딘가에서 누군가가 말했다.

"'삐라'를 살포하겠다는 건가요?"

국방부 장관이 코웃음을 치며 뒤돌아봤다.

"지금으로선 그것밖에 할 수 있는 게 없습니다."

외교부 장관이 말했다.

"아뇨. 이젠 어쩔 수 없습니다. 국민은 포기하셔야 합니다. 우리라도 살아남으려면 이젠 어쩔 수 없습니다."

국방부 장관이 말했다.

"맞습니다. 어차피 이젠 생존자도 없을 겁니다."

합참의장이 거들었다.

"잠깐만요. 박기범 박사는 어떻게 됐습니까?"

대통령이 한 손을 들며 말했다.

"그게… 해금강 방면으로 들어간 이후에 되돌아 나온 정황이 없습니다. 게다가 지금은 전국의 모든 감시카메라가 셧다운되어 더는 추적이 어렵습니다."

국토부 장관이 고개를 저었다.

"그럼, 이제 어떻게 하겠다는 겁니까? 계속 손 놓고 있겠다는 겁니까?"

"그게… 실은 어제 아침에 해금강 인근 해상에 선박 한 척이 전복돼 있는 걸 위성으로 확인했습니다. 박 박사 일행이 배를 타고 후쿠오카로 가려고 한 것 같습니다."

국토부 장관이 말했다.

"선박이 전복됐다고요? 선박에 타고 있던 사람들은 어찌 됐나요? 신고된 건 없었나요?"

"선박을 훔쳐 타서인지 신고된 건 없었습니다. 위성사진으론 생존자 확인까진 어렵고요. 다만, 어젯밤 그 일대에 너울성 파도가 높게 일었기 때문에 선박에서 탈출했다 해도 육지까지 헤엄치긴 어려웠을 겁니다. 게다가 해수 온도가 낮아 단 30분도 견딜 수 없었을 거고요."

국토부 장관의 말에 대통령은 입술을 질끈 깨물며 주먹으로 테이블을 내리쳤다.

***

이른 아침부터 다들 분주하게 움직였다. 공항까지는 70km로 한 시간 정도 걸릴 테지만, 우리는 변수가 생길 때를 대비해 일찍 나서기로 했다. 의사는 비상식량이 될 만한 즉석밥과 컵라면,

그리고 통조림 햄 등을 주방에서 가져 나왔다.

"여기도 있어요."

지나가던 챔피언이 찬장에 남아있던 라면 세 봉을 꺼내어 내밀었다.

"그건 놔두세요. 혹시 다른 누군가가 오면 먹을 수 있게."

의사가 돌아보며 말했다. 챔피언은 눈썹을 씰룩이며 라면을 도로 찬장에 올려두었다. 파일럿과 내가 트렁크에 짐을 싣는 동안, 전 장관은 의사에게 동하 옷을 따뜻하게 입히라며 단단히 일러둔 뒤, 집 안을 둘러봤다. 전 장관의 굳게 다문 입술 위로 눈물 한 방울이 톡 떨어졌다.

"자, 이제 갑시다."

나는 파일럿을 뒤따라 현관을 나섰다. 얇은 패딩 점퍼 안으로 매서운 바람이 파고들었다. 나는 몸을 오돌오돌 떨며 차로 걸어갔다. 무릎까지 쌓인 눈에 다리가 푹푹 빠졌다.

"어르신이 앞에 타세요."

오늘은 내가 뒷좌석에 탔다. 이럴 땐 덩치가 작아서 다행이다. 파일럿처럼 쓸데없이 덩치가 컸다면 끼어 탈 뻔했다.

"고맙소."

전 장관이 싱긋 웃으며 조수석에 올라탔다. 의사와 챔피언도 내 양옆에 앉았다.

우리는 드디어 별장을 떠나 공항으로 출발했다. 이제 내일 아침이면 로스앤젤레스에 도착할 것이다. 차는 눈 쌓인 언덕을 내려갔다. 나흘 동안 좀비가 된 사람도, 좀비를 마주치지도 않았다. 그 때문에 좀비에 대한 막연한 두려움도 조금씩 가라앉고 있었다.

우리는 사흘 전에 왔던 길을 되돌아갔다. 그동안 우리를 도와준 기계들은 이제 아무짝에도 쓸모가 없었다. 영상 전송이 안 되니 드론은 RC 비행기나 다름없었다. 나의 스마트 콘택트렌즈도, 머릿속 AI도 무용지물이었다. 기계를 대신할 수 있는 건 열 개의 눈동자밖에 없었다. 일행과 나는 창밖을 주시했다. 이젠 제법 손발이 맞았다.

"아직도 네트워크가 먹통이네요. 네트워크가 무력화됐다면, 비행기도 운항할 수 없는 거 아닌가요?"

나는 룸미러로 파일럿을 보았다. 시선을 느낀 파일럿이 나를 봤다.

"어차피 우린 허가받지 않은 항공기로 스텔스기나 다름없는 건 변함이 없습니다. 위기 상황은 맞지만, 해결책을 찾아 문제를 해결할 수 있을 겁니다."

파일럿이 말했다. 대한민국 인근 하늘엔 전투기와 미사일이 날아다니고 있을 것이다. 무작정 비행기를 띄웠다간 하늘을 떠도는 유령 비행기가 되는 게 아닐까.

"또 다른 모험이 시작되겠군그래."

전 장관이 혼잣말하듯 말했다. 쉽지 않은 비행이 될 테지만, 선택의 여지가 없었다. 미국으로 가는 위험하고도 가장 빠른 수단이었다. 비행기를 띄우는 문제보다 지금은 네트워크를 복구하는 게 더 시급하다. 네트워크를 복구하지 못하면, 로스앤젤레스에 도착한다고 해도, 영희와 연락할 길이 없다. 어쩌면 영희를 만날 수 없을지도 모른다.

그때, 문득 내비게이션 안내음이 귀에 꽂혔다. 앞 좌석으로 고개를 내밀어 센터페시아를 보니 내비게이션이 문제없이 작동되고 있었다. 그 순간 머릿속에서, 그러니까 내 머릿속 AI 칩이 아니라 진짜 내 머리가 해결책을 찾았다.

"네트워크를 복구할 수 있을 것 같아요!"

"어떻게요?"

스마트폰을 만지작거리던 챔피언이 고개를 번쩍 들었다.

"자율주행이 되고 있잖아요. 위성통신이 가능하다는 뜻이에요. 위성을 이용하면 복구할 수 있을지도 몰라요."

나는 흥분된 마음을 애써 누르며 대답했다.

"위성통신을 연결하겠다고요? 그게… 가능할까요?"

파일럿이 물었다.

"한번 시도해 보죠."

나는 전 장관과 자리를 바꿔 앉았다. 열 개의 눈동자가 내 손에 박혔다. 나는 차량 GPS와 연결된 위성통신 정보를 확인하려 센터페시아 스크린을 이리저리 눌렀다. 사실 나는 네트워크에 관한 일은 동료 전문가와 협력해 왔기 때문에 잘 알지는 못한다. 이럴 땐 네트워크 관련 전문가 동료에게 도움을 받는 게 가장 빠른데…. 물론, 세계 반대편에 있는 동료에게 연락하려면 네트워크가 연결되어야 한다. 어쩌면 연락해도 연락이 닿지 않을 수도 있다. 아직도 동료들에게선 답장이 없으니 말이다.

센터페시아를 몇 번이나 뒤져봤지만, 차량 GPS 정보를 어디다 숨겨 뒀는지 보이지 않았다. 내가 진땀을 흘리자, 전 장관이 넌지시 말했다.

"몇 년 전에 전쟁이나 천재지변에 대비해 상공 300~1,500㎞에서 지구 주변을 도는 저궤도 인공위성인 천리안위성 8호를 띄워 보낸 적이 있소."

"저궤도 인공위성이요?"

전 장관의 말에 당황해하던 그때, 챔피언이 말했다.

"그거라면, 제가 해볼게요."

나는 챔피언과 자리를 바꿔 앉았다. 챔피언은 노트북을 켜고서 센터페시아 스크린을 살폈다. 지난번 인터페이스 문제도 해결해 준 거로 봐선, 챔피언은 게임뿐만 아니라 IT 기술도 잘 아는 것 같았다.

"박사님. 스마트폰 좀 이리 줘보실래요? 박사님 스마트폰을 먼저 연결해 볼게요."

나는 스마트폰을 챔피언에게 건넨 뒤, 창밖으로 고개를 돌렸다. 창밖은 새하얗게 쌓인 눈과 새파란 바다밖에 보이지 않았다. 인간의 발길이 닿지 않은 순백의 세상은 너무나 아름다웠다. 챔피언은 스마트폰을 만지작거리며 한숨을 내쉬었다. 인공위성을 연결하는 게 쉽지 않은 모양이다. 녀석에게 괜한 기대를 걸었던 걸까.

거가대교에 다다른 그때였다. 저 멀리 새하얀 눈 위에 누군가의 발자국이 찍혀있었다. 발자국은 거가대교로 이어져 있었다. 누군가가 부산 방면으로 걸어간 모양이다. 발자국으로 봐선, 한 사람이었다.

"저기! 발자국이 있어요!"

파일럿이 발자국 옆에 차를 세웠다. 우리는 발자국을 보러 밖으로 나갔다. 가까이서 본 발자국은 못 해도 300mm는 돼 보였다. 발볼도 비정상적으로 넓었다. 바이러스가 인체를 변형시키는 건 아닐 텐데… 뭘까. 새로운 유형의 좀비인가. 나도 모르게 몸이 벌벌 떨렸다.

"빨리 차에 타는 게 좋겠소."

전 장관이 동하를 들어 안으며 뒷걸음질 쳤다. 파일럿과 의사, 그리고 나도 허겁지겁 차에 올라탔다.

"무슨 일이에요?"

네트워크를 복구하던 챔피언이 돌아봤다. 그 누구도 대답하지 않았다. 정체불명의 두려움이 차 안을 엄습했다. 차는 다시 움직였다.

＊＊＊

어느덧 거가대교 주탑을 지났다. 이제 거가대교를 건너 해저터널만 지나면 가덕도에 도착할 것이다. 미국까지 가는 일이 이렇게 험난할 줄 알았더라면, 연구에 성공했다는 걸 미국 본사에 알릴 걸 그랬다. 그랬더라면 미국에서 전세기를 띄워서라도 나를 데려오지 않았을까.

해저터널로 들어가 100m쯤 지났을 때였다. 터널 안에서 무언가가 '펑' 하고 터졌다. 고막을 뚫고 들어온 폭음에 나도 모르게 몸을 웅크렸다. 심장이 터질 듯이 두근거렸다. 믿고 싶지 않지만, 이건… 총소리다.

실눈을 뜨고서 주위를 둘러봤다. 모두 허리를 숙인 채 가쁜 숨을 몰아쉬었다.

"무슨 일이죠?"

의사가 속삭였다. 아무도 대답하지 않았다. 바로 그때, 누군가가 저벅저벅 걸어왔다. 나는 숨죽인 채 머리를 감쌌다. 잠시 후, 차 안에 검은 그림자가 드리웠다. 새하얀 눈 위에 찍혀있던 발자국이 떠올랐다. 지나는 사람들을 무자비하게 죽이는 거대한 발을 가진 좀비. 드디어 좀비가 우리 앞에 나타났다.

딸깍.

운전석 문이 열렸다.

"모두 나와!"

호랑이가 포효하는 듯한 소리가 터널 안에 메아리쳤다. 몸이 뻣뻣하게 얼어붙었다. 한 명인가, 아니, 무리겠지. 다 함께 힘을 합쳐 덤벼볼 만할까. 머릿속에서 쉴 새 없이 떠들어댔다.

"동하는 발밑으로 숨겨요."

전 장관이 속삭이며 문을 열고 밖으로 나갔다. 일행과 나도 머뭇거리다 뒤따라 나갔다. 발목까지 차오른 물이 찰랑거렸다. 짠내가 지난번보다 더 진해진 것으로 보아 바닷물이었다.

"모두 손을 머리 위로 올리고 뒤로 돌아."

남자가 소리쳤다. 우리는 손을 머리에 얹은 다음, 벽을 마주 보고 섰다. 이곳을 어떻게 빠져나갈 수 있을까. 당신들의 구역을 침범할 의도는 없다, 단지 지나는 길이었다, 라고, 솔직하게 말하면 보내줄까. 온갖 변명이 떠오르던 그때, 왼쪽 등에 무언가가 닿았다. 그 순간 숨이 멎어버렸다. 총이었다.

"당신들 누구야? 어디서 왔어?"

남자가 걸걸한 목소리로 말했다.

"서, 서울에서 왔어요. 우, 우리는 그냥… 여길 지나가는 중입니다. 그, 그러니까 당신들에게 아, 아무것도…"

챔피언의 목소리가 떨리고 있었다. 녀석의 등에도 총부리가 겨누고 있는 모양이었다. 그렇다면, 한 사람이 아니라는 뜻이다.

"뒤로 돌아."

남자가 챔피언의 말을 끊었다. 우리는 주춤주춤 뒤돌아섰다. 캐러멜 같은 갈색 피부에 핑크빛 눈을 가진 이들은 바로, 좀비들이었다. 좀비는 열댓 명쯤 되는 무리로, 쪽수로 보나 병력 상태로 보아 우리가 불리했다. 맞서 싸워봐야 득이 될 게 없었다. 이들이 원하는 게 뭘까. 놈들은 우리가 바이러스를 치료해 줄 수 없다는 걸 알 것이며, 이제는 숫자에 불과해져 버린 돈이 필요한 것도 아닐 것이다.

"차 트렁크에 먹을 게 있소. 다 가져가도 좋으니 보내만 주오."

전 장관이 말했다.

"먹을 걸 모두 주겠다고? 그럼, 당신들은 뭘 먹지? 먹지 않아도 된다는 건 당신들이 가는 곳이 안전이 보장된 곳이란 뜻인데? 어디 말해봐! 당신들 지금 어디로 가는 중이지? 보아하니 백날 네트워크 검색하며 정보를 캐는 우리보다 많은 정보를 가졌을 것 같은데."

그때였다.

"캡틴! 여기, 아이가 있어요!"

차를 뒤지던 놈들이 차에서 동하를 끌어 내렸다. 좀비에게 뒷덜미가 잡힌 동하를 보자, 의사의 얼굴이 일그러졌다.

"아이 몸엔 손대지 마! 털끝 하나라도 건드렸다간 어떤 것도 말해주지 않을 거야!"

챔피언이 달려가 동하를 가로막았다. 놈들의 웃음소리가 터널 안에 메아리쳤다.

"제 목숨이 파리 목숨인데, 지금 누가 누굴 보호해?"

캡틴은 갖고 있던 총으로 챔피언의 다리를 무심하게 쐈다. 탕— 하는 소리와 함께 챔피언이 신음을 내며 고꾸라졌다. 챔피언의 다리에서 피가 흘러내렸다.

"뭐 하는 거예요?"

의사가 놈들을 제치고 챔피언에게 달려갔다.

"당신도 총 맛을 보고 싶나 보군?"

캡틴이 히죽히죽 웃으며 총구를 의사에게 겨눴다.

"안돼!"

파일럿과 내가 동시에 소리쳤다. 의사는 카디건을 벗어 챔피언의 다리를 감쌌다. 흰색 카디건이 붉게 물들어갔다.

"당신들 대체 뭐야? 왜 죄 없는 사람들을 공격하는 거냐고!"

파일럿이 소리쳤다.

"죄 없는 사람들? 우리야말로 아무런 죄도 없이 한순간에 집도, 가족도, 생계도 잃어버렸어. 이런 세상이 올 거란 걸 진작 알고 있던 당신들은 온종일 에어컨이 나오는 시원한 성에서 로봇을 부리며 편하게 살았겠지만, 하루하루 먹고살기 바쁜 우리는 뜨거워서 숨도 못 쉬는 날이 올 거라곤 미처 알지 못했어. 당장 먹고살 돈을 벌기 위해 당신들이 살 아파트를 짓고, 당신들이 쓰는 자동차와 로봇을 만들었지. 그렇게 정신없이 살다 보니 이젠 출근하지 않아도 된다고 하더군. 쓸모가 없다고 말이야. 우리가 하던 일은 그렇게 AI와 로봇이 차지하고 말았어."

캡틴이 파르르 떨리는 입술을 질끈 깨물었다. 캡틴의 말처럼, 동네 내과의원 의사셨던 나의 아버지도 AI 의사에, 1층에서 약국을 운영하시던 어머니도 로봇에게 일자리를 빼앗겼다.

"그렇다고 폭력으로 다른 사람을 해친다고요? 그런다고 얻는 게 뭐가 있습니까!"

"얻는 거? 우리가 지금 뭘 얻으려고 이러는 줄 알아? 당신들이 1년 365일 틀어놓는 에어컨 때문에 지구는 점점 더 뜨거워졌어. 일자리를 잃은 내 가족들은 전기요금을 감당할 수 없어 에어컨도 켜지 못하고 뜨거운 태양에 익어갔고 말이야. 하루만이라도 시원한 곳에서 푹 잘 수 있다면 얼마나 좋을까. 매일 밤 기도했지만, 우리의 간절한 바람에도 불구하고 매일 밤 40도가 넘는 열대야가 계속됐어. 낮이고 밤이고 숨을 쉴 수 없을 만큼 뜨거워서 잠도 제대로 잘 수 없는 우리들의 처지를 당신들이 아느냐고! 우리가 얻고 싶은 건, 그저 사람답게 사는 거… 그냥 삶뿐이야."

캡틴의 말에 나는 눈물이 차올랐다. 3년 전 여름, 나의 부모님도 뜨거운 여름을 이겨내지 못하고 돌아가셨다. 일자리를 잃은 두 분은 나라에서 주는 기본소득에 소일거리를 하며 지내셨다. 줄어든 소득 때문에 비싼 전기요금을 감당할 수 없어 에어컨을 종일 틀지 못하셨고, 끝내 50도가 넘는 폭염을 견디지 못하셨다. AI 로봇이 부모님의 상태를 알려 구급대원들이 도착했을 땐, 마지막 숨이 남아있었다고 했다. 외동이었던 나는 그렇게 내 유일한 피붙이, 부모님을 잃었다. 부모님뿐만 아니라 지난여름엔 많은 사람이 열사병과 뎅기열 같은 열대성 전염병으로 세상을 떠났다.

"부산의 진입로들은 왜 막고 있는 겁니까?"

파일럿이 말했다.

"살던 집이 물에 잠기면서 부산 시민 대부분이 서울로 떠났고, 부산에 남은 사람은 별로 없었어. 반면, 인프라는 그대로였지. 그래서 빈집 털이를 하면 근근이 버틸 수가 있었어. 한데 타지역 사람들이 우리의 영역을 침범해 오면, 우리의 생존을 위협받게 된다고! 그러니 우리의 영역을 지키려면 그 방법밖에 없어."

캡틴이 말했다.

"…믿으실지 모르겠지만, 뜨거운 날씨 때문에 저도 제 부모님을 잃었습니다. 그래서 당신들이 겪는 고통이 뭔지, 조금은 알고 있습니다. 아파트가 아직도 시원할지는 모르겠습니다만, 제집을 줄 테니 우릴 놔주세요. 서울 스마트 아파트 3206호입니다. 비밀번호는 131308이에요. 먹을 것도 있을 겁니다. 저기 저 트렁크에 있는 음식들도 모두 드리겠습니다. 그러니 지금은… 우리를 놔주세요. 병원에 가야 합니다. 사람은 살려야죠."

나는 애써 감정을 억누르며 말했다. 좀비들의 신세 한탄을 들어줄 시간이 없었다. 지금은 챔피언을 살려야 한다.

"비트코인을 모두 주겠소. 내 전 재산이오. 제발 부탁이니 이 청년을 어서 병원에 데려갈 수 있게 해주오."

전 장관이 캡틴에게 스마트폰을 건네며 애원했다.

"제발… 부탁입니다. 지금 당장 병원으로 가야 해요."

의사가 울먹이며 말했다.

"병원? 지금 이 주위엔 우리 말고 다른 사람은 없어. 병원에 간다고 해도 의사가 없는데 무슨 수로 살린다는 거야?"

캡틴이 콧방귀를 끼며 고개를 저었다.

"제가 의사예요! 병원에만 가면 어떻게든 해볼 수 있어요."

의사가 소리쳤다. 그때였다.

끼익— 텅. 텅. 텅. 끼익 끼익— 텅. 텅텅 텅텅. 툭툭. 툭툭.

쇳소리와 파열음이 연이어 나더니 터널 입구 쪽에서 바닷물이 쏟아져 들어왔다.

"터널이 무너졌어요. 어서 빠져나가야 해요!"

* * *

대통령과 장관들이 굳은 얼굴로 임시 상황실에 둘러앉았다. 차분히 가라앉은 분위기 속에서 장관들은 대통령의 입만 바라보았다. 대통령은 한숨을 내쉬며 장관들의 얼굴을 찬찬히 둘러봤다.

"이제 내일이면 우리는 대한민국을 떠납니다. 아무쪼록 좀비의 습격에 대비해 만반의 준비를 다 하시기를 바랍니다."

대통령이 말했다.

"저, 대통령님. 그전에 드릴 말씀이 있습니다."

질병관리청장이 마이크에 대고 말했다. 대통령은 질병관리청장에게로 고개를 돌렸다.

"좀비들은 바이러스에 감염된 게 아닌 것으로 밝혀졌습니다. 좀비들에게선 어떤 바이러스도 검출되지 않았습니다."

질병관리청장이 말했다. 청장의 얼굴에 엄정한 빛이 어렸다.

"그게 무슨 말씀입니까? 바이러스에 감염된 게 아니라니요?"

대통령의 눈이 휘둥그레졌다.

"2개월에 걸쳐 동원할 수 있는 모든 검사를 총동원하였으나, 좀비들에게선 어떤 바이러스도 검출되지 않았습니다."

"바이러스에 감염된 게 아니라면 대체 그들이 폭력적인 행동을 한 원인이 뭡니까? 좀비들이 왜 하나같이 똑같은 행동을 했던 겁니까?"

대통령이 고개를 갸웃거렸다.

"이들은 지구온난화로 인해 생겨난 새로운 유형의 좀비입니다."

"지구온난화로 생겨났다고요?"

대통령은 눈썹을 씰룩였다.

"인간의 신체는 땀을 내고 호흡을 증가시키는 등으로 열을 몸 밖으로 발산하여 체온을 유지합니다. 그러나 오랜 시간 고온의 환경에 노출되어 그 한계를 벗어나면 체온 유지 중추가 기능을 잃게 되고, 장기가 손상되기 시작합니다. 바로 열사병이죠. 이 열사병에 걸리면 사람들은 괴상한 행동을 하고 환각 상태를 보이다 끝내 혼수상태에 빠지게 됩니다. 열사병 초기에 병원 치료를 받으면 살 수 있지만, 혼수상태에 빠진 이후엔 병원에 실려 와도 이미 장기부전이 진행되어 생존율이 낮습니다."

대통령은 기도하듯 두 손을 모은 채 잠자코 들었다.

"문제는 초기를 지나 혼수상태에 빠지기 전 단계로 괴상한 행동을 보이고 환각 상태를 보이는 사람들입니다. 이들이 병원에 실려 올 땐, 이미 뇌 기능이 손상된 이후입니다. 이때 치료를 받으면 다시 생존할 순 있지만, 뇌 기능은 회복되지 않습니다. 그들은 매년 여름 또다시 열사병에 걸리고 다시 치료받기를 반복하죠. 아니, 한해에도 몇 번씩 반복됐을 겁니다. 뜨거운 여름이 여덟 달째 계속되고 있으니까요. 그렇게 생명은 유지한 채, 뇌 기능은 점점 잃어 좀비가 되는 겁니다."

질병관리청장이 침착하게 말했다.

"올해도 3월부터 11월 중순까지 한낮 평균기온이 50도가 넘었습니다. 이런 극한 기온은 벌써 5년째 계속되고 있고요. 밤이 되어 기온이 낮아지면 낮 동안 뜨거워진 몸과 뇌가 식게 되는데, 밤 기온이 40도 밑으로 내려가지 않는 열대야가 여섯 달 동안 계속되는 바람에 사람들은 뇌를 식힐 수가 없었을 것이고, 뇌 기능은 점점 손상되어 갔을 겁니다. 마치 냄비에 개구리를 넣고 서서히 익히는 것처럼요."

질병관리청장이 덧붙여 말했다.

"에어컨을 틀면 되잖습니까?"

대통령이 물었다.

"24시간 에어컨이 가동되는 실내에서 생활하는 사람도 많지만, 그렇지 않은 사람도 많습니다. 야외에서 근무하는 사람들이나 값비싼 전기요금을 감당할 수 없는 에너지 빈곤계층의 사람들 말이죠."

비서실장이 대답했다.

"음… 그렇군요. 그럼, 지금처럼 추운 겨울엔 공격성이 줄어들까요?"

대통령이 물었다.

"추운 겨울엔 뇌 기능이 더는 손상되진 않지만, 이미 손상된 뇌세포는 되살릴 수 없습니다. 그 때문에 이들에게서 보이는 공격성은 여름과 다를 바 없을 겁니다. 문제는 다음 해에 또다시 뜨거운 여름이 돌아오면, 뇌 기능이 더 손상될 거란 겁니다."

질병관리청장의 말에 대통령의 눈이 휘둥그레졌다.

"점점 진화한다는 얘깁니까?"

"맞습니다. 좀비들은 뇌 기능이 손상된 정도에 따라 의사소통은 되나 분노를 참을 수 없는 이들부터 의사소통 능력을 잃고 보이는 건 닥치는 대로 헤치고 죽이는 이들까지 다양했습니다. 인간이 오랜 시간 환경에 적응하기 위한 진화를 거듭해 온 것처럼 이들도 진화를 거듭할 것이고, 점점 더 포악해지고 난폭해져 아직 진화하지 않은 우리 같은 사람들을 헤치고 죽이며, 지구를 점령할 겁니다. 그리고 이들은 끝까지 살아남아 지구의 신인류로 자리매김할 거고요."

질병관리청장의 말에 상황실은 차갑게 얼어붙었다.

"이들의 진화 정도를 한눈에 구분할 수도 있을까요? 그래도 살아있는 국민에게 정보를 알려줘야 하잖습니까?"

"지금까지 확인된 바로는 진화 초기 단계의 좀비는 화상을 입은 것처럼 태양 같은 빨간 얼굴에 핏발이 선 눈동자를 가졌습니다. 그리고 의사소통 기능을 잃은 흉포한, 최고로 진화한 좀비들은 불에 탄 시체처럼 피부가 검고, 신체 수분이 메말라 주름이 많은 데다 새빨간 눈을 가졌고요."

대통령과 장관들은 입을 떡 벌린 채 아무 말도 하지 못했다.

"그렇다면 10월 7일 대한민국 전역에 날아다닌 드론의 정체는 뭐죠? 미국은 의도적으로 바이러스를 퍼트린 거라고 했잖습니까?"

대통령이 한 손으로 안경을 벗으며 다른 손으로 얼굴을 쓸어내렸다.

"드론이 날아다닌 날은 난민이 입국하던 날이었습니다. 처음에는 난민에게로 화살이 향했고, 나중엔 드론이 바이러스를 퍼뜨렸다는 뉴스가 나왔죠. 아무래도 누군가가 꾸며낸 음모에 말려든 것 같습니다."

"누군가 꾸며낸 음모요? 그게 누구죠?"

"미국으로 추정하고 있습니다."

안보실장이 문을 힐끗 보며 속삭였다. 상황실에 긴장감이 감돌았다.

"미국이요? 대체 미국이 왜…"

대통령도 소리 없이 입을 움직였다. 대통령의 눈동자가 허공을 떠다녔다.

"이건 어디까지나 사견입니다만, 대한민국보다 기후변화가 더 급격했던 미국은 이미 오래전에 좀비에 점령당했을 겁니다. 세계인의 눈을 가리며 좀비들을 생포해 왔을 테고요. 하지만, 기하급수적으로 늘어나는 좀비와 60도가 넘는 기온을 더는 견딜 수 없었을 겁니다. 그 때문에 인간이 살 수 있는 행성을 찾아 나섰을 거고요. 그리고 바로 2년 전, 미국이 지구와 비슷한 환경을 가진 행성을 찾았다는 소식이 비밀리에 전해졌습니다. 이제 그 행성에 누가 먼저 깃발을 꽂느냐의 싸움입니다. 이주할 행성에 가장 먼저 깃발을 꽂아야 하는데, 중국과 러시아가 함께 달 남극에 유인기지를 건설하는 등 서로 협력하니, 위협이 됐을 겁니다. 미국은 이 두 나라를 따돌려야 했을 테고, 중국과 러시아보다 빨리 깃발을 꽂기 위해선 전쟁으로 세계의 이목을 돌려야 했을 겁니다."

국가정보원장이 대답했다.

"만약 그게 사실이라면, 박 박사는 왜 모셔 오라고 한 걸까요?"

"우주선의 크기는 한정되어 있습니다. 최대한 짐을 줄여야 하므로 지구의 방대한 정보가 저장된 거대한 데이터센터를 가져갈 수 없을 겁니다. 그 문제엔 박 박사의 뇌에 심은 칩이 해결책이 될 수 있을 거고요. 만약 그게 아니라면, 미국이 말한 것처럼 박 박사가 연구한 AI 칩으로 정말 좀비들을 통제하려는 걸 수도 있고요."

과학기술정보통신부 장관이 말했다.

"살기 위해선 박 박사를 찾아 미국으로 가야 한다는 얘기군요."

"맞습니다. 미국 정부는 오래전부터 민간인 통제 구역을 만들어 고위층만의 공화국을 건설했었습니다. 좀비로 골머리를 앓았을 미국 정부가 좀비들의 공격을 완벽하게 차단한 지역을 만들어 그 안에서 살았던 것 같습니다. 그곳에 가면 살 수 있을 겁니다."

국가정보원장이 대답했다.

"박 박사를 데려가지 못하면 어떻게 될까요? 만약, 박 박사가 죽었다면요? 그렇다면 인류에겐 희망이 없을까요?"

"지구 환경에 맞춰 진화를 거듭해 온 좀비들이 결국 지구의 지배종이 될 겁니다. 그렇게 되면 우리도 머지않아 좀비가 되거나, 아니면 좀비의 공격에 죽게 되겠죠."

질병관리청장의 말에 상황실엔 침묵이 흘렀다. 그때였다. 국토부 장관이 침묵을 깨뜨리며 상황실로 뛰어 들어왔다.

"조금 전에 해저터널이 붕괴됐습니다. 미군 측이 위성통신을 연결해 확인한 바로는 붕괴 직전에 하얀색 7인승 승합차가 해저터널로 들어갔다고 합니다."

"박 박사가 살아있었다는 건가요?"

대통령이 소리쳤다.

"그랬던 것 같습니다."

국토부 장관이 말했다.

"그 승합차… 터널을 빠져나왔나요?"

"현재로선 확인이 되지 않습니다."

국토부 장관이 고개를 저었다.

* * *

파일럿이 제일 먼저 달려가 운전대를 잡았다. 그러는 동안 전 장관이 동하를 데리고 차에 올라탔고, 의사와 나는 챔피언을 부축했다. 챔피언은 절뚝거리긴 해도 출혈이 많지는 않았다. 병원에 간다면, 살 수 있을 것이다.

"어서 서둘러요!"

파일럿이 창밖으로 얼굴을 내밀고 소리쳤다. 슬쩍 돌아보니 바닷물이 거대한 파도처럼 밀려들고 있었다.

"먼저 차에 타세요!"

나는 의사에게 소리쳤다. 의사는 잠시 주저하더니 차로 달려갔다. 의사가 차에 올라타자, 차는 조금씩 앞으로 나아갔다. 콸콸 쏟아지는 물소리가 점점 커졌다. 우리는 수심이 제일 깊은 곳에서 오르막길로 접어들고 있었다. 다리가 후들거리고 식은땀이 흘렀다.

"빨리 뛰어요!"

파일럿이 소리치며, 차를 후진했다. 나는 나보다 키가 큰 챔피언을 끌다시피 하며 차로 달려갔다. 마지막 힘을 내어 깨진 유리창 안으로 손을 뻗어 뒷좌석 머리받침대를 붙잡은 그 순간, 등 뒤에서 밀려든 바닷물이 우릴 덮쳤다. 때맞춰 차는 앞으로 튀어 나갔고, 나는 한 손에는 차를, 다른 한 손에는 챔피언을 붙잡은 채 차에 매달렸다. 차는 빠른 속도로 앞으로 내달려 물살을 벗어 났고, 우리는 눈썰매를 탄 아이처럼 끌려갔다.

챔피언을 붙잡은 손이 점점 무거워졌다. 차를 붙잡은 챔피언의 손에서 힘이 빠지고 있었다. 등 뒤에선 바닷물이 맹렬히 우리를 쫓아왔다. 더는 버틸 수 없을 것 같았다.

"박사님. 먼저 차에 타세요."

챔피언이 말했다. 챔피언의 숨소리가 귓가에 시근거렸다.

"안 돼요! 당신도 날 살려줬잖아요. 나한테도 당신을 살릴 기회를 줘야죠."

"괜찮아요. 사실은… 시합… 어제였어요. 어차피 미국에 가도…"

"그런 말 하지 마요. 터널에서 나가기 전까진 당신 손 놓지 않을 거니까. 그리고… 바다에서 날 살려줘서 고마워요. 잊지 않을게요."

나는 챔피언에게 말했다. 챔피언이 텅 빈 눈으로 나를 바라봤다. 두려움이 챔피언을 집어삼켜 버렸다. 터널 벽에 설치된 표시등을 보아 우리는 해저 30m까지 올라왔다. 머릿속 AI가 알려준 현재 속도는 시속 120km로, 남은 터널 길이가 3.7km이니 터널을 벗어나는 데는 1분도 채 걸리지 않을 것이다. 조금만 더 버티면 된다.

"곧 터널을 빠져나갈 테니 정신 차려요. 터널 밖은 안전할 거예요."

챔피언은 초점 잃은 눈으로 고개를 주억거렸다. 얼마 지나지 않아, 빛이 비춰들었다. 터널 출구가 코앞에 있었다.

그때였다. 또다시 바닷물이 우리를 덮쳤다. 나는 머리 받침대를 꽉 끌어안은 채 두 눈을 질끈 감았다. 잠시 물속에서 허우적댔으나, 곧 몸이 가벼워졌다. 그리고 때맞춰 차가 멈췄다. 감았던 눈을 떴을 땐, 터널 밖이었다.

"우리… 살았어요."

나는 거친 숨을 몰아쉬었다. 챔피언은 아무 말이 없었다.

"괜찮아요?"

나는 챔피언에게로 고개를 돌렸다. 그런데 내 옆에 있어야 할 챔피언이 보이지 않았다. 그 순간, 가슴이 서늘해졌다. 나는 벌떡 일어나 주위를 둘러봤다. 챔피언은 어디에도 없었다. 하. 말도 안 돼.

나는 터널로 달려갔다. 터널 안엔 천장까지 바닷물이 차올랐다. 눈앞이 캄캄했다.

"지섭 씨!"

나는 터널을 향해 소리쳤다. 내 목소리는 터널에 가 닿지도 못하고, 허공에서 흩어졌다. 챔피언의 대답은 돌아오지 않았다. 차에서 내린 일행이 내 옆으로 다가왔다.

"지섭 씨! 김지섭 씨!"

파일럿도, 노인도, 의사도, 동하도 터널을 향해 소리쳤다. 바다가 삼켜버린 터널 안에선 아무런 기척이 없었다. 나는 그만 철퍼덕 주저앉았다. 내 옆에 선 전 장관이 떨리는 목소리로 말했다.

"부디… 잘 가시게."

* * *

10분 후, 우리는 공항에 도착했다. 예상했던 것보다 한 시간이나 늦어서인지 생존자 180여 명이 모여있다던 공항은 조용하기만 했다.

"아무도 없네요. 벌써 간 건 아니겠죠?"

나는 텅 빈 공항을 둘러봤다. 마지막 시도나 다름없는 기회를 놓쳐버린 건 아닌지 불안감이 엄습했다.

"알아보고 올 테니까 여기서 잠시 기다리세요."

파일럿이 머리를 쓸어 넘기며 말했다. 나는 일행을 데리고 의자로 갔다. 의사와 전 장관은 고개를 푹 숙인 채 의자에 앉았고, 동하는 축 처진 채 엄마 품에 안겼다. 이들을 보니, 챔피언이 거센 바다에서 줄을 당기던 모습이, 그리고 마지막 얼굴이 자꾸만 떠올랐다. 나는 눈물이 왈칵 쏟아질 것만 같아 자리에서 일어났다. 전 장관이 떼꾼한 눈으로 나를 올려다봤다.

"쓸만한 게 있나 찾아보고 올게요."

나는 일행에게서 떨어져 공항을 어슬렁거렸다. 일행과 떨어져 있어야 머릿속에서 챔피언을 지울 수 있을 것 같았다. 공항 안을 정처 없이 걷다 자판기 앞에서 걸음을 멈춘 그때였다. 나는 등 뒤에서 쏟아지는 시선을 느꼈다. 등줄기가 서늘해졌다. 조심스레 몸을 돌려 공항을 빙 둘러보던 그때, 나는 그 자리에 그만 얼어붙고 말았다. 내게 시선을 던진 이들은 다름 아닌 좀비들이었다. 바로 위층 식당가 난간에 숯덩이처럼 새까만 좀비들이 새빨간 눈으로 나를 내려다보고 있었다. 족히 백여 명쯤 돼 보였다.

"헉! 조, 좀비야…"

눈을 끔뻑이던 그때, 좀비들이 움직이기 시작했다. 놀란 나는 입국장으로 내달리며 의사와 전 장관에게 소리쳤다.

"좀비예요! 어서 입국장으로 뛰어요!"

의자에 앉아 꾸벅꾸벅 졸던 전 장관은 고개를 번쩍 들더니 동하를 들쳐 안고 의사와 함께 입국장으로 달리기 시작했다. 입국장에 가까웠던 나는 제일 먼저 입국장을 통과했다. 돌아보니 동하를 안은 전 장관의 속도가 점점 느려지고 있었다. 나는 달리기를 멈추고 전 장관에게로 달려가 동하를 안았다.

"고맙소."

전 장관은 숨을 헐떡이며 말했다. 우리는 입국장을 지나 활주로와 이어진 에스컬레이터를 뛰어 내려갔다. 어느새 좀비들이 에스컬레이터에서 내려와 입국장으로 달려오고 있었다. 바로 그때, 내게 안겨 등 뒤를 바라보던 동하가 갑자기 울음을 터트렸다. 그 순간, 여기저기 흩어져 있던 좀비들이 몰려들기 시작했다.

“동하야. 쉿! 울지마. 아저씨가 꼭 비행기 태워줄게.”

나는 동하를 달래며 에스컬레이터에서 내려 활주로로 뛰어갔다. 500m쯤 떨어진 활주로에 이륙을 준비하는 비행기 한 대가 서 있었다. 그 옆의 비행기 탑승 계단 위에는 파일럿이 손을 흔들고 있었다. 조금만 힘내자. 비행기에만 타면 살 수 있을 거야.

나는 미끄러져 내리는 동하를 고쳐 안으며 정신없이 내달렸다. 눈 위를 달리는 수백 개의 발소리만이 허공에 울리던 그때, 의사가 비명을 내지르며 넘어졌다. 그녀의 등 뒤로 좀비들이 검은 핏불테리어 떼처럼 달려오고 있었다. 먼발치서 어쩔 줄 몰라하던 그때, 전 장관이 의사에게로 되돌아가더니 의사를 잡아끌었다. 전 장관과 의사는 다시 달리기 시작했고, 나도 비행기로 달려갔다.

비행기와 점점 가까워진 그때였다. 이번엔 전 장관의 비명이 허공에 메아리쳤다. 좀비 하나가 전 장관을 덮쳤다. 전 장관보다 앞서 달리던 의사는 뒤돌아보며 비명을 내질렀다. 나는 의사에게 달려가 동하를 건넸다.

“어서 비행기에 타요.”

전 장관을 구하러 달려가던 바로 그때,

탕— 탕탕— 탕탕탕---

총소리가 허공에 울려 퍼졌다. 전 장관에게 달라붙었던 좀비들이 하나둘씩 쓰러졌다. 돌아보니 파일럿이 좀비를 겨누고 있었다. 나는 좀비들이 쓰러진 틈을 타 전 장관에게로 달려갔다.

"박 박사. 그냥 가. 어서 가!"

웬일인지 전 장관은 내게 오지 말라며 손을 저었다. 자세히보니 그 옆에 서 있던 좀비가 전 장관의 아랫다리 한 짝을 손에 쥐고 있었다. 눈앞이 아찔해졌다. 바로 그 순간, 좀비들이 전 장관을 덮쳤다.

"어르신!"

나는 그 자리에 멈춰 섰고, 전 장관은 좀비들 사이로 사라져 버렸다. 나는 뒷걸음질 쳤다. 아무 생각도 들지 않았다. 오직 살기 위해서 다시 비행기로 달렸다. 의사와 동하가 계단을 올라 비행기에 타고 있었다. 내가 비행기에 올라탈 때쯤이면 비행기는 좀비들에게 점령당할 것 같았다. 어떡하지. 비행기에 타지 못하면, 넓은 활주로에서 좀비들을 피할 수 없을 텐데. 하지만 어쩔 수 없었다. 비행기에는 너무 많은 사람이 타고 있었다. 나로 인해 그 사람들을 모두 죽게 할 순 없었다.

"먼저 가요. 미국에서 봐요!"

나는 파일럿에게 소리쳤다. 놀란 의사와 동하가 되돌아 나왔다.

"안 돼요! 어서 와요!"

의사가 울부짖었다.

"동하야! 먼저 가! 아저씨가 곧 따라갈게!"

나는 동하에게 손을 흔들었다. 동하는 아무것도 모른 채 내게 손을 흔들었다. 파일럿은 잠시 주저하더니 의사와 동하를 데리고 비행기 안으로 사라졌다. 곧장 비행기 문이 닫혔고, 비행기는 서서히 움직이기 시작했다.

나는 그저 조금이라도 더 살기 위해서 달리고 또 달렸다. 좀비들은 어느새 코앞까지 가까워졌다. 허허벌판인 활주로에 좀비를 피해 숨을 곳은 어디에도 없었다. 희망을 잃고 점점 지쳐가던 그 때였다. 비행기가 떠난 자리에 생존자들이 타고 온 30인승 버스가 거짓말처럼 세워져 있었다.

나는 곧장 버스로 달려갔다. 좀비들은 얽히고설킨 채 나를 따라왔다. 간신히 버스에 올라탄 나는 곧장 시동 버튼을 눌렀다. 시동이 걸리며 문이 닫혔다. 닫힌 문 앞에 좀비들이 달라붙었다. 좀비들은 주먹과 머리로 차창을 내리쳤다. 허둥지둥 기어를 조작한 다음 페달을 밟자, 차가 앞으로 튀어 나갔다. 차에 달라붙은 좀비들이 벌 떼처럼 쫓아왔다. 나는 가속페달을 힘껏 밟아 좀비들 사이를 지났다. 좀비들이 차에 깔리고 부딪혔다.

텅- 텅텅— 텅텅텅---

차에 부딪힌 좀비들이 차창에서 미끄러져 내렸고, 차창은 점점 피로 얼룩져갔다. 나는 점점 더 속도를 높여 공항 밖으로 내달렸다. 그렇게 한참을 달리다 보니 어느새 좀비들이 사라지고 없었다. 사이드미러를 힐끗 보니 좀비들이 점점 멀어지고 있었다. 거친 숨이 터져 나왔다.

막 활주로를 벗어난 그때였다. 배터리 경고등이 깜빡거렸다.

* * *

나는 우리가 타고 온 차 옆으로 갔다. 때맞춰 시동이 꺼졌다. 차창은 깨지고 피로 얼룩져 한눈에 보기에도 처참했다. 조금만 더 늦었다간 좀비들이 차 안으로 들이닥칠 뻔했다. 이제 어디로 가야 하나. 머릿속이 텅 빈 듯 아무런 생각도 들지 않았다. 그래. 일단 여기를 벗어나자.

차에서 내려 밖으로 나갔다. 입김마저 얼어버릴 것 같은 서늘한 공기가 옷 속을 파고들었다. 일행이 없으니 더욱 추운 것 같기도 했다. 나는 파일럿의 차에 올라탔다. 처참하기는 파일럿 차도 마찬가지였다. 차 안엔 유리 파편이 여기저기 튀어있었다. 나는 손으로 대충 툭툭 털고서 시동을 걸었다. 덜그럭거리며 시동이 걸렸다. 계기판을 보니 배터리 잔량이 얼마 남지 않았다. 도로 사정이 좋지 않은 데다 좀비들에게서 도망치느라 전기를 많이 소진한 모양이다. 설상가상으로 터널을 빠져나오면서 전기 충전 커넥터도, 태양전지판도 모두 망가졌다. 남은 배터리로 얼마큼 갈 수 있을까.

나는 브레이크에서 발을 뗐다. 다행히 차는 움직였다. 하지만 얼마 지나지 않아 충전 경고등이 깜빡거렸다. 얼마나 더 갈 수 있을까. 차가 멈추면 좀비를 피해 갈 곳이 없다. 나는 조금이라도 전력을 아끼기 위해 난방을 껐다. 깨진 뒷유리창으로 냉동고 바람이 숭숭 들어왔다. 손을 후후 불며 번갈아 운전대를 잡았다. 여태껏 군소리 없이 운전을 도맡은 파일럿이 생각이 났다. 덩달아 챔피언과 전 장관도 떠올랐다. 눈앞에서 챔피언과 전 장관을 잃었다. 나는 입술을 질끈 깨물었다. 눈물 한 방울이 툭 떨어졌다.

"바보 같은 녀석. 어르신."

막 가덕대교를 지나던 그때였다. 충전경고등에 빨간불이 깜빡거리더니 차가 느려졌다. 이제 겨우 가덕도를 벗어나려던 참인데, 아무래도 틀린 것 같다. 차는 내리막길에서 멈춰버렸다.

나는 멍하니 창밖을 바라봤다. 눈앞에 설경이 펼쳐졌다. 어떤 생명체의 발자국도, 차가 지나다닌 흔적도, 눈을 치운 흔적도 없이 세상이 온통 새 하얀색으로 뒤덮였다. 차 안으로 한기가 스며들었다. 당장 추위를 피할 곳을 찾아야 하는데 막막했다. 밖으로 나갈 엄두가 나지 않았다. 나는 핸들에 얼굴을 파묻고 몸을 웅크렸다. 어쩌면 처음부터 불가능했던 일이었는지도 모른다. 이쯤에서 관둘까. 하지만 이젠 갈 곳이 없다.

뜨거운 태양이 내리쬈다. 뜨거워진 모래에 발이 푹푹 빠져 한 걸음 내딛는 것조차 힘이 들었다. 땀이 비 오듯 흘러내리는데 나무 그늘은 보이지 않았다. 도무지 어디가 시작인지, 어딘가 끝인지 아무것도 가늠할 수 없었다. 걸어도 걸어도 변함없는 풍경에 제자리를 걷는 듯한 착각이 들었다. 마치 화성에 온 것 같았다.

"큰일인데? 아무래도 길을 잘못 든 것 같아."

사방이 모래뿐이라 영희와 나는 방향감각을 잃어버렸다.

"괜찮아. 저기 저 모래 언덕 위로 올라가면 뭐라도 찾을 수 있을 거야."

영희가 내 등을 두드렸다. 초조한 나와는 달리 영희는 덤덤했다. 신혼여행으로 사막횡단이라니. 세계를 내 집처럼 사는 영희다웠다. 물론 나는 영희가 원하는 거라면 뭐든 좋았기 때문에 아무것도 모르고 따라오긴 했지만, 아무리 생각해도 신혼여행으로 사막은 아닌 것 같다.

영희는 모래 언덕으로 걸어갔다. 모래 언덕은 좀처럼 가까워지지 않았다. 점점 입은 마르고 땀에 전 몸은 축 늘어졌다. 물병을 열어 입에 털어 넣었다. 물줄기가 쪼르르 떨어졌다. 물도 인내도 바닥이 나버렸다. 갈증과 함께 화가 치밀었다.

"그렇게 사막에 오고 싶으면 혼자 올 것이지. 신혼여행이 이게 뭐야!"

드디어 모래 언덕 위에 올라섰을 땐, 버석거리는 인간 스펀지가 되었다. 나는 삭아버린 스펀지처럼 툭 치면 바람에 훌훌 날릴 것 같은 상태로 모래 언덕에 주저앉았다. 붉은 해가 마주 보였다. 해가 지고 있었다. 그때, 영희가 허리를 숙여 뭔가를 주웠다.

"이거 봐. 난 여기에 오기 전까지 사막은 죽음의 땅이라고 생각했거든? 생명체라곤 존재하지 않을 것 같았어. 그런데 이런 게 살고 있어."

영희가 내게 손을 내밀었다. 그녀의 손에 도마뱀이 올려져 있었다. 나는 도마뱀이고 뭐고, 당장 물이 먹고 싶었다. 나의 간절함을 누군가가 들은 걸까. 저 멀리 지평선 아래 물웅덩이가 반짝였다.

"영희 씨. 저기 봐! 저기! 오아시스야!"

"응? 어디?"

영희가 손 그늘을 하고서 내가 가리키는 곳을 바라봤다.

"저기 있잖아. 저기!"

나는 당장이라도 달려가고 싶은 마음을 억누르며 물웅덩이를 가리켰다.

"대체 어딨다는 거야?"

영희가 눈을 찡그리며 오아시스를 찾았다. 나는 참다못해 일어나 영희와 눈높이를 맞춘 뒤, 조금 전 그 방향을 가리켰다. 그런데 조금 전까지만 해도 보였던 물웅덩이가 보이지 않았다.

"어?"

나는 눈을 깜빡거렸다. 눈에 모래가 들어갔나. 왜 안 보이지.

"왜?"

"…있었는데…"

믿기지 않았다. 대체 물웅덩이가 어디로 사라져 버린 걸까. 그때, 영희가 내 등을 어루만지며 말했다.

"기범 씨. 그거… 신기루야."

눈을 번쩍 떴다.

"분명히 영희 목소리였는데…"

주위를 둘러봐도 영희는 없었다. 어쩐지 기분이 이상했다. 설마 영희가 또다시 사막에 간 건 아니겠지. 어쩐지 전 장관이 들려준 얘기가 마음에 걸렸다.

'이 전쟁이 지구를 놓고 싸우는 게 아닐지도 모르오.'

그때였다. 머릿속에서 무언가가 깜빡였다. 잠깐… 이건? SNS 메시지였다. SNS 메시지가 도착했다는 건, 네트워크가 연결됐다는 뜻이다! 됐다. 됐어! 챔피언… 이 녀석! 성공했구나. 녀석이 인공위성으로 네트워크를 연결한 거야. 마크툽 김지섭. 고마워. 이 은혜 잊지 않을게.

나는 얼른 SNS 메시지를 확인했다. 영희에게서 온 메시지였다.

[기범 씨. 어디쯤 왔어?]

영희는 아직 살아있었다.

[가고 있긴 한데… 시간이 조금 걸릴 것 같아. 그래도 꼭 갈 테니깐 기다려. 그나저나 설마 나사에 간 건 아니지?]

이건 나만 아는 비밀인데, 영희는 한국의 칼 세이건이다. 그녀의 원래 직업은 천문학자로, 미국 국가항공우주국에서 일하다 5년 전에 소설가로 전향했는데, 국가항공우주국의 비밀조항으로 어쩔 수 없이 필명을 썼다.

[알잖아. 비밀을 누설할 수 없다는 거. 우리 신혼여행으로 갔던 그 사막 참 좋았는데, 그치? 그리고 나, 네바다주로 이동해. 거기로 와.]

우리의 신혼여행지였던 사막. 영희는 캘리포니아주 모하비 사막에 간 것이다. 나사 일로 미국에 간 게 맞는다는 뜻이었다.

[알았어. 무슨 일이 있어도 꼭 갈게. 보고 싶어.]

나는 영희에게 텔레파시를 보내듯 메시지를 전송했다. 영희에게선 더는 답장이 오지 않았다. 좀비가 걷잡을 수 없이 급증하자, 전 장관의 말처럼 우주로 이주하기 위해 영희의 자문이 필요했을 것이다. 그 때문에 영희는 캘리포니아에 갔으며, 지금은 네바다주에 있는 51구역이라 불리는 군사기지로 가고 있는 모양이다. 그 얘긴, 영희는 미국 정부의 보호 아래 있으며, 어쩌면 가족인 나 역시도 좀비로부터 미국 정부의 보호를 받을 수 있을지도 모른다는 뜻이다. 그렇다면, 무슨 일이 있어도 미국으로 가야 한다.

나는 주섬주섬 배낭을 챙겼다. 어서 밖으로 나가 미국으로 갈 방법을 모색해 보자. 나는 가방에서 스마트 콘택트렌즈와 음향 증폭기를 꺼내 끼고서 주위를 둘러봤다. 렌즈는 대교 아래 줄지어 세워진 건물들이 공장과 물류창고라고 알려줬다.

나는 무작정 배낭을 메고 밖으로 나갔다. 밖으로 나간 게 아니라 거대한 냉동창고에 들어간 것 같았다. 온몸이 오들오들 떨렸다. 날씨가 급격히 추워질 줄 알았다면 두꺼운 겨울옷을 챙겨왔을 텐데. 나는 조심조심 내리막길을 내려갔다. 무릎까지 쌓인 눈에 다리가 푹푹 들어갔다. 신발은 젖어버렸고, 발은 무감각해졌다.

그때였다. 눈 속에 파묻혀있던 무언가가 발에 툭 하고 걸렸다. 그 바람에 중심을 잃고 앞으로 넘어져 버렸고, 손쓸 틈도 없이 아래로 떼굴떼굴 굴렀다. 나는 눈이 되고, 눈은 내가 되었다.

철퍼덕--

나는 차 대신 데굴데굴 굴러 가덕대교를 내려왔다. 휴. 정말로 눈사람이 될 뻔했다. 그래도 어떻게 왔든 내려왔으니 됐다. 일어나 옷에 묻은 눈을 탈탈 털어내는데, 뭔가 허전했다. 내 귀에 꽂혀있어야 할 음향 증폭기가 없었다. 나는 내려온 길을 올려다보며, 챔피언이 남기고 간 드론을 날렸다. 음향 증폭기는 스키점프대 같은 오르막길 중앙에 있었다. 한숨이 나왔다. 저기까지 어떻게 올라가지.

그때였다. 서걱서걱 눈 밟는 소리가 났다. 등줄기가 서늘해졌다. 좀빈가. 마른침을 삼키며 주위를 둘러보던 그때, 검은 생명체가 대교 위에서 맹렬히 뛰어 내려왔다. 저, 저게 뭐지. 눈을 찡그려 검은 생명체를 보는데, 검은 생명체가 소중한 나의 음향 증폭기를 질끈 밟았다. 검은 생명체는 개도 개의 새끼도 아니었다. 좀비라고 하기에도 덩치가 지나치게 컸다. 그럼, 대체 저게 뭐란 말인가.

나는 녀석의 눈에 띄지 않게 슬금슬금 뒷걸음질 쳤다. 대교를 내려온 녀석은 어기적어기적 주위를 배회했다. 나는 물류창고 입구로 걸어가 조심스레 문을 옆으로 밀었다. 덜컹. 문이 잠겨있었다. 그때였다. 덜컹하는 소리에 녀석이 돌아봤다. 그 순간, 나는 녀석과 눈이 마주쳤다. 그러니까 저 녀석의 정체는… 반달가슴곰이다. 거가대교 입구에서 본 거대한 발자국의 주인은 바로 이 반달가슴곰이었다. 다리가 후들거렸다. 오래전에 지리산에서 살았다는 얘기는 듣긴 했는데, 반달가슴곰이 대체 여긴 왜 있는 걸까.

나는 뒤도 돌아보지 않고 지하창고를 끼고 옆으로 달렸다. 아니, 눈 위를 날았다. 정말이다. 나는 내가 그렇게 빠르게 달릴 수 있다는 걸 40년 만에 처음 알았다.

지하창고 옆 외벽에 설치된 계단이 2층으로 이어져 있었다. 나는 계단을 뛰어 올라갔고, 그 사이 드론이 내 주위를 맴돌며 영상을 머릿속에 보여줬다. 반달가슴곰은 어느새 물류창고 앞에 다다르고 있었다.

젖 먹던 힘을 다해 계단을 뛰어올라 2층에 다다른 그때, 나는 숨이 턱 막혀버렸다. 계단 끝은 막다른 길이었다. 계단 끝엔 철제문 하나가 굳게 닫혀있었다. 문고리를 잡아 당겨보았지만, 문은 잠겨있었다. 하. 이젠 어떡하지. 반달가슴곰이 계단을 성큼성큼 뛰어 올라오고 있었다. 난간을 넘어 아래로 뛰어내리는 것 말고는 다른 선택지가 없었다.

나는 난간으로 다가가 밑을 내려다봤다. 눈이 수북이 쌓여있으니 적어도 죽진 않겠지. 하지만 선뜻 용기가 나지 않았다. 난간을 붙잡고 이러지도 저러지도 못하던 그때, 출입문 옆에 나 있는 창문이 눈에 들어왔다. 어깨높이에 달린 창문은 30인치 TV만 했는데, 작고 얇은 내 몸이 통과하기엔 충분했다. 슬쩍 옆으로 밀어 보니 창문이 스르르 열렸다.

나는 창틀을 붙잡은 다음 난간을 딛고 올라섰다. 발을 헛디뎌 떨어져 죽거나 곰의 밥이 되거나 어느 쪽도 그리 유쾌한 결말은 아니지만, 녀석의 밥은 되고 싶진 않았다. 나는 후들거리는 다리로 도움닫기를 한 다음, 창틀로 몸을 날렸다. 그 순간, 2층으로 올라온 녀석과 눈이 마주쳤고, 내 몸은 로켓처럼 날아 창문 안으로 떨어졌다.

"악!"

지금은 아파할 때가 아니다. 어서 창문을 닫아야 한다. 나는 허둥지둥 일어나 창문으로 손을 뻗었다. 바로 그때, 녀석의 발이 내게로 뻗어왔다. 제발…

덜컹.

간발의 차로 창문을 닫았다. 휴. 걸쇠까지 걸어 잠그고 나자, 다리에 힘이 풀려버렸다. 나는 그대로 주저앉아 거친 숨을 몰아쉬었다. 녀석의 실루엣이 창문에 어른거렸다. 몸이 덜덜 떨렸다. 배고픈 야생동물이 거리에 돌아다니는데, 차 없이 다닐 수 있을까. 머리를 흔들었다. 지금은 혼자서 어떻게 미국까지 갈지부터 생각해 보자.

이제 내게 남은 선택은 세 가지뿐이다. 부산에서 어선을 구해 후쿠오카로 가서 태평양을 건너 미국으로 가는 것과 충남 태안으로 가서 어선을 타고 바다를 건너 전쟁 중인 중국으로 가서 유럽을 횡단해 북대서양을 건너는 것, 그리고 북한으로 월북하여 북한 땅을 지나 또 다른 전쟁 국가인 러시아를 거쳐 베링해를 건너 알래스카, 캐나다를 지나 미국으로 가는 것. 이 중 어느 것 하나 쉬운 건 없었다. 그래도 셋 중엔 일본으로 건너가 미국으로 건너가는 게 거리도 짧고 안전하지 않을까. 일본 생존자를 위한 특별 수송도 이틀 후에 중단된다고 하니, 이틀 안에 일본에 간다면 비행기를 타고 미국으로 갈 수 있을지도 모른다.

일본에 가려면, 배가 필요하다. 해저터널이 붕괴해 거제도로는 다시 가지 못한다. 어선을 빌려 탈 수 있는 가장 가까운 곳이 어딜까. 검색을 마친 나의 머릿속 AI가 진해항이 제일 가깝다고 알려줬다. 부산에 있는 항구는 여객항과 무역항으로만 운영되고 있어 어선은 구할 수가 없고, 부산과 가까운 진해에는 어선이 몇 척 남아있다고 했다. 진해항까지는 대략 17km로 4시간 30분을 걸어야 하는데, 눈길을 걸어야 한다는 걸 감안하면 적어도 6시간은 걸어야 할 것이다. 오늘 밤 안에 도착하려면 지금 당장 출발해야 한다.

* * *

창문에 드리웠던 녀석의 그림자가 보이지 않았다. 일어나 창문을 열고 고개를 빼꼼 내밀었다. 반달가슴곰은 떠나고 없었다. 정신을 차리고 방안을 둘러봤다. 방 한가운데에 책상 여덟 개가 놓인 걸 보아 사무실인가 보다. 입을 만한 옷을 찾아보려 캐비닛을 열어보았다. 역시나. 사무실이라 그런지 옷은 없었다. 하지만 그보다 더 중요한 사실을 알아냈다. 바로 이 물류창고가 의류 물류창고란 사실이다. 그것도 등산복을 취급하는 회사였다. 문제는 1층 물류창고 문이 잠겨있었다. 스쳐 지나간 기억을 되살려보자면, 창고 미닫이문에는 홍채 인식과 지문, 비밀번호 3가지로 구성된 잠금장치가 달려있었는데, 이중 내가 시도해 볼 수 있는 건 비밀번호밖에 없었다. 그러므로 지금 난, 비밀번호를 알아내야 한다.

상석으로 보이는 자리로 가서 컴퓨터를 켰다. 창고에는 수억 원, 혹은 수십억 원에 달하는 의류가 있을 테고, 도난에 대비해야 할 테니 아무나 쉽게 알 수 있는 비밀번호는 아닐 것이다. 결론부터 말하자면, 꼬박 한 시간을 쏟아부었지만, 비밀번호를 찾지 못했다. 어쩌면 당연한 결과였다. 보안을 철저히 해야 할 테니까.

혹시나 하는 마음에 스마트렌즈로 사무실을 둘러보며, 숫자를 찾아봤다. 전화번호, 회사 설립 일자… 각종 숫자가 돋을새김한 것처럼 나타났다. 사무실 안에 보이는 숫자란 숫자는 모조리 머릿속에 저장한 다음, 드론을 띄워 주위를 훑었다. 반경 1km 이내에 움직이는 생명체는 없었다. 좋아. 내려가 보자.

1층으로 내려가 도어록 앞에 멈춰 선 나는, 조금 전 사무실에서 봤던 숫자들을 하나씩 눌러봤다. 오랫동안 고민한 것과 달리 허무하게 문이 열렸다. 비밀번호는 회사 설립 일자였다. 사람들은 생각보다 단순하게 비밀번호를 설정한다. 자신조차 잊어버릴 때를 대비해서.

문을 열고 안으로 들어갔다. 2층 높이만큼 천장이 높은 창고에는 천장에 닿을 듯이 키 큰 선반이 도서관 서고처럼 세워져 있었다. 선반은 점퍼류, 간절기, 동절기, 하절기로 구분되어 있었고, 천장에는 거대한 로봇팔이 멈춰있었다. 필요한 물품을 컴퓨터에 입력하면 로봇팔이 선반에 적재된 상자를 꺼내어 컨베이어

벨트에 올려두고, 컨베이어벨트를 따라 이동한 상자는 자동으로 물류 트럭에 실리는 모양이다.

나는 선반에 적힌 분류표를 보며 방한용 내의, 두툼한 겨울 바지와 티셔츠, 그리고 무릎을 덮는 흰색 롱 패딩 한 벌을 꺼내어 입었다. 다음으로 등산 소품 선반으로 가서 고어텍스 등산화를 꺼내 신은 다음, 넥워머를 목에 둘렀다. 이만하면 얼어 죽지는 않을 것 같다. 마지막으로 등산용 지팡이까지 한 쌍 챙겨 가방에 매달았다. 발이 푹푹 빠지는 눈길을 걸을 때 유용할 것이다.

이제 모든 준비가 끝났다. 나는 밖으로 나가 드론을 머리 위로 높이 띄운 뒤, 주위를 쓱 훑어봤다. 렌즈를 통해 본 주변 건물에 상호가 나타났다. 주위 건물들은 물류창고나 굴뚝 없는 공장들뿐이었다. 바로 그때, 저 멀리 편의점이 보였다.

나는 뭔가에 홀린 듯이 편의점으로 갔다. 편의점은 좀비들이 다녀갔는지 출입문이 깨져 있었다. 안으로 들어가 보니 선반은 이미 텅 비어있었다. 남은 콩고물이 있진 않을까 하고 선반 깊숙한 곳까지 샅샅이 뒤지던 그때, 선반 아래에 노란색 상자 하나가 끼어있었다. 심장이 쿵쾅거렸다. 뇌보다 가슴이 먼저 반응했다. 저건 커피믹스야! 한 개도 아닌 무려 스무 개가 들어있는 상자라고! 영희는 늘 내게 말했다. 눈을 감고 원하는 걸 상상하며 우주를 향해 텔레파시를 보내라고. 그러면 원하는 게 이뤄진다고. 한 번은 그 원리가 뭐냐고 물었더니 우리의 텔레파시가 우주로 전송된다고 했다.

나는 경건한 마음으로 선반 앞으로 다가가 우주가 내게 준 선물을 선반에서 구출해 냈다. 이런. 빈 상자였다. 순간 머리가 핑 돌고 손이 떨렸다. 오! 우주여. 제게 왜 이러시나요. 그래. 원하는 걸 순순히 줄 리가 없지. 우주는 스스로 돕는 자를 돕는 법이랬다.

나는 후들거리는 무릎을 짚고 일어나 선반을 한쪽으로 밀었다. 혹시 초콜릿 하나가 바닥에 떨어져 있을지 누가 알겠는가. 선반을 모두 끝으로 밀었지만, 선반 아래에는 껌 한 통도 없었다. 허탈해하며 마지막 선반을 옮기는데, 무언가에 툭 하고 걸려 움직이질 않았다. 위기는 곧 기회다. 뭔가가 걸렸다는 건, 뭔가 있을지도 모른다는 희망이었다.

나는 다리를 어깨만큼 벌려 자세를 잡고 다시 선반을 들었다. 정강이만큼 든 선반을 옆으로 옮기려는데, 철제 패널이 발등에 우당탕 떨어졌다. 난 바닥에 나자빠졌고, 선반이 나를 덮쳤다. 비명이 터져 나왔다. 다친 발을 움직여보니, 생각보다 크게 다친 건 아닌 것 같다. 고어텍스 등산화를 꺼내 신은 게 신의 한 수였다. 그래. 원하는 걸 얻는 과정에 고난과 장애물이 없으면 안 되지. 나는 선반을 옆으로 밀어낸 다음, 빠져나왔다. 빌어먹을 선반이 놓여있던 자리엔 초콜릿 한 상자가 찌그러져 있었다. 별 기대 없이 손을 뻗어 상자를 집었다. 상자가 묵직했다. 상자에 초콜릿이 들어있었다! 오! 우주여! 감사합니다.

상자에는 네모난 초콜릿 스무 개가 들어있었다. 개당 400kcal

로 총 8,000kcal다. 이거면 이틀 뒤 일본에 도착하기 전까지는 버틸 수 있을 것이다. 나는 당장 초콜릿 하나를 꺼내어 와그작 와그작 씹어먹었다. 머리가 띵 할 정도로 달콤했다. 다크초콜릿이 아닌 게 아쉽지만, 지금은 당분이 많은 초콜릿이 더 나을지도 모른다. 정신없이 먹다 보니 순식간에 초콜릿 하나를 다 먹었다. 자. 이제 일어나 가보자.

막 창고를 나서는데, 서늘한 기운이 몸을 감쌌다. 불길한 예감의 정체는 들개 무리였다. 들개 세 마리가 어슬렁거리며 편의점으로 들어왔다. 나는 그대로 얼어붙었다. 어떡하지. 눈사람인 척 가만히 있어 볼까, 아니면 밖으로 달려 나갈까. 들개가 세 마리뿐일까, 인근에 무리가 있을까. 등을 타고 흘러내린 땀으로 롱패딩 속이 한증막이 되었다. 어쩔 줄 몰라 하던 그때, 내 발등을 찍은 빌어먹을 패널이 눈에 들어왔다. 그래. 패널을 방패 삼아 조심히 나가보는 거야. 만에 하나 달려든다면, 무기로도 쓸 수 있을 테고.

나는 내 키보다 큰 패널을 집어 들어 벽처럼 세로로 세운 다음, 그 뒤에 숨었다. 이런. 아무런 소용이 없었다. 녀석들이 으르렁거리며 내게로 다가왔다. 나는 게걸음으로 한 발짝씩 출입구로 걸어 나갔다. 으르렁거리던 녀석들이 시끄럽게 짖어댔다. 밖에선 들개 무리가 식당 주위를 어슬렁거리고 있었다. 어떡하지.

당황해하던 그때, 한 녀석이 달려들었다. 나는 패널을 들고 밖으로 도망가려다 그만 앞으로 엎어지고 말았다. 녀석은 그 순간을 놓치지 않고 내 가방을 물고 늘어졌고, 그 바람에 배낭은 찢겨나갔다. 녀석은 찢어진 틈으로 초콜릿을 덥석 물었다. 얼른 손을 뻗어 보았지만, 녀석이 으르렁거리며 이빨을 드러내는 바람에 겨우 하나밖에 뺏질 못했다. 그사이 다른 두 녀석이 패딩 끝자락을 물었다. 나는 배낭 옆에 걸어둔 등산용 지팡이를 빼내 녀석들의 주둥이를 내려쳤고, 두 녀석은 낑낑거렸다. 나는 그 틈을 타 얼른 지팡이를 땅에 짚은 다음, 썰매 타듯 힘껏 땅을 밀었다. 패널이 미끄러지듯 움직였다. 이건, 눈썰매와 스키와 스노보드의 조합이다!

나는 일어나 제대로 자세를 잡고서 앞으로 나아갔다. 등 뒤에선 들개 무리가 쏜살같이 쫓아왔다. 나는 소싯적 스키를 탔던 실력을 뽐내며 앞으로 달려 나갔다. 찢긴 패딩에서 빠져나온 거위털이 눈 내리듯 날아다녔다. 하. 나의 새 패딩은 찢어졌고, 초콜릿은 한 개밖에 남질 않았다.

점점 들개와 멀어졌다. 어느새 출발 지점인 아웃도어 물류창고 앞에 다다랐다. 머릿속 AI 내비게이션은 신항만으로 가라고 알려줬다. 부산 도심과는 반대 방향이었다. 나는 도로를 따라 눈썰매를, 아니 스키를, 아니지… 아무튼 철제 패널을 타고 활강했다. 평지지만, 철제라 그런지 빠르게 나아갔다. 머릿속 AI 내비게이션과 스마트 콘택트렌즈, 그리고 드론의 도움으로 나는 10분 후, 신항만에 도착했다.

* * *

<경상남도 창원시 진해구에 오신 걸 환영합니다.>

여기서부턴 부산이 아닌 창원시 진해다. 목적지와 같은 행정구역에 들어왔다는 것만으로도 안도감이 들었다. 나는 이제는 멈춰버린 컨테이너 터미널을 지나 안골대교를 건너고, 물류센터를 지났다. 그렇게 한참을 달리자, 바다 한가운데 떠 있는 타워, 물에 잠긴 조선소, 바닷속으로 자취를 감춘 철도가 차례로 나타났다. 아파트 안에서만 지낼 땐 몰랐는데, 대한민국이 물속으로 가라앉고 있었다.

어느새 출발한 지 한 시간이 지났다. 새하얀 눈이 유혈이 낭자한 듯 붉게 물들었다. 해가 바다로 가라앉고 있었다. 오늘 대한민국을 떠나긴 글렀나 보다. 오늘 밤을 보낼 곳을 찾아야겠다. 머릿속 내비게이션이 3.7km쯤 떨어진 곳에 아파트 단지가 밀집해 있다고 알려줬다. 스마트 아파트가 생기기 전에 사람들이 살았던, 어릴 때 살았던 바로 그 아파트였다. 근처에 가면 오늘 밤을 보낼 만한 곳을 찾을 수 있을 것이다.

역시 내 예감이 맞았다. 해가 코끝에 걸릴 듯 말 듯 하던 그때, 드디어 나는 스키를 멈췄다. 아파트 밀집단지 초입에 초등학교가 있었다. 머릿속 AI에 의하면, 학교는 10년 전에 폐교됐다고 했다. 나는 운동장을 가로질러 학교 안으로 들어갔다. 중앙 본관으로 들어가는 유리문에는 쇠사슬이 감겨있었다. 나는 잠시 망설였지만, 고민 끝에 들어가 보기로 했다. 근처에 달리 갈 곳이 없었다.

나는 유리문 바로 옆에 나 있는 창문을 슬쩍 밀어보았다. 굳게 잠긴 유리문과 달리 맥없이 열렸다. 나는 몸을 날려 안으로 들어갔다. 내가 들어간 곳은 행정실이었다. 붉은 노을에 비친 행정실은 꼭 빛바랜 사진 같았다. 감상에 젖을 때가 아니었다. 스키를 탔더니 팔이 후들거렸다. 녹초가 된 나는 의자에 털썩 주저앉았고, 잠깐 쉰다는 게 그만 잠이 들어버렸다. 다시 잠에서 깬 건 패딩을 파고드는 한기 때문이었다. 몸이 덜덜 떨렸다. 하마터면 학교에 동상을 세울 뻔했다.

주위엔 칠흑 같은 어둠이 내려앉았다. 나는 벽을 더듬어 스위치를 켰다. 불은 켜지지 않았다. 스위치 옆에 달린 냉난방 조절기도 마찬가지였다. 깊은 밤이 되면 기온은 더 내려갈 텐데, 이대로 잤다간 영원히 자게 될지도 모른다. 밖으로 나가 추위를 막을 만한 게 있나 찾아봐야겠다.

나는 행정실을 나섰다. 불 꺼진 학교는 어딘가 모르게 을씨년스러웠다. 나는 조심스레 발을 내디뎠다. 조용한 복도에 삐거덕 삐거덕 소리가 공허하게 울렸다. 금방이라도 좀비가 튀어나올 것만 같아 가슴이 조마조마했다. 야간 투시가 가능한 스마트렌즈로 교실을 살폈다. 2층까지 살펴봤지만, 불에 탈 만한 것은 보이지 않았다. 종이 교과서는 사라진 지 오래였고, 책걸상이며 교탁, 사물함 등도 철재나 플라스틱으로 바뀌었다. 가만. 도서관에는 아직 종이책이 있지 않을까. 종이책을 보는 사람은 여전히 많으니까.

나는 도서관을 찾아 나섰다. 도서관은 3층 정중앙에 있는 급식실 바로 옆에 있었다. 도서관에는 종이책이 사방에 꽂혀있는데다 다양한 소파까지 놓여있었다. 그뿐만 아니라 책장과 책이 외풍을 막아준 덕분인지 행정실보다 더 따뜻하고 아늑했다. 오늘 밤은 도서관에서 보내야겠다.

나는 불 피울 도구를 구하려고 다시 복도로 나갔다. 가스 화덕이 있는 급식실로 가려다 말고 바로 옆의 과학실 앞에 멈춰 섰다. 과학실이라면, 실험 도구 중에 불을 피울 도구가 있을 것 같았다. 나는 과학실로 들어가 한쪽 벽을 가득 메운 진열대를 열었다. 진열대에는 각종 실험 도구가 진열되어 있었다. 알코올램프가 있는 거로 봐선 어딘가에 가스 점화기가 있을 것이다. 나는 교실 앞에 놓인 선생님 책상으로 가서 서랍을 열어보았다. 역시나. 가스 점화기가 있었다. 딸깍. 레버를 눌러보았다. 불꽃이 뿜어져 나왔다. 됐다.

나는 가스 점화기를 들고 도서관으로 향했다. 삐거덕삐거덕 소리가 불길하게 울렸다. 마치 좀비들을 부르는 소리 같았다. 가만. 마룻바닥에 어떻게 불을 피우지. 고민도 잠시 '그게' 떠올랐다. '그걸' 떠올리지 않으려 했건만, 자꾸만 '그게' 떠올랐다. 맞다. 나를 여기로 데려다준 철제 패널.

나는 1층 행정실로 내려가 패널과 배낭을 챙겨 들고 다시 3층으로 올라갔다. 계단을 올라 복도로 들어선 그때였다. 복도 맞은 편에 사람이 서 있었다. 야간 투시 렌즈로 확대하자, 마치 코앞에 있는 것처럼 얼굴이 또렷해졌다. 맞은 편에 선 사람은 마치 불에 탄 송장처럼 새까만 남자로, 좀비였다. 좀비는 나를 노려보더니 입을 벌리며 씩 웃었다. 벌어진 입술 사이로 말뚝처럼 듬성듬성 박힌 이가 드러났다.

우당탕. 나는 그만 패널을 떨어뜨렸다. 소름이 돋아났다. 바로 그때, 좀비가 내게로 걸어왔다. 나는 슬금슬금 뒷걸음질 치다 속도를 높여 내달렸다. 쿵. 쿵. 쿵. 좀비 발소리가 복도에 울려 퍼졌다. 나는 부리나케 계단을 뛰어올랐다.

4층에 다다른 그때였다. 좀비가 툭 하고 내 뒷덜미를 잡았다. 나는 온몸이 얼어붙어 조심스레 고개를 돌렸다. 그 순간, 나는 좀비의 새빨간 눈과 마주쳤다. 좀비의 눈에선 금방이라도 피가 쏟아져 내릴 것만 같았다. 좀비는 입꼬리를 올리며 씩 웃더니 손아귀에 힘을 줘 내 목을 졸랐다. 점점 숨이 막혀왔다.

"컥! 억."

나는 좀비에게서 벗어나려 발버둥 치다 그만, 팔꿈치로 좀비의 명치를 퍽 쳤고, 그 바람에 좀비는 계단 밑으로 굴러떨어져 버렸다. 나는 거친 숨을 몰아쉬며 복도 양옆을 돌아봤다. 어디로 도망가야 할까. 숨을 곳이 있을까. 교실에는 좀비들이 있지 않을까. 온갖 고민에 사로잡힌 그때, 좀비가 일어나 다시 뛰어 올라오기 시작했다. 나는 계단을 뛰어 올라갔다.

5층에 오르자, 옥상과 연결된 문이 나타났다. 나는 얼른 달려가 문고리를 잡아당겼다. 덜컹. 문이 잠겨있었다. 바로 옆에 비상문 자동 개폐 장치가 설치되어 있었다. 어떡하지. 등 뒤에선 발소리가 점점 더 가까워졌다.

비상문 자동 개폐 장치는 카드와 비밀번호로 작동되었다. 비밀번호가 뭘까. 야간 투시 렌즈로 출입문 주위를 훑던 그때, 벽과 자동 개폐 장치 사이에 카드 한 장이 끼어있었다. 설마. 나는 서둘러 손톱으로 카드를 긁어냈다. 예상대로 옥상 출입 카드였다.

나는 카드를 비상문 자동 개폐 장치에 갖다 댔다. 문은 열리지 않았다. 등에서 식은땀이 주르르 흘러내렸다. 좀비의 그림자가 점점 드리우고 있었다. 바로 그때, 카드 인식기 옆에 빨간 버튼이 보였다. 나는 재빨리 빨간 버튼을 눌렀다.

댕---

기계 소리와 함께 문이 딸깍 열렸다. 서둘러 문고리를 밀어 문을 열어젖힌 그때, 강한 충격과 함께 퍽 하고 앞으로 엎어졌다. 내가 그랬던 것처럼 좀비가 팔꿈치로 내 등을 친 것이다. 엎어진 등 위로 좀비가 올라왔다. 좀비는 나를 깔고 앉아 내 목을 비틀듯이 내 턱을 감쌌다. 마른 낙엽처럼 거칠한 좀비의 손에 소름이 돋아났다.

좀비가 눈을 희번덕거리며 내 목을 비틀려던 그때, 나는 몸을 흔들어 좀비를 튕겨냈다. 좀비는 뒤로 나자빠졌고, 나는 얼른 일어나 좀비에게서 멀리 도망쳤다. 좀비는 나를 비웃기라도 한 듯 끈질기게 쫓아왔다. 나는 옥상 난간 앞에 멈춰 섰다. 더는 도망갈 곳이 없었다.

바로 그때, 좀비가 빠른 속도로 달려와 나를 덮쳤다. 그 바람에 내 몸은 난간 밖으로 밀려 나갔고, 나는 잽싸게 난간을 붙잡았다. 허리가 난간에 아슬아슬하게 걸렸다. 등 뒤로 운동장이 내려다보였다.

"제, 제발… 살, 살려주세요."

좀비가 내 목을 졸랐다. 더는 숨이 막혀 버틸 수가 없었다. 나는 어떻게든 빠져나가려 안간힘을 쓰다 나도 모르게 난간을 힘껏 발로 찼다. 그 순간, 좀비와 나는 눈 위에 철퍼덕 쓰러졌고, 나는 좀비를 깔고 앉아버렸다. 처음으로 좀비의 얼굴을 정면으로 마주했다. 좀비는 불에 탄 시체처럼 깊은 주름이 얼굴에 자글자글했다. 오랜 시간 뜨거운 태양에 서서히 익혀진 듯했다.

넋이 나간 채로 좀비의 얼굴을 바라보던 그때, 좀비가 나를 밀치고 일어나 옆에 있던 벽돌을 번쩍 들었다. 나는 두 팔을 들어 머리를 감쌌다.

"악!"

눈이 번쩍하더니 왼팔에서 우두둑 소리가 났다. 나는 왼팔을 부여잡았다. 팔에서 시작된 통증이 머리끝까지 뻗어 나갔다. 참을 수 없는 고통으로 비명을 내지른 그때, 또다시 좀비가 벽돌을 번쩍 들었다. 좀비는 내 머리를 노리고 있었다.

나는 비상문으로 뒷걸음질 쳤다. 좀비가 벽돌을 들고 내게 달려왔다. 나는 두 눈을 질끈 감은 채 등산용 지팡이를 빼내어 높이 쳐들었다.

퍽.

"억."

좀비가 앞으로 꼬꾸라졌다. 좀비의 가슴을 관통한 등산용 지팡이가 눈 덮인 바닥에 턱 꽂혔다. 죽, 죽은 걸까. 나는 조심스레 좀비에게 다가갔다. 좀비는 목각 인형처럼 미동이 없었다. 나는 좀비의 머리카락에 가스 점화기를 켰다. 좀비의 머리카락이 화르르 타오르더니 곧이어 마른 장작처럼 활활 타올랐다.

나는 털썩 주저앉았다. 거친 숨과 함께 입김이 뿜어져 나왔다. 뒤늦게 통증이 찾아왔다. 통증으로 신음하던 그때, 차가운 뭔가가 뺨에 톡 하고 떨어졌다. 하늘을 바라보니 싸라기눈이 흩날렸다. 그쳤던 눈이 또다시 내리려나 보다.

나는 비상문을 잠그고 터덜터덜 아래로 내려갔다. 3층 계단 앞에 패널이 떨어져 있었다. 나는 패널을 주워 도서관으로 돌아갔다. 도서관은 조금 전에 본 그 모습 그대로였다. 학교 안에 다른 좀비는 없나 보다. 내게 달려든 좀비는 이 학교 안에서 혼자 지냈던 걸까. 좀비는 터널에서 본 좀비와는 달랐다. 말을 하지도, 문을 열거나 닫지도 못하는 것 같았다. 언어 능력, 추론 능력 등 인간만이 가진 뇌 기능을 모두 잃고, 오직 생존 본능만 남은 동물 같았다. 생존 본능만 남은 좀비들이 무리를 지었을 땐, 그들의 공격이 위협적이었지만, 혼자 있는 좀비는 길 잃은 들개 한 마리나 다름없었다. 그렇다면 인간이 늑대를 길들인 것처럼 어쩌면 이들을 길들일 수 있을지도 모르겠다. 게다가 수분을 잃은 이들의 피부는 불에 취약했다. 어쩌면 좀비를 생각보다 쉽게 제압할 수 있을지도 모르겠다.

나는 바닥에 패널을 깔고 그 위에 책 몇 권을 내려놓은 다음, 가스 점화기로 책에 불을 붙였다. 화르르. 책에 불이 붙었다. 나는 책 탑을 쌓은 곳에 불붙은 책을 던졌다. 책들이 후드득후드득 타올랐다. 얼었던 몸이 스르르 녹았다.

꼬르륵. 눈치 없이 배가 고팠다. 오늘 하루 동안, 먹은 거라곤 초콜릿 한 개가 다였다. 가방 속에 들어있는 초콜릿 생각에 군침이 돌았지만, 내일을 위해 아껴두기로 했다. 이튿날은 먹을 게 없으니 내일은 꼭 어선을 구해 일본으로 가야 한다.

소파에 누워 타오르는 불꽃을 바라봤다. 일행은 무사히 가고 있을까. 겨우 나흘 동안 함께 지냈을 뿐인데, 정이 들었나 보다. 그들이 보고 싶다.

2056년 11월 26일

멀리서 들려오는 동물 울음소리에 두 눈을 번쩍 떴다. 머릿속 AI가 고라니 소리라고 알려줬다. 다행히 밤새 좀비는 나타나지 않았다.

몸을 일으켜 세워 앉았다. 사위가 조금 밝아져 있었다. 새벽이 밝아오고 있었다. 밤새 피워둔 모닥불은 조금 전에 사그라들었나 보다. 쌓인 잿더미에 아직 온기가 남아있었다. 모닥불 덕분에 따뜻하게 잤다. 흠. 패널은 다시 쓸 수 없을 것 같다. 오늘은 두 다리로 걸을 수밖에.

이제 떠날 시간이다. AI 내비게이션이 알려주기를 목적지 진해항까지는 약 7.5km 남았다. 평소라면 두 시간이면 도착할 테지만, 눈길이라 서너 시간은 걸어야 할 것이다. 체력 소모도 만만치 않을 테니 초콜릿을 먹고 출발하는 게 좋겠다.

가방을 열려던 그때였다. 어젯밤에 다친 팔이 욱신거렸다. 왼팔을 내려다보니 퉁퉁 부어있었다. 금이 간 것 같다. 나는 쓰고 있던 넥워머를 벗어 팔에 걸었다. 미국에 갈 때까지 되도록 팔을 쓰지 않는 게 좋겠다.

그나저나 가방 안에서 달콤한 냄새가 진동했다. 군침이 돌았다. 부푼 기대도 잠시, 나는 두 손으로 얼굴을 감쌌다. 맙소사. 초콜릿이 모두 녹아 가방 안에 흐르고 있었다. 나는 그대로 철퍼덕 드러누웠다. 도저히 일어날 기분이 아니었다. 기껏 초콜릿 하나 때문에 울고 싶진 않지만, 나도 모르게 눈물이 차올랐다. 하. 이럴 줄 알았으면 자기 전에 다 먹어버릴 걸 그랬다.

나는 흐르는 눈물을 닦으며 겨우 몸을 일으켰다. 영희에게 가자. 미국에 가서 일행도 다시 만나야지. 가다 보면 음식을 구할 수 있을 거야. 나는 억지로 힘을 내어보았다. 그러고는 가방을 뒤집어 녹은 초콜릿을 핥아 먹었다. 살기 위해, 나아가기 위해 모조리 핥았다. 됐어. 이건 먹은 거나 다름없어. 이만 가자.

폐교를 빠져나와 거리로 나갔다. 어스름한 하늘을 보니 아파트를 빠져나와 마주했던 새벽하늘이 떠올랐다. 집을 떠나온 지도 어느새 닷새가 지났다. 과연 오늘은 대한민국을 떠날 수 있을까.

거리는 마치 동면에 든 것 같았다. 오래전에 수만 세대가 살았을 아파트 단지에선 어떤 인기척도 없었다. 이 근방에 살아있는 생명체라곤 나밖에 없는 것 같다. 인터넷 속에도 더는 새로운 기사가 올라오지 않았다. 도움을 청할 곳도, 나를 도와줄 사람도 없었다. 모든 건 나 혼자 해결해야 한다.

없는 힘을 쥐어짜며 국도로 접어들었다. 머릿속 AI는 국도를 따라 걸으면 목적지에 다다른다고 했다. 나는 아무 생각 없이 걷고 또 걸었다. 그저 다리가 이끄는 대로 터덜터덜 걸었다. 금방이라도 바다가 보일 것만 같은데, 가도 가도 보이지 않았다. 몸은 점점 축 늘어지고, 다리는 무거워졌다. 일행이 있을 땐 격려도 하고 시시덕거리기도 하면 어느새 목적지에 다다랐는데, 혼자여서 그런지 목적지까지 가는 길이 멀게만 느껴졌다. 더는 걸을 힘이 없었다. 지구본 돌 듯 지구가 빙글빙글 돌았다. 달콤한 초콜릿 한 알만이라도 먹을 수 있다면 얼마나 좋을까. 거기다 따끈한 라면을 먹을 수 있다면 더 좋겠다.

점점 정신이 혼미해지던 그때, 바다 내음이 콧속을 파고들었다. 나는 걸음을 멈추고 고개를 돌렸다. 멀지 않은 곳에 푸른 바다가 있었다. 도착한 걸까. 나는 주위를 휘둘러봤다. 길가에 세워진 이정표에 '진해항까지 50m'라고 적혀 있었다. 믿기지 않았다. 여기가 진해항이란 말인가. 정말 도착했단 말인가.

그때였다. 어딘가에서 시끄러운 소리가 났다. 꽤 가까운 곳에서 들리는 소리였다. 소리가 나는 쪽으로 돌아보니 거대한 코끼리가 줄지어 걸어오고 있었다. 말도 안 돼. 대한민국에 코끼리라니. 헛것을 본 건가. 나는 눈을 깜빡였다. 다시 봤을 땐, 코끼리가 아닌 탱크였다. 잠깐. 탱크가 왜 이곳에 있는 걸까. 탱크만이 아니었다. 탱크 뒤로 대형 버스와 검은 차가 줄지어 오고 있었다. 정신이 번쩍 들었다.

나는 가만히 서서 행렬을 바라봤다. 탱크는 500m쯤 떨어진 곳에서 멈췄다. 잠시 후, 탱크 해치가 열리더니, 무장한 군인 세 명이 내렸다. 군인들은 총을 겨누며 내게 다가왔다. 가까이서 보니 미군이었다.

나는 두 손을 번쩍 들었다. 오금이 저렸다. 군인들은 나를 둘러싸고서 서로 말을 주고받았다. 무슨 말을 하는지는 들리지 않았다. 이럴 때 음향 증폭기가 있다면 얼마나 좋을까.

나를 둘러싼 군인 중 한 명이 총을 겨누며 내게 다가왔다.

"당신. 누굽니까?"

군인이 물었다. 세 개의 총부리가 내게 향해있었다.

"…어… 그게… 저…"

나를 뭐라고 설명해야 할지 몰라 헤매던 그때, 군인이 다음 질문을 던졌다.

"어디서 왔습니까?"

"서울이요. 서울에서 내려왔어요."

나는 다급하게 대답했다. 그들 중 한 명이 적외선 투시경으로 나를 훑었다. 무기가 있는지 확인하는 것 같았다.

"총 없어요. 저는 민간인입니다."

내 몸을 훑던 미군이 뒤돌아보며 고개를 저었다.

"어디에 가는 길입니까?"

"…저… 그게… 미국에 가려고… 알아보러 가는 길입니다."

놈의 눈썹이 움찔거렸다.

"미국엔 무슨 일로 가는 거죠?"

놈은 로봇처럼 아무런 감정 없이 말했다.

"아내가 미국에 있습니다. 일본을 거쳐 미국으로 가려고 했는데, 일본으로 가는 여객선 운항이 중지되는 바람에…"

"옷을 벗으세요."

놈이 내 말을 끊었다. 나는 순순히 옷을 벗었다. 놈들은 내가 모든 옷을 다 벗을 때까지 가만히 지켜봤다. 마지막 팬티만을 남겨두고 나는 고개를 들었다. 놈들은 내 몸을 위아래로 훑었다. 마치 동물원의 침팬지가 된 기분이었다. 놈들은 내 옷을 수색하더니, 고개를 들었다.

"다시 입으세요."

나는 군소리 없이 옷을 입었다. 그 사이, 놈들 중 한 명이 어딘가로 사라졌다. 탱크 뒤에 줄지은 검은 차들 속 누군가에게 보고하는 것 같았다. 잠시 후, 놈이 돌아왔다.

"당신이 박기범 박사입니까?"

놈이 물었다.

"…네. 그런데요?"

내가 대답하자, 갑자기 주위가 어수선해졌다.

"따라오세요."

나는 시키는 대로 놈을 따라갔다.

"어디로 가는 겁니까?"

놈은 아무런 대답 없이 탱크 바로 뒤에 세워진 군용버스로 나를 데리고 갔다. 버스 안에는 어림잡아 서른 명쯤 되는 사람들이 타고 있었다. 내가 자리에 앉자, 행렬은 다시 움직였다. 나를 어디로 데려가는 걸까.

잠시 후, 행렬이 멈췄다. 우리는 그대로 앉아 미군의 지시를 기다렸다. 창밖에선 미군과 검은색 정장을 입은 사람들이 분주하게 움직였다. 대체 저 사람들은 누구며, 뭘 하는 걸까.

차에 앉아 기다린 지 한 시간을 훌쩍 넘긴 그때, 아까 내 옷을 벗긴 미군이 차에 올라타 밖으로 손짓했다. 나와 사람들은 차에서 내려 밖으로 나갔다. 차창 너머로 봤던 사람들은 어딘가로 사라지고 없었다. 다들 어디 간 걸까.

미군은 앞장서서 걸었고, 사람들은 말없이 미군을 뒤따라갔다. 저벅저벅. 미군들의 군화 소리가 허공에 메아리쳤다. 미군을 따라간 곳은 진해 해군사령부 앞이었다. 사령부 맞은편 바다에는 향유고래처럼 생긴 거대한 잠수함이 수면 위로 올라와 있었고, 그 옆에는 무장한 군인들이 모여있었다. 우리는 군인들이 모여있는 곳으로 갔다.

"타세요."

잠수함 앞에 서 있던 미군이 손짓했다. 놀란 나는 주위를 둘러봤다. 사람들도 나처럼 쭈뼛거리며 주위를 둘러봤다. 대체 우리를 어디로 데려가는 걸까.

"빨리 타지 않으면, 당신들을 여기에 두고 갈 겁니다."

미군이 인상을 썼다. 나는 마지못해 잠수함에 올라탔다. 이내 사람들도 뒤따라 들어왔다. 미군은 공용 공간에 설치된 의자를 가리키며, 앉으라고 말하고는 어딘가로 사라졌다. 우리는 마주보고 앉아 미군을 기다렸다. 바로 그때, 누군가가 목소리를 낮춰 소곤거렸다.

"그 얘기 들었어요? 어제 대한민국 영공을 지나던 민간 여객기 한 대가 중국 전투기에 격추되었답니다."

"민간 여객기가 격추되었다는 거 사실입니까?"

나는 벌떡 일어나 주위를 빙 둘러봤다. 사람들은 마치 아무 말도 하지 않았다는 듯이 멀뚱멀뚱 나를 올려다봤다.

"조금 전, 그 얘기 사실이냐고요?"

"글쎄요. 미군들이 말하는 걸 엿들은 거라 확실하진 않습니다."

반대편 끝에 앉은 남자가 말했다. 나는 자리에 풀썩 주저앉았다. 말도 안 돼. 믿고 싶지 않았다. 위험할 거란 건 알고 있었지만, 지금쯤이면 무사히 도착했을 거로 생각했다. 그랬는데… 눈물이 차올랐다. 나는 눈을 감고 일행을 떠올렸다. 우리를 이끌어 준 한국항공 파일럿 김승만, 전 국방부 장관이신 정창수 어르신, 세계 최고 프로게이머 마크튭 김지섭, 서울중앙대학병원 흉부외과 전문의 안정화, 개구쟁이 녀석 이동하… 결코 그들을 잊지 못할 것이다.

잠수함에 올라탄 지 30분쯤 지났을 때였다. 마침내 해치가 닫히고, 우리를 잠수함으로 데려온 미군이 내 곁으로 다가왔다.

"박 박사님. 무사하셨군요."

미군이 씩 웃었다.

"저, 저를 아시나요?"

나는 미군을 올려다봤다.

"우리는 박사님을 계속 추적해 왔습니다. 운 좋게 해저터널을 빠져나와 가덕대교에서 차가 멈췄을 때까지 말이죠."

미군이 옅은 미소를 지었다.

“그 후로 당신의 행방이 묘연하여 몹시 당황했는데, 이렇게 만날 줄은 몰랐습니다.”

“대체 무슨 말씀을 하시는 건지 잘 모르겠군요. 대체 왜 날 추적한 거죠?”

나는 얼굴을 찡그렸다.

“글쎄요. 그건 저도 잘 모르겠군요. 그건, 당신을 찾는 곳에 가서 얘기하도록 하죠.”

“저를 찾는 곳이요? 거기가 대체 어딥니까? 지금 어디로 가는 겁니까?”

나는 마른침을 삼키며 물었다.

“이 잠수함은 미국으로 갑니다.”

미군이 어깨를 으쓱이며 대답했다.

“미국이요? 미국… 어디로 가는 거죠?”

“캘리포니아주 밴덴버그로 갑니다.”

미군의 말이 끝나기가 무섭게 우리는 물속으로 가라앉았다. 그렇게 대한민국이 멀어져갔다.